지금 우리에게 필요한 것은 책과 의자와 햇빛 그리고 　 일요일

일요일의 인문학

일요일의 인문학

처음 펴낸 날 | 2015년 7월 25일
두 번째 펴낸 날 | 2015년 9월 1일

지은이 | 장석주

책임편집 | 박지웅

주간 | 조인숙
편집부장 | 박지웅
편집 | 무하유

펴낸이 | 홍현숙
펴낸곳 | 도서출판 호미
출판등록 1997년 6월 13일(제1-1454호)
서울시 마포구 동교로 41길 32, 1층
편집 02-332-5084, 영업 02-322-1845, 팩스 02-322-1846
이메일 homipub@hanmail.net

디자인 | (주)끄레 어소시에이츠
인쇄 | 수이북스, 제본 | 은정제책

ISBN 978-89-97322-26-8 03810
값 | 15,000원

이 도서의 국립중앙도서관 출판예정도서목록(CIP)은 서지정보유통지원시스템 홈페이지
(http://seoji.nl.go.kr)와 국가자료공동목록시스템(http://www.nl.go.kr/kolisnet)에서
이용하실 수 있습니다.(CIP제어번호: CIP2015018757)

ⓒ장석주, 2015

(호미) 생명을 섬깁니다. 마음밭을 일굽니다.

일요일의
인문학

장석주

조미

인문학은 영혼의 도약대

어쩌다 보니, 이 지경까지 이르렀다. 임상학적으로 말하면 활자 중독이고, 흔한 말로 하면 독서광이며, 예스럽게 말하면 간서치다. 바로 내 얘기다. 어떤 사람에게 맥주 없는 인생은 달 없는 밤이요, 또 어떤 사람에겐 바흐 없는 인생은 벚꽃 없는 봄이라지만, 내겐 책이 없는 인생이 딱 그러하다. 워낙 읽는 걸 좋아해서 책이 없을 때는 전자 제품 사용 설명서나 약품 부작용 주의서라도 뜯어 읽지만, 읽을 책을 골라야 할 경우엔 인문학 책에 먼저 손길이 간다. 인문 분야의 책을 읽을 때면 설레고 정신이 약동하기 때문이다. 인문학은 맛있는 것, 즐거운 것이다. 더러는 내면 여행, 영혼의 도약대, 꿈 공장이다. 자, 다음 문장들을 읽어 보자.

"내면의 여행을 즐겨 보세요. 사람들 얼굴에 간간이 무심한 표정이 스칩니다. 무얼 하는 것일까요? 여행을 하는 겁니다. 어떻게 아느냐고요? 날마다 마주치는 표정이니까요. 열차는 아직 플랫폼을 벗어나지도 않았는데, 객실 안에선 깊고 나직한 한숨이 터져 나오네요. 하지만 한숨은 금세 흩어집니다. 목적지는 스톡홀름이나 예테보리 같은 곳이 아닙니다. 바로 내면의 세상이지요. 잘은 모르지만, 가끔씩 자기 안으로 들어가 보면 어쩐지 기분이 좋아지는 모양이에요. 마음 놓고 쉬면서 환상에 푹 빠져들 수 있는 곳이 이 세상엔 거의 안 남았기 때문일까요? 어린 시절에 사랑했던 것들, 하지만 어른이 되면서 잃어버린 것들을 떠올려 보십시오. 그 모든 것이 열차 안에 있습니다. 언젠가 여러분도 그 세상을 여행해 보시는 게 어떨까요?"(빌리 엔 · 오르바르 뢰프그렌, 「아무것도 하지 않는 순간에 일어나는 흥미로운 일들」)

스웨덴 주 철도청의 1999년 광고 문구의 일부다. 여기에 '열차' 대신 '인문학'을 집어넣어도 뜻이 통한다. '열차'가 그렇듯이 '인문학'에는 우리가 잃어버린 모든 것이 그 안에 있다. 잃은 것을 찾으려면 '인문학'이란 열차에 올라타야 한다. 일찍이 발터 벤야민(1892~1940)은 "우리 시대의 사람들에게 기차역이란 진정한 꿈의 공장"이라고 했다.

그런데 인문학의 사정이 심각하다. 아사 상태에 빠졌다는 진단이 나온 지도 꽤 시간이 흘렀고, 최근 상황은 더 나빠졌다. 중환자실로 들어간 게 분명하다. 몇 사람이 중환자실 입구에서 서성대며 인문학이 죽을지도 모른다고 염려하는 상태다. 대부분의 사람들은 인문학이 죽든지 말든지 제 삶과는 아무 상관이 없다고 생각한다. 사람들은 인문학은 먹고 사는 일과 무관하다고 여긴다. 쓸모없는 것을 거들떠도 보지 않는 것은 당연하다. 살아 있는 모든 것은 우선 생존 이익에 몰입하니까, 차라리 생존 이익을 따지지 않고 쓸모없는 것을 추구한다는 게 더 놀랍고 이상한 일이다. 시, 무용, 바둑, 인문학…… 따위가 그렇다.

사람들은 당장에 써먹을 수 없는 이것들에 제 인생을 바치는 이들을 이해하지 못한다. 시와 무용을 포함한 모든 예술은 대체로 쓸모없다. 인문학도 당장에는 쓸모가 없다. 프랑스 철학자이자 생물물리학자인 피레르 르콩트 뒤 느위가 "존재의 범위 안에서 오직 인간만이 쓸모없는 행동을 한다"고 한 말도 그런 맥락이다. 쓸모없는 것들에겐 억압이 없다. 쓸모 있는 것들은 쓸모를 주면서 항상 다른 대가를, 즉 피를, 시간을, 젊음을 요구한다. 어떤 경우에도 무상無償은 없다. 거래는 비천하고 추하다. 돈이 그렇고, 권력이 그렇고, 물질이 그렇다. 돈, 권력, 물질만을 취하려는 자들은 옳음에의 올곧음이 없다. 인격은 누추하고 취향은 역겨우며, 삶은 탐욕이 뿜어내는 악취로 진동한다. 오직 쓸모없는 것만이 진실로 아름답고 숭고하다.

지금 당장 써먹을 수 없는 것들, 시와 예술 따위가 지닌 쓸모없음이 인간을 구원한다. 인간만이 그런 쓸모없음의 유용함을 찾아낸다. 동물은 욕망과 목전의 필요에 의해서만 움직이지만 사람은 당장에는 쓸모가 없더라도 상상하고 창조하는 일에 매달린다. 이것에 작용하는 욕망은 '삶 자체를 넘어서는 삶'을 향한 열정과 의지다. 이탈리아 철학자 피에트로 바르첼로나는 이것을 "삶에 내재하면서도 삶을 뛰어넘어 보이지 않는 형태로 순환하는 에너지"라고 말한다.

인문학은 이윤 창출에 예속되지 않는다. 돈벌이가 되지 않는 것, 쓸모없는 것의 범주에 든다는 뜻이다. 그런 이유에서 일부 대학교에서 정신적이고 추상적인 것들을 가르치는 인문학을 축소하거나 없애려고 한다. 대학조차도 생산과 효용성, 오로지 이윤만을 목적으로 삼는 기업 경영 방식을 들여와 운영하고자 한다. 그들의 머리로는 아무 쓸모없는 것들을 가르친다는 게 도무지 이해할 수가 없다. 이런 발상은 공리주의의 함정과 커다란 무지에서 비롯한 것이다.

문명이 번성은 아무 쓸모 없는 인문학의 발흥과 깊이 관련되어 있다. 인문학은 아름다움과 숭고함, 진실과 정의의 가치를 심어 주고, 지혜와 통찰을 키우게 하며, 삶을 넘어서는 삶을 추구하고자 하는 동기를 북돋운다. 인문학은 정신의 사막화를 막으며, 사람이 물신주의에 빠지지 않고 균형을 지탱하도록 돕는다. 인문학이 죽는다면 창조 정신도 시들고, 물질 만능의 사회로 치닫는 위험에 빠질 수가 있다. 창조 정신이 시든 사회는 정체되고, 혼돈과 탐욕스러움이 활개를 치게 될 것이다. 인간의 품성과 심미적 자질을 길러 주는 인문학이 죽은 사회는 야만 사회로 후퇴하고 만다. 한 마디로 암흑사회로 곤두박질하게 될 것이다.

정신의 사막화는 삶의 황폐화로 이어지는데, 이것을 막는 방법은 단 하나다. 사람들이 쓸모없는 것이라고 낙인찍고, '잉여'라고 뒷 전으로 밀어 놓은 인문학을 살려 내야 한다. 한 사회, 한 나라의 몰락은 인문학의 후퇴와 죽음에서 시작된다. 그보다 더 인문학을 살리고 키워야 할 이유는 분명하다. 더 나은 삶을 사는 데 인문학 이 불가결한 것이기 때문이다. 인문학은 공공재다. 따라서 정부가 앞장서서 인문학의 기반들, 학교, 도서관, 서점, 극장, 공연장, 미 술관, 박물관 들을 키우고 늘려야 한다.

궂은 날씨건 화창한 날씨건 아무 예속 없이 빈둥거릴 수 있는 일요 일을, 나는 정말 좋아한다. 금요일 오후만 되어도 가슴이 설렌다. 일요일이 가까이 느껴지기 때문이다. 일요일은 합법적으로 게으 름을 피우고, 한껏 여유를 부릴 수 있는 날이다. 봉급과 맞바꾸는 노동으로 채워진 날들에 우리 감성과 감정은 탕진되는데, 일요일 은 그것을 재충전하기에 좋은 시간이다. 일요일은 경제적 시간을 견디느라 탕진된 것에 대한 보상이요, 등이 휘는 수고와 메마른 노 동으로 빡빡하게 짜인 한 주간을 잘 보낸 것에 대한 선물이다.

일요일을 위한, 일요일에 의한, 일요일에 펼쳐 읽기 좋은 책을 써

보고 싶었다. 늦잠에서 깨어난 일요일 오후, 햇볕 환한 마당에 나무 의자를 내놓고 여유를 누리며 「일요일의 인문학」 몇 쪽씩을 들여다보자. 파자마 차림이라도 괜찮고, 눈가에 눈곱이 조금 달라붙어 있어도 괜찮다. 인문학은 당신의 삶을 좀 더 품격 있게, 감정을 화창하게 만들어 줄 것이다. 인문학은 아무 짝에도 쓸모가 없지만, 자기 성찰의 계기를 만들고, 지혜와 통찰력, 그리고 앎의 기쁨을 오롯하게 돌려주니까.

2015년 여름날
서교동에서 장석주

차례

사람은
별 여행자들이다

산다는 것은 단순히 살아남는 게 아니라 창조와 생산을 한다는 뜻이다.

이 우주가 우리를 불렀고, 매 순간 지구가 우리를 초대하고 있다.

삶은 하늘과 땅이 우리에게 부여한 신성한 의무이자 생명의 권리다.

1

태양은 지구에서 가장 가까운 별이고, 지구는 태양을 어미로 삼은 새끼별이다. 태양은 수소와 헬륨으로 이루어진, 고온으로 불타는 기체 덩어리다. 은하 중심에서 태양까지 거리는 약 2만5천 광년, 태양이 은하를 도는 속도는 초속 217킬로미터이고 시속으로는 78만 킬로미터이니, 태양이 은하를 한 바퀴 도는 데는 약 2억2천만 년이 걸린다. 화염 덩어리로 이루어진 태양이 우주 무대에 데뷔한 게 오십억 년쯤 됐으니까, 태양은 은하를 대략 스물두세 번쯤 돌았다. 지구별은 태양과 함께 이 광대한 우주를 여행하는 중이다. 태양이 은하를 돌 때 새끼별인 지구도 태양의 궤도에 따라 돈다. 게다가 우주는 지금도 팽창하면서 성간운에 있는 수소와 헬륨이 뭉쳐서 만든 신성新星들을 쏟아 내고 있다. 지구의 봄과 가을은 항상 같아 보이지만 실은 우주의 다른 위치, 다른 궤도에서 맞는 봄과 가을이다.

지구를 감싼 은하수 은하는 나선 팔 모양이라고 한다. 은하 중심 핵에는 붉은빛을 띠는 늙은 별이 많이 모여 있고, 나선 팔 모양을 한 띠에는 젊은 푸른 별 수십억 개가 북적거린다. 나선 팔 안에는 뜨거운 기체 성운, 차가운 암흑 성간운, 갈색 왜성 등이 나선 팔과 나선 팔 사이보다 훨씬 더 많이 모여 있다. 곡선을 그리며 띠를 이루는 나선 팔은 환한 빛을 방출하며 그 모습을 드러낸다. 태양이 이 나선 팔 안에서 암흑 성간운을 만나 그 영향권 안으로 들어갈 때 성간 티끌들이 지구로 오는 빛들을 차단한다. 그때 지구의 기온이 내려가는데, 과학자들은 지구에 일억 년 주기로 빙하기가 온 것은 바로 이 영향 때문이라고 말한다.

우주의 광막한 어둠 속에는 천억 개도 넘는 은하가 흩어져 있다. 태양과 거기에 딸린 별들, 우리의 행성을 품은 은하는 천억 개도 넘는 은하 중에서 그다지 크지 않은 겨우 십여 개의 구성원을 거느린 작은 은하다. 이 은하는 광대한 우주의 아주 후미진 곳에 자리하고 있다. 그러니까 지구는 우주의 중심이 아니라 가장자리에 있는 아주 작은 행성이다. 인류는 이 은하의 작은 행성에 탑승하여 우주를 여행하는 중이다. 인류가 이 여행을 왜 무엇 때문에 시작했는지 아무도 모른다. 아무도 모른다는 점에서 이 여행은 신비한 수수께끼다.

우리가 아는 것은 태양의 수명이 앞으로 오십억 년에서 육십억 년 쯤 남았다는 것이다. 태양 중심부의 수소가 모두 헬륨으로 변하면

중심핵에서 일어나는 핵융합 반응은 사라진다. 그때 태양 외부에서는 수소가 타고 내부에서는 수소가 타고 남은 재인 헬륨에서 새로운 불꽃을 일으킨다. 태양은 두 군데의 핵반응로에 불을 지핀 모양이 되는 것이다. 이때 태양은 적색거성赤色巨星으로 변해 항성풍으로 우주 공간에 퍼져 나간다. 결국 수성과 금성을 삼키고 지구마저도 삼켜 버림으로써 태양의 내행성계는 최후를 맞을 것이다. 그 태양이 지구를 삼키기 전에 지구는 생명체가 살 수 없는 행성으로 변할 테니까, 인류가 이 초록별에서 하던 여행도 끝날 것이다. 태양이 중심핵의 수소를 다 써 버리며 적색거성으로 변신하는 과정에서 유례없는 빙하기가 닥쳐 지구는 꽁꽁 얼어붙을는지도 모른다. 인류가 그때까지 살아 있을 가능성은 세종대왕이나 빈센트 반 고흐가 되살아날 가능성보다도 더 희박하다.

나는 지금 유년기와 청소년기를 지나 청년기를 거쳐 장년기의 삶속으로 성큼 들어와 있다. 눈앞에 깅물이 흐르고 있는데, 바로 노년기의 강이다. 노년의 강변에 서서 내 여행의 마지막 기착지가 분명한 이 강이 흐르는 광경을 담담한 심경으로 바라보고 있다. "이 여행의 마지막 기착지, 시간과 공간도 사라지는 그곳에서는 일순의 눈빛만으로도 과거와 현재와 미래를 이해할 수 있다. 질서와 혼란, 밝음과 어둠, 탄생과 죽음을 동시에 포함하는 카발라의 알레프(히브리 자모의 첫 글자)의 수수께끼가 이것일까?"(크리스티안 생제르, 「우리 모두는 시간의 여행자다」) 어느 시점에서 이 강은 물이 마르고 바다을 드러내면서 그 흐름도 끝날 것이다. 그때쯤 내 주위를 감싸던

빛은 사라지며 어둠으로 가득 찰 것이다. 그 어둠 속에서 저 길 끝을 바라보면, 거대한 밤이 아가리를 벌리고 있겠지. 나는 그 거대하고 영원한 밤 속으로 삼켜지리라. 나라는 존재가 영원한 무無와 부재 속에 안기는 순간, 수수께끼와 같은 이 삶도 끝나리라. 그 종막과 함께 살아 있는 동안 나를 끊임없이 괴롭히던 내 안의 축생 같은 어리석음과 모기와 독수리 같은 번뇌들도 모두 소멸하리라.

하지만 아직은 아니다. 하늘에 태양은 어제와 다름없이 늠름하게 빛나고, 나는 살아 있다. 새들은 마른 수풀 아래에 흩어진 풀씨들을 찾느라 시끄럽고, 인기척에 놀란 고라니는 빈 밭을 가로질러 숲 속으로 달아난다. 내가 사는 시골에도 새 봄이 오리라는 소문이 좍 퍼진다. 해마다 봄은 수치와 비참함과 죄악을 망각 속에 묻고 꽃과 생명들을 번성하게 하려고 우리가 사는 곳으로 돌아온다. 입춘과 경칩이 지나면 몇 차례 비가 땅을 두드리고 간다. 땅속의 씨앗들이 싹을 틔우리라. 머잖아 모란과 작약이 꽃을 피우고, 연못의 수련도 녹색 잎을 피우고 어느 여름 아침 수줍게 하얀 꽃봉오리를 열어 보이리라. 아직은 바람 끝이 차가운 들길에서 나는 좋아하는 시 한 편을 낮은 목소리로 읊는다.

당신이 꼭 좋은 사람이 되어야만 하는 것은 아니다.
참회를 하며 무릎으로 기어 사막을 통과해야만 하는 것도 아니다.
다만 당신 육체 안에 있는 그 연약한 동물이 원하는 것을
할 수 있게 하라.

내게 당신의 상처에 대해 말하라, 그러면
나의 상처에 대해 말하리라.
그러는 사이에도 세상은 돌아간다.
그러는 사이에도 태양과 비는
풍경을 가로질러 지나간다. 풀밭과 우거진 나무들 위로
산과 강 위로.
당신이 누구이든, 얼마나 외롭든
매 순간 세상은 당신을 초대하고 있다.

— 메리 올리버, 「기러기」

당신이 발을 딛고 있는 땅은 당신이 누구이든, 얼마나 외롭든 상
관하지 않고, 당신에게 살아 보라고 말한다. 꼭 좋은 사람이 될 필
요는 없다. 참회를 하며 무릎으로 기어야 할 필요도 없다. 중요한
것은 산다는 것, 산다는 것은 단순히 살아남는 게 아니라 창조와
생산을 한다는 뜻이다. 이 우주가 우리를 불렀고, 매 순간 지구가
우리를 초대하고 있다. 삶은 하늘과 땅이 우리에게 부여한 신성한
의무이자 생명의 권리다. "자신이 마치 이 세상에서 가장 많이 가
진 사람인 듯, 여유롭게 때로는 게을러 보일 만큼 느긋하게 살아
볼 일이다."(헨리 데이비드 소로, 「고독의 즐거움」) 봄이 오면 고대의 사람들
은 한데 모여 땅을 구르고 춤을 추었다. 땅을 구르며 추는 춤은 봄
을 맞는 제의祭儀인데, 땅을 밟고 솟구치는 것처럼 식물들이 자라
나라는 기원을 담은 몸짓이다. 저 들길 끝에 서 있는 버드나무 가
지 위에서 노랑할미새 한 마리가 울고 있다. 울던 새가 이윽고 버

드나무 가지를 박차고 공중으로 날아오른다. 봄에는 식물도, 새도, 인간의 마음도 수직으로 솟아오르는데, 이것은 다 태양을 향한다. 봄은 만물이 향일성向日性에 열중하는 계절이다. 햇빛이 번지는 들길에 바람이 분다. 자, 살아 보자.

어둠이 내리고, 밤이 다가온다. 어둠이 내려앉은 방에 등불을 켜고, 아궁이에 불을 지펴라. 고대 인류가 불을 발견한 뒤, 비로소 화식이 가능해지고, 불은 인류 생활의 중심에 자리 잡는다. "불에는 조리 외에도 사람들을 모으는 작용, 즉 밝기나 따뜻함이 있으며 유해한 동물이나 육식동물로부터 보호하는 작용이 있는 것이다."(오스카 노부카즈, 「호모 이그니스, 불을 찾아서」) 밤이 왔으니, 우리의 시간 여행을 잠시 멈춰야 한다. 밤은 멈춤이고, 물러섬이며, 죽음이다. 하지만 밤은 낮과 더불어 삶의 절반을 이룬다. 그러므로 "우리 삶의 절반은 귀한 한 덩어리의 흑요석 안에서 다듬어졌다"(크리스티안 생제르, 앞의 책)고 말할 수 있으리라. 어둠을 두려워하지 마라. 밤의 기적을 맞을 준비를 하라.

당신은 배에 탔습니다.
당신은 항해를 했습니다.
당신은 해변에 도착했습니다.
이제 내리십시오.
— 마르쿠스 아우렐리우스, 「명상록」

자, 우리는 이 여행의 끝에 닿는다. 당신과 나는 여기서 헤어져야 한다. 당신은 최고의 날들을 살았는가? 당신은 가장 아름다운 노래를 불렀는가? 당신은 불멸의 춤을 추었는가? 아직 그것들은 당신 앞에 도착하지 않았을는지도 모른다. 그렇다면 당신의 여행을 멈추지 마라. 끝내야 할 때라고 생각한 바로 그 순간 비로소 진정한 여행이 시작되는 것인지도 모른다. 자, 다시 우리의 새로운 여행을 시작하자.

꿈을
노래하라

현실이 다 꿈대로 되는 것은 아니지만,

꿈조차 없다면 우리 영혼을 짓누르는 현실의 압력은 꿈쩍도 하지 않는다.

꿈을 꾼다는 것은 불가능을 가능으로 바꾸는 것,

불확실한 미래를 예측 가능하게 만드는 것이다.

2

헝가리 민중시인 아틸라 요제프는 공장 노동자인 아버지와 세탁
부인 어머니 사이에서 태어났다. 집안 사정 때문에 여섯 살 때 한
가정에 위탁되었다가 다시 고아원에서 열세 살까지 보냈다. 제1
차 세계대전이 터져 생활은 더욱 곤궁해진다. 식량배급소에서 식
량을 받으려고 저녁 7시부터 다음 날 아침 7시 반까지 꼬박 밤을
새워 줄을 서기도 한다. 그때가 아홉 살 때다. 가난과 불운 속에서
청소년기를 보내지만 시를 포기하지 않았다.

그는 부다페스트 대학교 재학 시절 국립학생국제기금에 기금 신
청을 하며 그동안 전전한 열아홉 개 직업을 적었다. 신문 판매원,
선박 급사, 도로 포장 노동자, 경리, 은행원, 책 판매원, 신문 배달
원, 속기사, 타이피스트, 옥수수밭 경비원, 배달원, 웨이터 조수,
항만 노동자, 공사장 인부, 날품 노동자 등이었다. 그 뒤 신경쇠약

으로 정신병원을 드나들기도 한다. 그럼에도 요제프는 꿈을 포기하지 않았기에 시인이 되었다. 그의 시는 헝가리 시의 역사를 새로 썼다는 높은 평가를 받았다. 왜 꿈을 꾸지 않는가? 꿈이 없다면, 인생에서 이룰 수 있는 것은 아무것도 없다. 현실이 다 꿈대로 되는 것은 아니지만, 꿈조차 없다면 우리 영혼을 짓누르는 현실의 압력은 꿈쩍도 하지 않는다. 그것은 내내 현실의 속박 속에서 노예로 살아야 한다는 뜻이다. 꿈을 꾼다는 것은 불가능을 가능으로 바꾸는 것, 불확실한 미래를 예측 가능하게 만드는 것이다.

인생의 난관과 불운에 대해 투덜거리지 마라. 대신 꿈을 꾸고, 희망에 대해 노래하라. 노르웨이의 위대한 국민시인 올라브 H. 하우게는 이렇게 노래한다. "부드러운 건 모두/곰팡이와 벌레에게 포식당했다./단단하고, 질기고, 비뚤어진 것만이/남았다. 마디와 옹이가/아직 그를 지탱해 준다."(썩은 나무 둥치) 나무의 가장 부드러운 속살들이 곰팡이와 벌레들에게 가장 먼저 포식된다. 단단하고, 질기고, 비뚤어진 것만이 오래 남는다. 인생의 마디와 옹이는 장애가 아니다. 그것들은 우리를 끝내 지탱해 주는 힘이다. 우리는 나이를 먹어 늙는 것이 아니라 꿈을 포기하는 순간부터 늙기 시작한다. 꿈을 가진 사람은 늙지 않는다. 꿈이란 열정의 근거, 미래에 대한 의지, 희망의 원동력이다.

패션 잡지 '엘르'의 편집장이던 장 도미니크 보비가 쓴 「잠수종과 나비」를 처음 읽었을 때 심장이 얼어붙는 듯했다. 그만큼 놀랍고 감동적이다. 그는 어느 날 갑자기 의식을 잃고 쓰러졌다. 깨어 보니, 전신 마비 상태. 그는 하루아침에 제 인생의 모든 것을 잃었다. 그가 제 의지로 움직일 수 있는 것은 왼쪽 눈 하나뿐이었다. '왼쪽 눈의 깜박임'만으로 책 한 권을 쓰다니! 1년 3개월 동안 왼쪽 눈을 20만 번 깜박이며 일궈 낸 업적이다. 그 기적이 가능할 수 있었던 것은 단 하나 살아 있는 왼쪽 눈의 깜박임으로 책을 쓸 수 있다는 꿈을 포기하지 않았기 때문이다. 더 자주 꿈을 노래하라. 우리 가슴속에서 싹을 내밀고 있는 꿈에 작은 길을 내주자. 꿈꾸는 사람이라면, 다음과 같은 다섯 가지를 마음에 새기는 게 좋다.

첫째, 남과 같기를 바라지 말고, 오직 나 자신이 되는 길을 걸어라. 저마다 태어난 조건, 정신적, 신체적 능력이 다르다. 자신을 남과 견주고 자신의 나쁜 조건에 대해 탄식하고 실망하는 것은 어리석다. 인생에 전혀 도움이 되지 않는다. '나'는 내 인생의 목적이고 가치이자, 내 삶의 유일한 척도이다. 자신이 아무리 초라하고 하찮다 하더라도 '나'를 부정하고 달아나는 것은 최악이다. 남에게 인정받지 못했다고 실망하지 마라. 중요한 것은 '나'의 인생은 '나'만의 방식을 통해 완성된다는 점이다. 어쩌면 인생이란 '나에게로 가는 길'인지도 모른다. 무엇보다도 '자기다움'을 지키고, 자기에게 가장 알맞은 속도로 뚜벅뚜벅 앞을 보고 걸어 나가라.

둘째, 혼돈을 두려워 마라. 우주는 혼돈에서 나왔다. 혼돈이란 불확실성이 갑작스럽게 증가할 때 찾아온다. 사실은 그때가 새로운 가능성의 문이 활짝 열리는 기회의 순간이다. 혼돈을 두려워하는 것은 모든 규범과 척도가 사라지기 때문이다. 모든 것의 규범, 척도, 수단은 자기 자신에게서 찾아야 한다. 다시 말해 '나'는 그 모든 것의 '영점' 즉 '보편의 기준'이 되는 것이다. '나'를 믿고 혼돈을 두려워하지 말고 그것과 맞서라.

셋째, 모르는 것을 부끄러워하지 마라. 겸손하게 무지를 받아들여라. 무지를 안다는 것, 무지의 자각은 곧 정신적 도약대가 될 수 있다. 인습적 지식에 대한 오만한 맹신은 지적 기만이라는 함정에 빠뜨린다. 무지를 딛고 힘차게 더 큰 지혜로, 더 넓은 세상으로 뛰어오르라. 자신의 무지에 대한 자각이 없다면 더 이상 발전도 없다. 정신은 정체되고, 그 자리에 머무를 것이다.

넷째, 야성을 잃지 마라. 야성이란 타고 난 바 천성이다. 더러는 문명이 야성에 덧씌운 습관과 도덕을 벗어 던져라. 후천적으로 얻은 습관과 도덕이 야성을 길들이고 약하게 만든다. 그럴 때마다 몸의 소리, 무의식에서 울려 나오는 목소리에 귀를 기울여라. 길을 잃었다고 생각하는 순간, 불안 속에서 방황하지 말고, 내 본성, 즉 야성의 감각이 이끄는 대로 가라.

다섯째, 자연에서 지혜를 찾아라. 자연은 위대하다. 자연 속에 무한한 지혜가 숨어 있다. 삶이 지리멸렬하다고 느껴질 때, 일이 풀리지 않을 때 숲속을 찾아가 무조건 걸어라. 혹은 바다에 찾아가 망망대해를 보며 포효해 보라. 자연은 교활하고 나약한 정신에 새로운 힘을 수혈하고, 우리가 고통과 실패를 넘어서서 도약할 수 있게 한다. 자연은 세속적 근심과 번뇌에서 벗어나 영성에 이르게 하고, 잃어버린 원기를 회복할 수 있도록 돕는다.

나는
산책자다

읽지 않은 책은 서가에 그대로 두고,

연장은 작업장에 두고, 벌지 못한 돈일랑 잊어버리고,

당장 길로 나서라.

3

나는 산책자다. 날마다 걸으며 눈길 안으로 들어오는 거리, 도시, 풍경 들을 보고, 듣고, 맛보고, 만지고, 느끼며 포식한다. 그것은 정신의 나태에 따른 비만을 예방하는 건강한 포식이다. 나는 목적이나 쓸모를 따지지 않고 걷는 걸 좋아한다. 야외에서 햇빛과 바람 받기를 즐기기 때문이다. 나는 식물이 아니므로 굳이 광합성을 할 필요는 없다. 다만 걸음에 집중하며 내면으로 흐르는 여러 생각에 골똘해진다. 나는 이것을 '내면의 광합성'이라고 부른다. 몽테뉴는 「수상록」에서 "다리가 흔들어 주지 않으면 정신은 움직이지 않는다"고 했는데, 정말 그렇다. 우리는 걸으면서 생각하고, 생각하면서 걷는다. 길에서 얻는 것은 감각의 환대, 느낌들의 풍요이다. 실내에서 야외로 나와 걷는 일은 분명 생각에 예기치 않은 활기를 불어넣는다. 저기 걷는 자의 씩씩한 걸음걸이를 보라! 걸음걸이는 삶의 환희와 약동을 표현한다. 걷는 자가 가장 느리고 공해가 없는 에너지를 쓴다는 것은 분명한 사실이다. 걷기가 속도와 기계에 대한 소극적 저항이자 전통과 느림에 대한 찬양이 아니라면 무엇이겠는가?

근대화 이전에는 여행할 때 도보로 이동하는 방식을 취했다. 걷기가 가장 쉽고 자연스러운 이동 수단이었다. 영국 시인 블룸필드의 말을 빌리자면, 걷는 자에게는 들녘이 서재이고, 자연이 책이다. 여행자들은 걸으면서 풍경을 맘껏 향유하며 자연이라는 책을 펼쳐 읽는 셈이다. 현대사회에서는 걷기에서 즐거움을 찾는 사람은 아주 소수일 것이다. 노숙자나 방랑자, 밀입국자들은 여전히 걷는 사람들이다. 강제가 아니라 자발적으로 걷는 사람들에게 걷기는 일종의 저항 행위이다. 걷기는 느림과 비효율성과 무용성에 온전하게 자신을 맡기는 행위이고, 우리가 온몸, 온 존재를 걷기에 투신한다는 것은 그 느림과 비효율성과 무용성에 기댄다는 뜻이다. 걷는 자는 그렇게 함으로써 속도와 이익과 효율성만을 섬기는 신자유주의적인 세계에서 자기 자신을 떼어 내 자발적으로 소외시킨다.

자, 걷기의 즐거움에 풍덩 빠질 준비가 되었는가? 그럼, 먼저 걷기를 예찬한 책들을 펼쳐 보자. 걷기 돌풍의 기폭제가 되었던 이브 파칼레의 생동감 있는 리듬으로 가득 찬 눈부신 저작 「걷는 행복」(궁리)과 함께 「걷기예찬」(현대문학)으로 우리를 매혹한 다비드 르브르통이 「느리게 걷는 즐거움」(북라이프)으로 다시 돌아왔다. 걷는 사람은 길을 친구로 삼는 자다. 브르통은 길을 '대학'이라고 부른다. 그에 따르면 길은 "감각과 지성을 깨우는 영원한 경계 상태, 다양한 느낌을 열어 주는 서막"이다. 「느리게 걷는 즐거움」과 프레데리크 그로의 「걷기, 두 발로 사유하는 철학」(책세상)을, 그리고 헨리 데이비드 소로 외 여러 사람의 문장을 모은 「소로우에서 랭보까지, 길 위의 문장들」(예문)까지 겹쳐 읽었다. 이 책들은 걷기의 역사, 기원, 철학은 물론이거니와 그 기쁨과 의미의 고갱이를 찾아내 문장으로 안착시킨다. 이브 파칼레가 행복감에 도취되어 "이 행성 위에서 전진하라"고 외칠 때 그는 걷기가 "욕망이고 기쁨"이며, "자극이고 보상"이라는 확신에 차 있는 것이다. 걷기의 즐거움에 취한 이브 파칼레의 목소리는 거의 마약에 도취된 자의 그것과 비슷하다. 걷기는 "뼈와 힘줄, 근육, 신경충격의 일"이고 "에너지 이동의 문제"이며, 여기에 "정신"마저 자기 역할을 하려고 가담한다. 그러니까 걷기는 신체 활동을 넘어서는 정신과 육체의 협업으로 이루어지는 그 무엇이다. 한 마디로 걷기는 전 존재의 활동이고, 본질로의 회귀이다.

먼저 「걷기, 두 발로 사유하는 철학」. 프레데리크 그로는 걷기가 "두 발로 사유하는 철학"이라는 것을 말하기 위해 니체, 랭보, 루소, 소로, 네르발, 칸트, 마르셀 프루스트, 발터 벤야민, 간디, 횔덜린 들을 호명한다. 이들은 걸으면서 땅의 중력을 체험하고, 그것에 반발해 도약하는 가운데 몸과 정신의 고양을 얻는다. 발터 벤야민은 파리 거리의 소요자逍遙者로, 칸트는 도시의 규칙적인 산책자로, 루소는 거리의 산책에서 얻은 몽상을 철학으로 승화시킨다. 이들에게 걷기란 몸을 앞으로 움직이며 "전망을 받아들이고 풍경을 들이마시"는 것이고, 결국 신체를 풍경과 뒤섞으며 영감과 유회를 창조하는 행위인 것이다. 그들은 걷는다는 것으로 "자신을 고양시키거나 중력을 속이거나 속도나 고양에 의해 언젠가는 죽어야 하는 자신의 조건에 환상을 품는 것이 아니라, 지면의 단단함과 육체의 허약함을 깨닫고 땅에 발을 내딛는 느린 동작으로 자신을 드러냄으로써 자신의 조건을 실현"하고, 몸을 숙이고 걷는다는 것으로 인간 존재의 몸 됨을 실감하고, 그 실감 속에서 몸을 몸으로 되돌린다.

걷기란 단순한 신체 활동 이상이다. 청량한 공기로 가득 찬 고원과 바닷가를 걷는 것은 사색을 열어 가는 행위였다. 도서관에서 쓴 책들은 무겁다. "모든 것에 인용문과 출전, 페이지 하단의 주석, 끝도 없는 반론이 과적過積되어" 있다. 그 책들은 "인용문으로 포식하고 주석을 과식해서" 무겁고 뚱뚱해진다. 니체의 책들은 도서관에서 인용과 주석을 과식하며 쓴 것이 아니라 높은 산과 바다, 오솔길을 걸으면서 쓴 것들이다. 니체의 책들에는 날카로운 빛과 신선한 공기가 숨쉰다. 마치 "활처럼 펴"지는 육체의 생동감, "햇빛을 받은 꽃처럼 넓은 공간을 향해 열리는 것"이 느껴지는 것이다. '높이'에 매혹당한 철학자 니체는 평지가 아니라 고산지대를 걸을 때 자주 정신적 황홀경에 빠졌다. 니체는 「차라투스트라는 이렇게 말했다」에서 자기 분신인 차라투스트라의 입을 빌려 "나 나그네요 산을 오르는 자다. 나 평지를 좋아하지 않고, 오 랫동안 한곳에 조용히 앉아 있지도 못하는 것 같다. 내 어떤 숙명 을 맞이하게 되든, 내 무엇을 체험하게 되든, 그 속에는 방랑이 있 고 산 오르기가 있으리라. 사람은 결국 자기 자신을 체험할 뿐이 니"라고 말한다. 니체의 모든 사유, 모든 철학은 걷기에서 시작한 다. 니체의 영원회귀 철학은 그런 걷기에 빚지고 있다. 그가 더는 걷지 못하게 되었을 때 그의 철학도 더는 진전할 수 없었다.

다음 「느리게 걷는 즐거움」. 다비드 르 브르통의 문장은 여전히 유려하다! 알베르 카뮈가 알제리 고등학교에 다니던 시절 철학 교사이던 장 그르니에의 지중해에 관한 산문을 언급하며, '풍경' 에 대해 말할 때 그 시적 명징성은 더욱 빛난다. 사람들은 풍경에 서 물질적 요소만을 보지만 그것은 많은 것을 놓치는 것이다. 풍 경은 "보다 큰 전체와 맺는 관계", 즉 빛과 시간의 총체 속에서 놀 라운 은총과 기적을 보여준다. "풍경은 하나의 불질이 아니라 비 와 바람, 태양, 여명 또는 어둠으로 이루어"지는 것이고, 또한 풍 경은 "태양, 바람, 비, 눈, 하루의 순환을 함축해 새벽과 밤 사이를 끝없이 새로 규정"하고, "그 풍경이 공간에서 구체화시키는 물질 만큼이나 그것이 드러내는 하늘과도 관계"가 있기 때문이다. 그 렇게 풍경의 심미성에 깊이 연루되는 사람이 필연적으로 풍경에 매혹되고, 그것을 수집하고, 탐색하는 자가 됨은 당연하다.

다비드 르 브르통은 걷기가 "자신의 신체 수단 하나에만 몸을 맡긴 채 세상과 연결되는 느낌을 누리고자 하는 인간에게 어울리는 일"이고 "빠른 속도, 유용성, 수익, 효율성을 중시하는 요즘 세상"과 대립하는 "느림, 유연성, 대화, 침묵, 호기심, 우정, 무용성을 우선시하는 저항 행위"임을 분명하게 되새긴다. 길을 걷는다는 것은 길에 녹아드는 일이다. "걷기는 환경 속에서 관계의 물리적 차원을 되살리고 자신의 존재에 대한 느낌을 일깨운다. 사물들과의 적절한 거리, 상황에 따른 유연성을 유지하게 해 주고, 활기찬 명상에 빠져들게 해 주고, 풍부한 감각적 경험을 자극한다. 걷기는 탁 트인 하늘 아래 '세상'이라는 거센 바람 속에서 자유롭게 즐기는 긴 여행이다." 걸을 때 우리의 발걸음은 더는 숨길 수 없이 "육체의 외관"을 드러낸다. 서교동 골목들을 걸을 때, 나는 길과 자아와 함께 육체의 외관을 뒤섞는다. 도시의 보행자란 누구인가? 그들은 길 위에 흩어진 "삶의 사건들을 간파하고, 존재의 단편들을 주워 모으고, 도시를 자신이 일등석을 차지한 극장으로 바꾸어 놓는" 자들이 아닌가?

맺음은 「소로우에서 랭보까지, 길 위의 문장들」. 걷기란 살아 있는 존재만의 특권이다. 죽은 자는 걸을 수 없다. 호모 사피엔스 사피엔스로 지구에 처음 나타난 순간부터 인류는 걸었다. 먼저 종족과 함께 이동하기 위해 걸었는데, 인류가 필연적으로 나무와 꽃이 있는 쪽으로 이동해 왔다는 게 진실이다. 그 뒤로 많은 예술가가 걸었다. 걷기 애호가들이 다 예술가는 아니지만, 예술가들은 거의 다 걷는 즐거움에 빠진 사람들이었다. "문학은 종종 발과 머리의 합작에 의해 탄생하는 것"이기 때문이다. 아르튀르 랭보와 월트 휘트먼을 먼저 기억할 필요가 있다. 랭보는 아프리카와 아라비아 반도를 가로질러 걸었던 방랑의 선각자이고, 나중에 종양과 과로로 한쪽 다리를 잘라야만 했던 걷기의 순교자다. 그가 "푸르른 여름 저녁이면, 오솔길로 가리라./밀 이삭에 찔리며, 잔풀 밟으며./몽상가가 되어, 잔풀의 신선함 발끝으로 느끼리./내 맨머리는 어차피 바람이 감겨 주리라"(감각)고 노래할 때, 그는 '바람구두'를 신은 방랑자임을 자랑스럽게 드러낸다. 월트 휘트먼은 우리에게 "자, 가자꾸나! 그대가 누구든 나와 함께 길을 가자꾸나!"라고 청유한다. 길을 걷는 자들은 길이 곧 삶임을 깨닫는다. 자, 가자, 저 거칠고 드넓은 길로! "처음엔 대지가 거칠고 말도 없고 이해할 수도 없지만—자연이 본디 처음엔 거칠고 이해할 수 없는 것이지만,/낙담하지 말자—계속 길을 가자꾸나—잘 감싸 보관된 신성한 것들이 있으니./나 그대에게 맹세하노니 그곳엔 말로 형언할 수 없이 아름나운 신성한 것들이 있으니."

대지는 길들을 품은 어머니이고, 길들은 고독과 자유와 온갖 날씨를 품고 펼쳐져 있다. 그 길을 걷는 일은 우리 내면의 강건함과 호기심과 명랑함을 발산하고, 그리고 실존의 이유들을 찾는 탐색의 방식이다. 휘트먼은 쓰지 않은 책은 책상 위에, 읽지 않은 책은 서가에 그대로 두고, 연장은 작업장에 두고, 벌지 못한 돈일랑 잊어버리고, 당장 길로 나서라고 독려한다. 위대한 시와 영웅적 행위가 길에서 나왔고, 궁극적으로 길은 삶이고, 곧 행복이기에!

반짝이다가
사라지는
일상의 순간들

기다림을 두려워하지 마라.

그것이 무엇이든 느긋하고 즐거운 마음으로 기다려라!

좋은 것들은 항상 가장 나중에 온다.

일상을 향한 미시적 눈길과 그 의미를 찾으려는 문화 연구들은 나를 집중하게 만든다. 일상은 소소한 것들로 채워진다. 일상의 속살은 범박해서 거기에 무슨 의미가 있을까 하고 무시하고 지나쳐 버린다. 일상은 하찮은 비사건들로 이루어진 밋밋함이 특징이다. 정말 그럴까? 사실을 말하자면, 일상은 비사건이 아니다. 대개 사적 영역에서 밋밋하게 흘러가기 때문에 잘못 인지될 뿐이다. 일상은 시간을 잘게 쪼개고 고만고만한 형태로 무한 반복된다. 집안 청소, 세탁기 돌리기, 가구 배치 다시 하기, 이사, 부지불식간에 벌어지는 일들, 찰나의 행복들, 휴대전화 통화, 뜻 없이 반복되는 잡다한 신호들, 드라마 보기, 뉴스 보기, 인터넷 서핑, 지루한 기다림들, 깨진 약속, 권태, 게으름 피우기, 혼자 밥 먹기, 아무것도 하지 않고 보내는 무위의 시간들, 사소한 언쟁, 수다 떨기……. 일상은 의미가 없는 게 아니라 잠재된 비범성을 아직 밝혀 내지 못해 범상한 것으로 보일 따름이다. 이것들이 되풀이되고 쌓이는 존재-사건들의 집약과 총체가 바로 삶이라는 것의 실체다. 일상에서 겪는 일, 공간, 현상들에 의미가 없다면, 삶도 현존도 의미가 없다. 일상범백사는 삶의 잠재적 경이가 솟구치는 바탕 조건이다. 나는 일상의 일들이 품은 우연한 즐거움들에 열광하고, 일상의 밋밋함을 파고들며 그 의미를 엿보는 일을 사랑한다. 나는 일상 예찬론자다.

보들레르의 「화장 예찬」은 현대성, 유행, 여성, 화장, 댄디, 현대 생활, 웃음의 본질 따위에 대한 생각을 펼친다. 이 천재 시인이 다루는 것은 한 세기 전의 일상과 그 화제들이다. 책은 제목에 암시되어 있듯이 일상 속에 깊이 스며든 인공과 인위, 그 미와 그 현상들의 윤리성에 대한 통찰이며 예찬이다. 유행은 당대 윤리와 미적 감각의 균형에서 솟아난다. 유행은 대중에게로 삽시간에 번지며 사회 현상이 된다. 대중의 미적 취향은 항상 변하기 마련이다. 그것은 미가 변하는 것과 항구적인 것 두 요소로 결합돼 있는 탓이다. 미의 변하는 속성에 초점을 맞춘다면 그것은 빨리 사라지는 것이기에 한없이 가볍고 덧없다. 미의 항구적인 속성에 초점을 맞춘다면 그것은 진리의 영속성으로 귀속한다. 유행은 아름다움에 대한 시대적 공감이고 취향의 공감대를 반영한다. 보들레르는 유행에 대하여 이렇게 쓴다. "유행은 자연적인 삶이 인간 뇌 속에 쌓아 온, 거칠고 세속적이고 추잡한 모든 것을 뛰어넘는 이상理想에의 취향을 알리는 한 징후로, 자연의 숭고한 변형으로, 아니면 영구적이고 연속적인 자연 변혁의 한 시도로 여겨져야 한다."(보들레르, 앞의 책) 무엇보다도 일상은 유행에 쉽게 동조하고 감염되는 영역이다.

일상의 범주에 들면서도 가장 경이로운 존재-사건은 여자라는 존재다. 뭐, 이게 그다지 새롭거나 대단한 발견이라고 말할 생각은 없다. 100년도 더 넘는 시간 저편을 살다 간 한 시인은 이렇게 썼다. "여자는 수컷의 뇌 속 모든 생각을 지배하는 어떤 신성성神聖性, 하나의 별이다. 여자는 단 하나의 존재 안에 응축되어 있는, 자연의 모든 축복의 반짝임이다."(보들레르, 「화장 예찬」) 여자는 그 자체로 '자연의 모든 축복의 반짝임'을 보여주지만, 더 경이로운 것은 화장하는 여자다. 보들레르는 화장을 여성의 본성쯤으로 여긴 듯하다. "여자는 놀라게 하고 매혹시켜야 하니까. 우상인 여자는 숭배받기 위해 금칠을 해야 하니까."(보들레르, 앞의 책) 화장은 여성의 자기만족을 위한 행위이자, 진화 과정에서 니더난 불가피한 선택이다. 여자가 화장하는 시간은 아름다움에 자신을 봉헌奉獻하는 시간이다. 화장이 미에 자기를 바치는 덧칠이고 분장이며, 자연의 숭고한 변형이고 이상화를 향한 자기 갱신에의 몸짓이라면, 그것은 분명 숭고하다.

「아무것도 하지 않는 순간에 일어나는 흥미로운 일들」은 일상과 무위, 공상의 현상학에 대한 생각을 펼쳐 낸다. 일상의 일들 중 하나, 기다림에 대해 생각해 보자. 여러 사람들이 몰린 승강기 앞에서, 마트 계산대 앞에서, 축구 경기장 입구에서, 정류장에서, 치과 대기실에서, 국제공항에서 자기 차례가 오기를 기다리며 줄을 서는 것은 범상한 일이다. 줄을 서는 행위는 일상에서 자주 겪는 기다림의 한 형태이다. 기다림은 존재를 가만히 멈추는 수동적 행위다. 그러나 기다림의 이면을 꼼꼼하게 들여다 본 사람이라면 '기다림의 형태'와 '기다림의 생태'가 그리 단순하지 않다는 걸 쉽게 알아차린다. 기다리는 자들은 그냥 일 없이 서 있기만 하는 것이 아니다. 그들은 두리번거리며 주변을 관찰하거나 지루함을 달래려고 소소한 동작들을 한다. 사람들은 서 있거나 주변을 어슬렁거리거나 몸을 좌우로 움직인다. 의자에 앉아 책을 읽거나 콧노래를 흥얼거린다. 사람들은 기다리는 동안 한시도 가만히 있지 못하고 무언가를 한다.

사람들이 기다림의 생태를 보여주는 장소는 탑승구, 대합실, 승강장, 학교, 감옥, 사무실, 병원 들이다. 이런 장소에서는 왜 기다림이 그토록 자주 반복되는가? 사회학에서는 이런 장소를 '수용 공간'이라고 부르는데, 이런 곳은 "사람을 유치하도록 설계된 공간으로, 신체를 비활성 상태로 유도하여 일시적 정체의 형태를 띠게 하는 곳"(빌리 엔·오르바르 뢰프그렌, 「아무것도 하지 않는 순간에 일어나는 흥미로운 일들」)이다. 줄서기는 애초 '일시적 정체의 형태'를 유도하는 의도된 설계 때문이다. 기다리는 자들에겐 선택의 여지가 없다. 기다림에서 발생하는 지루한 시간은 전적으로 기다리는 자의 몫이다. 기다림의 시간은 대개 더디 흐르는 시간이다. 기다림의 대상이 모호하거나, 혹은 원인을 알지 못한 상태에서의 기다림은 시간을 더욱 답답하게 만들고 더디 흐르게 만든다. 기다리는 시간이 항상 균질한 상태인 것만은 아니다. "기다리는 시간의 질은 끊임없이 변화한다. 전구에 불이 들어오기 전의 일순간, 현금지급기 줄에서 기다리는 몇 분 동안, 삶은 잠시 정지한다."(빌리 엔·오르바르 뢰프그렌, 앞의 책) 하루하루가 기다림의 연속인 사람은 애가 탄다. 애가 탄다는 것은 기다림이 감정 에너지를 소모하는 비활성적 움직임이라는 증거다. 기다림의 함정에 빠질 때, 기다리는 자는 제 존재의 무의미함을 한없이 늘어뜨린다. 끝이 보이지 않는 기다림은 지루함 속에서 제 삶의 의미를 파먹고 스스로 고갈에 이르게 한다. 마침내 기다림이 삶 전체를 집어삼킨다. 기다리는 동안 기다림에 의해 삶이 삼켜진 자들은 아무것도 아닌 존재로 전락한다.

기다림에 관하여 모리스 블랑쇼는 의미심장한 성찰의 결과를 내보인다. 프랑스가 낳은 이 걸출한 철학자의 선집을 '그린비' 출판사에서 펴내고 있다. 오랫동안 내 사유를 자극하던 저자인지라 큰 기대를 갖고 「기다림 망각」을 읽었다. 허구적 소설 형식과 철학적 주제를 뒤섞는 특유의 글쓰기를 보여주는 책이다. '그'와 '그녀'가 등장하고, 그들은 대화를 나눈다. 그 둘은 생각할 수 없는 것을 생각하고, 말할 수 없는 것을 말하는데, 그들은 말하면서 동시에 말하지 않음 속에 머문다. 그들의 현전은 많은 부분에서 망각에 기대고 있는 까닭이다. 현전은 "망각의 사건"(「기다림 망각」)이다. 존재-사건들은 과거로 빨려 들어가며 그 자취를 지워 간다. 과거는 현재의 시간들을 머금고 삼켜 버리는 거대한 블랙홀이다. 그러므로 "존재는 또한 망각을 가리키는 하나의 이름"이다. 망각은 과거와 현재라는 두 현전을 잇는다. 망각은 어느 한쪽의 문제가 아니다. 내가 그를 망각했다면 그 망각의 힘은 망각한 대상에도 동일하게 작동한다. 망각된 현전이란 이미 망각할 가능성에서 배제된 망각이다. 현전 한가운데 이미 망각의 깊이는 움푹 패여 있다. "당신을 망각하면서 저는 제 자신을 훨씬 넘어서고, 망각한 것에 저를 제 자신 너머에서 묶어 놓는 힘에, 당신을 망각하는 힘에 이르게"(블랑쇼, 앞의 책) 된다고 말할 수 있는 것은, 잊음이 "망각되는 것과의 관계, 관계에 들어가 있는 것을 비밀로 만들면서 비밀의 힘과 의의를 간직하고 있는 관계"(블랑쇼, 앞의 책)라는 전제가 있기 때문이다.

두 사람은 사랑하는 사이라고 추측되는데, 그밖에 인물들, 상황들, 사건들은 모호한 추상 속에 놓여 있다. 그들이 어디에 살고 있는지, 무슨 일을 하고 있는지도 언급되어 있지 않다. 다만 거대한 추상 위로 그들의 명료하지 않은 현전에 대한 사유를 보여주는 목소리들이 지나간다. 그러니까 그와 그녀의 현전은 곧 목소리의 현전이었던 셈이다. 무엇보다도 '망각'과 더불어 '기다림'은 표제에서 암시되어 있듯이 이 책의 중요한 주제이다. "언제부터 그는 기다리기를 시작했던가? 개별적으로 정해진 것들에 대한 욕망과 모든 것들의 끝에 대한 욕망조차 잃어버린 채 기다림을 위해 스스로 자유롭게 되면서부터. 더는 아무것도 기다릴 것이 없을 때, 기다림의 끝조차 기다리지 않을 때, 기다림이 시작된다. 기다림은 기다리고 있는 것을 무시하고 파괴한다. 기다림은 아무것도 기다리지 않는다."(블랑쇼, 앞의 책) 이게 블랑쇼가 말하는 방식이다. 기다리는 것은 늘 그 기다림의 대상을 앞지르는 움직임이다. 기다림이란 실은 기다리는 목적 대상과 아무 상관이 없다. 기다림에서 가장 중요한 것은 기다린다는 사실이다. 기다림은 시간의 잉여 속에서 기다림의 대상을 다 파먹어 버린다. 그래서 "기다릴 때, 기다릴 아무것도 없다"(블랑쇼, 앞의 책)는 모순어법이 가능해진다. 기다림은 그 행위의 합목적성을 파괴함으로써 기다림 자체가 어떤 불가능의 영역에 있는 것임을 말한다. 기다림은 기다리는 일의 불가능성에 의해 삼켜진다. 그래서 블랑쇼는 "기다린다는 것의 불가능성은 본질적으로 기다림에 속한다"(블랑쇼, 앞의 책)고 쓸 수 있다.

돌아보면, 우리는 얼마나 많은 기다림을 삶의 자산으로 삼고 살았던가? 우리는 기차를 기다리고, 비행기를 기다리고, 애인을 기다리고, 약속의 날들을 기다리며 산다. 쓰러진 우리를 일으키고, 죽어 가는 우리를 살려 낸 것은 기다렸던 그 무엇이 아니라 기다림 그 자체였다. 「기다림 망각」을 읽는 것은 끝없이 엇갈리는 두 목소리의 현전을 따라가는 일, 목소리의 현전만 남기고 그 목소리의 주인공들은 서서히 지워져 가는 그 불협화의 추상 음악에 귀를 기울이는 일이다. 기다림에 대처하는 가장 지혜로운 방식은 기다리는 것의 가치를 인정하고 무심함과 체념을 꿋꿋하게 유지하는 것이다. 기다림에는 크든 작든 보상이 따른다. 그것이 실패했을 때조차 우리는 기다리는 시간에서 조바심을 누르고 인내하는 법을 배운다. 더 적극적인 방식은 기다림을 즐기면서 그 시간을 명상으로 전환하는 것이다. 명상은 매 순간을 지금-여기로 순환하게 만드는 기술이고, 매 순간을 새롭게 느낌으로써 현존감을 고양시키는 행위다. 그렇게 함으로써 기다리는 시간의 공허는 역동적 찰나로 충만해진다. 기다림을 두려워하지 마라. 그것이 무엇이든 느긋하고 즐거운 마음으로 기다려라! 좋은 것들은 항상 가장 나중에 온다.

현대인은
왜 조용함을 최고의 가치로
생각하게 되었는가

인기척 없는 오솔길, 바람이 주인인 대숲,

좌선하는 이들의 절간, 볼펜 구르는 소리가 크게 울리는 도서관 내부,

햇빛이 바닥을 하얗게 물들인 텅 빈 거실……들은

다 고요가 머물고 자라는 자리다.

3월 중순 넘어 순천 금둔사의 홍매화가 한창일 때다. 홍매화들이
일제히 꽃봉오리를 터뜨리자 절간은 고요와 꽃향기로 가득 찬다.
깨끗하게 빗자루로 쓸어 낸 절 마당을 거닐다 보면 거기 서린 고
요의 기운에 그만 압도된다. 꽃도 꽃이거니와 절간 마당과 낮은
벽들, 조촐한 방들에 깃든 청정 고요가 몸과 마음으로 고스란히
스며든다. 홍매화 무더기로 핀 절간 한 모서리에서 눈 감고 가만
히 서 있으니, 꽃향기는 후각에 비벼지고 고요는 청각을 그득 채
운다.

아, 저편 도시는 얼마나 시끄러웠던가! 거실은 텔레비전에서 흘
러나오는 소음들이 점령한다. 말 같지도 않은 말들이 마치 기관
소총처럼 난사되어 실내의 고요를 깨뜨린다. 소음들이 고요를 살
해하는 것이다. 막스 피카르트는 「침묵의 세계」에서 말이 되지 않

은 말들을 '잡음어' 라고 규정한다. 우리는 자주 텔레비전 앞에 우두커니 앉아 그 '잡음어' 들이 귀를 채우도록 자신을 방임한다. 이 '잡음어' 들이 잡초처럼 무성한 공간에서는 모든 것이 혼돈과 무질서로 뒤엉킨다. '잡음어' 는 사람들의 몸과 마음을 지치게 하고, 무기력으로 끌어내리며, 피동으로 이끈다.

점점 더 소음과 번잡스러움을 견디기 힘들다. 신경질적인 자동차 경적, 자동차가 급정거할 때 미끄러지며 내는 날카로운 소음, 윗층에서 울리는 의자가 바닥에 끌리는 소리, 이웃집의 텔레비전 소리……. 소음과 분주는 마음을 갉아먹고 난청難聽은 의식을 헐벗게 만든다. 반면 누구의 발길도 미치지 않은 정원과 골목에는 고요가 깃드는데, 이 서늘한 고요는 경황없이 바쁜 이들의 마음을 단박에 잡아챈다. 고요를 만나면 고요 속에서 가만히 서 있는다. 고요의 세계 안에서 빛은 사물의 색들을 선명하게 살려 내고 사물은 사물대로 그 획고한 형태를 되찾아 빛난다. 고요는 곧 질서요 투명함이다. 고요가 일에 쫓기고 실적에 매달리는 이들을 일에서 떼어 놓고 홀연히 알 수 없는 충만으로 이끄는 것은 이상한 일이 아니다.

아이들이 성장해서 떠나고 나니 번잡하던 집 안은 텅 빈 듯 쓸쓸하다. 한편으로 고요를 되찾은 집은 고적하고 평화롭다. 늦은 오후 어깨 너머로 햇볕이 들고 고요가 수놓인 서재에서 책을 읽을 때 고적함과 평화에 눈물이 날 지경이다. 고요가 텅 빈 곳들에서 침묵과 평화를 직조織造한다. 인기척 없는 오솔길, 바람이 주인인 대숲, 좌선하는 이들의 절간, 볼펜 구르는 소리가 크게 울리는 도서관 내부, 햇빛이 바닥을 하얗게 물들인 텅 빈 거실……들은 다 고요가 머물고 자라는 자리다.

고요의 기쁨은 삶이 평정에 이른 데 대한 무상無償의 보상이다. 고요는 사물과 존재들을 본성으로 되돌리는 청정한 힘이다. 현대적 삶의 공간에서 고요가 저절로 주어지는 법은 없다. 문명의 이기들이 공간을 차지하고 그냥 놔두지 않기 때문이다. 따라서 애써 찾고 능동적으로 누리려는 마음이 있어야 비로소 찾고 누릴 수 있는 게 고요다. 더 나은 삶을 누리려면 고요한 환경을 찾고 만들어야 한다. 고요 속에서 심미적 지각이 커진다. 고요 속에서 모란과 작약꽃들이 피었다 지고, 앵두나무는 가느다란 가지가 휘어질 듯 빨간 열매를 맺었다가 그것들을 새들에게 고스란히 내주며, 시월상달엔 석류가 저 혼자 터져 알알이 여문 홍보석 같은 속을 내보이고, 부쩍 자란 파초가 제 발아래 온순한 그림자들을 기른다. 이 고요 속에서 눈이 밝아진다. 고요는 생활의 만족감을 키우고 삶의 질을 드높이는 요소다. 이즈막 늦둥이처럼 얻은 고요는 애들 떠난 빈 집에서 내가 누리는 유일한 사치다.

도시를
걷다

메트로폴리스가 품은 인공 장소들은

우리가 욕망하는 것들에 대한 자본의 응답이자,

일상의 밋밋함 너머의 판타지를 충족시키고자 기획된

허망한 유토피아다.

프랑스 한 지방 호텔 방에 든 남자가 무심코 덧문을 연다. 덧문을
열자마자 여행자는 창밖에 펼쳐진 시골 풍경에 숨이 멎은 듯 넋을
잃는다. 그는 흐느껴 울기 시작한다. 그 풍경의 아름다움에 대한
감탄이 아니라 지독한 무력감 때문이다. "눈앞에 모든 것이 주어
졌는데도 그는 아무것도 붙잡을 수가 없었다"고, 작가 장 그르니
에는 썼다. 누군가 아름다움이 우리를 멸시한다고 썼을 때, 그는
아름다움이 우리 안에 끝없는 공허와 결핍감을 키운다는 점을 선
험적으로 깨달은 자다. 가끔 서울이 그다지 아름답지 않다는 사실
에 안도한다. 이 지루하고 무질서하며 혼잡한 도시가 존재의 결핍
감을 키워서 나를 울리는 일은 결코 없을 테니까.

산책자가 도시의 풍경 안과 밖을 더듬으며 나아갈 때 시선은 자주
시간의 지층을 파헤치는 고고학자의 그것과 닮는다. 장소들은 시

간이 제 흔적을 남기는 명판名板이다. 시간은 사나운 기세로 달려왔다가 이윽고 무너지고 사라지는데, 이때 시간은 장소의 안과 밖을 할퀸다. 장소가 곧 시간의 몸인 것은 바로 그런 사정 때문이다. 도시의 외관들, 그 바깥 풍경들에 남은 오래된 시간의 자취들은 오직 부재와 망각의 방식으로써만 오롯하다. 누구도 흘러가 사라진 시간에 가 닿을 수는 없다. 그것은 부재와 망각 속으로 존재 이전을 해 버린 탓이다. 우리는 과거와 현재의 사이, 기억과 망각의 사이를 사는 존재들이다. 그 '사이'로 시간들은 쏜살같이 달려왔다가 무너지며 사라진다.

시차를 두고 나온 정윤수와 이광호의 도시 인문학 책들을 겹쳐 읽는다. 정윤수의 「인공낙원」(궁리)은 도시 공간의 세부細部를 이루는 광장, 극장, 모델하우스, 모텔, 카지노, 백화점, 테마파크, 경기장, 박물관, 공항, 기차역 등에 대한 탐사 기록이다. 정윤수는 배회자이자 산책자의 정체성을 갖고 "맹진하는 속도와 휴식 없는 노동과 번들거리는 물신"들의 신호로 가득 찬 글로벌폴리스의 인공낙원을 가로지르며 '극장'에서 일상의 자명성 뒤에서 펄럭거리는 판타지를, '모델하우스'에서 아무것도 영구한 것은 없고 쉽게 해체되고 철거되는 가설무대와 닮은 삶이 있을 뿐임을 알아차린다. '모텔'에서 절박한 욕망의 비상구이고 더는 도망갈 수 없는 최후 망명지의 모습을, '백화점'에서 온갖 색채로 들끓는 욕망의 진원지를, '박물관'에서 해체되고 새로이 만들어지면서 유동하는 것과 영속되는 것이 뒤엉킨 시간을 엿본다.

그는 '광장'에 대해 말하면서 먼저 최인훈의 「광장」에 나오는 "광장은 대중의 밀실이며 밀실은 개인의 광장이다"라는 문장을 떠올리고, 프랑코 만쿠조의 광장이 "만남, 의견 교환, 산책, 휴식이 이루어지는 장소"라는 말을 인용한다. 두 말할 것도 없이 '광장'의 기원은 고대 그리스의 '아고라'이다. 광장이 "단순히 물리적으로 널찍한 도심 속의 공간이 아니라 밀실의 개인이 공포와 외로움을 이겨 내고 좀 더 넓고 따스한 공동체로 스며드는 통로"라면, 불행하게도 서울에는 그런 광장이 없다. 기껏해야 국가 상징물과 조형물들이 늘어 서 있고, 국가 이벤트나 시정 홍보를 위한 행사를 치르는 너른 공간이 있을 뿐이다. 개인들은 '허가'를 받아야 비로소 그 너른 공간을 이용할 수 있다. 우리는 개별자의 삶과 사회가 상호삼투하며 만든 광장, 즉 동시대인의 공간적 기억의 저장고라는 광장을 갖지 못한 것이다.

메트로폴리스가 품은 인공 장소들은 우리가 욕망하는 것들에 대한 자본의 응답이자, 일상의 밋밋함 너머의 판타지를 충족시키고자 기획된 허망한 유토피아다. 그것이 허망한 것은 이 인공 장소들 속에서 욕망 충족은 유예되고, 판타지는 영구적으로 이루어질 수 없는 것이기 때문이다. 이 인공낙원의 '장소'들은 우리 삶에서 어떤 의미를 갖고 있는가? 이 장소들은 도시 인문학적 의미를 궁구할 수 있는 탐색의 대상들이다. 개별자들의 욕망에 들린 물신들이 날마다 이 인공낙원을 둘러싸고 피와 죽음의 사육제가 벌어지는 곳이다. 정윤수가 이 장소들의 부침浮沈을 겪은 자로서 "명치끝에서 쫄밋거"리는 기억을 바탕으로 이 책을 썼다고 토설할 때, 나는 울컥해진다. 그것은 즐거운 지옥이자 권태로운 천국인 이 장소들이 불가피하게 내 삶의 일부를 이루고 있기 때문이다.

이광호의 「지나치게 산문적인 거리」(난다)는 삼각지에서 효창공원, 용산전자상가, 해방촌과 이태원을 품고, 한남동과 동부이촌동, 국립중앙박물관으로 이어지는 용산이라는 공간에 대한 아름답고 쓸쓸한 인문적 탐사의 기록이다. 하필이면 왜 '용산'인가? 그것은 '용산'이 "모더니티의 참혹함과 혼종성"을 어떤 내재성으로 함께 갖고 있고, "애써 지우고 싶은 식민과 이식의 역사와 모욕과 단절의 시간이 폭력적인 개발을 호출하는 기이한 장소"인 까닭이다. 용산은 일제강점기 때 일본군 주둔지였고 해방 뒤에는 미군 부대가 차지하고 있던 곳이다. 더 거슬러 올라가면 13세기 고려 말에는 몽고군의 병참기지가 있던 곳이다.

이광호는 용산의 그 익숙하고 진부한 길들을 걸으며 시간과 장소의 상관관계로 제 생각의 물길을 밀고 나간다. 장소는 시간을 앞지르지 못하고, 오직 흘러간 시간만을 망각과 부재의 형식으로 제 몸에 새긴다. 시간이 장소에 새긴 문신은 건달이 제 등에 새긴 문신과 마찬가지로 결코 아름다울 수가 없다. "장소는 시간을 앞지르지 못한다. 장소는 시간의 몸을 입고 있으며 내밀한 이야기를 품고 있다. 장소를 둘러싼 이야기는 완전히 드러날 수 없으며 이해받을 수도 없다. 장소의 의미가 타오르던 극적인 순간은 결국 사라진다. '용산'이란 기억과 망각의 사이에서 명멸해 가는 우연들의 집적에 지나지 않는다." 인문적 소양이 풍부한 산책자로서 이광호의 시선은 '용산'의 현재, 즉 전자상가, 아이파크 몰, 전쟁기념관, 국립중앙박물관, 긴 담으로 차단된 미군 기지, 이국의 풍물들이 기묘하게 뒤섞인 이태원 거리들에 머물지만, 마음은 시선이 가 닿을 수 없는 '과거'들, 외세의 주둔지였고, 붉은 사창가였던 과거의 시간에 더 오래 머문다.

이광호의 문장은 정연하다. 추상적이고 모호한 것들에 대해 말할 때조차 그 엄격한 질서는 한 치의 흐트러짐도 없다. 그 정연한 문장의 질서 너머에 깊은 슬픔으로 흐트러진 마음의 짐승이 있다. 물론 그 짐승은 한 번도 제 모습을 드러내지 않는다. 생의 참혹한 우연에 이미 깊이 찔린 그 짐승은 슬픈 눈으로 저쪽에서 현실 이쪽을 응시한다. 미친 듯이 포효하고 싶지만, 가까스로 억누르고 있는 이 마음의 짐승이라니! 이 짐승을 미치게 만드는, 그러나 끝내 미쳐지지 않는 내면의 깊은 슬픔은 느닷없이 호명되는 그 정체를 도무지 짐작할 수 없는 '너'라는 존재에서 비롯하는 듯하다. "걸으면서 중얼거리는 자가 있다. 나는 너에게 말하고, 너는 나를 듣지 않으며, 나는 네 안에서 나를 듣는다." '나'는 '너'에게 말하지만, 그 말은 끝내 청자에게 가 닿지 않는다. 물론 그것은 청자가 그 말을 들을 수 없거나 듣는 것을 거부하기 때문일 것이다. "너의 이름은 뼈아픈 비밀과 같고, 나는 결코 '너'라는 단 하나의 이름에 닿을 수 없다. 너의 영혼과 삶을 정확하게 요약하는 이름은 없다. 이름은 불가능하지만, 또한 불가피하다. 너에게 꼭 어울리는 이름은 없다." '너'는 내가 가 닿을 수 없는 불가능한 지점에 있다. '너'는 '나'의 삶에서 사라졌다는 사실이다. '나'는 '너'의 사라짐에 대한 도덕적인 채무자다. 시도 때도 없이 호명되는 '너'란 이미 폐허가 되어 버린 시간일까, 혹은 이미 현실에서 자취를 감춰 버린 사랑했던 누군가일까. '너'는 지금-여기에 부재하는 존재다. 아무리 불러도 '너'는 돌아오지 않는다. 장소들은 '너'의 부재로 텅 비어 있고, '나'는 껍데기로만 남은 자다. 장소가 이름에서 초연하다면, 침묵과 고독 속에 유폐된 부재의 '너' 역시 그렇다. 텅 빈 곳을 채우는 것은 "위태로운 기억과 망각, 기다림의 순간 속에 명멸"하는 장소의 침묵들과 '너'의 침묵 위에 '나'의 안에서 소용돌이치는 침묵을 겹쳐 내려는 욕망들 뿐이다.

삶을
견딘다는 것

내 생각에 사람들이 책을 읽는다면 사람들을 물어뜯고 콱 찌르는

그런 책만을 읽어야 할 게야. 만약에 우리가 읽는 책이 우리의 두개골을

주먹질로 일깨우지 않는다면 도대체 무엇 때문에 그 책을 읽는가?

올봄은 언제 벚꽃이 피었다가 져 버렸는지조차 모를 정도로 빠르게 지나갔다. 안성 시골집에서 함께 살던 어머니, 당신은 생의 마지막 두 달은 막내 여동생이 사는 용인의 한 요양병원 중환자실에서 보내셨다. 병상의 노모를 보러 갈 때마다 나는 지독한 무력감에 빠지곤 했다. 어머니는 의식이 들락날락하면서 산소 호흡기를 코에 부착하고 링거를 맞고 있었는데, 나를 알아보지 못했다. 나는 어머니 얼굴을 오래 바라보다가 중환자실을 나와 병원 복도 의자에 우두커니 앉아 책을 읽다 돌아오곤 했다. 어머니가 돌아가시고 장례를 치른 뒤, 오 남매는 납골당 근처 식당으로 우르르 몰려가서 함께 밥을 먹었다. 반나절을 굶은 뱃속에 따뜻한 고기 국물이 들어가자 얼어 있던 몸에 온기가 돌았다. 죽은 자를 장례 지낸 뒤, 남은 자들이 제 입으로 꾸역꾸역 음식을 퍼 나르는 저 행위를 두고 혀를 차며 비난할 수만은 없다. 애도하는 마음이 아무리 크고 생생하더라도, 산 자들은 살아 있으므로 제 몸을 부양해야만 한다. 기억과 윤리가 중요하지만 슬프게도, 산 자는 그보다 굶주림에 불가피하게 무릎을 꿇는 육신을 가졌다는 것, 즉 그토록 진부한 습관과 생물학적인 욕구들에 불가피하게 굴복한다.

벚꽃이 다 진 뒤, 훌쩍 가 버린 봄을 송별하는 애틋함에 젖어 있는데, 남해 진도 앞바다에서 여객선이 침몰하며 수백 명이 한꺼번에 생명을 잃는 일이 터졌다. 이 날벼락 같은 국가적 재난 앞에서 나는 마음이 또 다시 속절없이 무너졌다. 나는 한동안 말을 잃었다. 참담함과 커다란 슬픔 속에서도 이 재난에 책임을 져야 할 이들의 무책임과 도덕적 불감증에 대한 분노에서 벗어날 수가 없었다. 침몰한 여객선 선실에 사람들이 갇혀 있다는 뉴스 보도를 보면서 나도 모르게 주르륵 눈물이 흘러내렸다. 며칠 동안 슬픔과 우울, 그리고 지독한 무력감이 나를 덮쳤다. 나는 출구가 없는 회로 속에 갇혀 있었고, 내가 할 수 있는 일은 아무것도 없었기 때문이다.

수천 명이 죽은 동일본 재난 이후 일본 지식인들의 의식을 짓누른 것도 지독한 무력감이었다. 「잘라라, 기도하는 그 손을」이라는 책을 쓴 일본의 철학자 사사키 아타루는 한 강연에서 사이토 다마키라는 한 정신과 의사의 경험을 들려준다. 철학과 문학에 일가견이 있는 이 정신과 의사는 3·11 고베 대지진 이후 이 '압도적인 현실'에서 철학과 문학의 무력함을 섬광같이 깨닫고 방대한 장서를 다 버렸다. 하지만 얼마 지나지 않아 '아연실색하고' 다시 책을 한 권 한 권 사 모으고 있다고 한다. 문학과 철학이 압도적인 재난 앞에서 아무것도 할 수 없지만, 그래도 우리가 기댈 것은 이것밖에는 없다는 깨달음 때문이다. 아도르노라는 철학자 역시 한없는 절망 속에서 "아우슈비츠 이후 시를 쓰는 것은 야만이다"라는 말을 했다가 나중에 철회하는데, 이것 역시 같은 맥락으로 받아들일 수 있다.

영혼이 녹아들어 가는 듯한 죽음과 대량 살상, 커다란 재난이라는 압도적인 경험에 마주칠 때, 문학이나 예술, 책은 한없이 무력하다. 그것들이 할 수 있는 것은 아무것도 없다. 문제는 무력감 이후다. 삶은 계속되는 것이고, 살아 있는 사람들은 여전히 나날의 문제들과 직면해서 풀어 가야 할 난제들을 안고 있다. 바흐와 라흐마니노프의 음악을 들으며 마음의 위안을 구하고, 스피노자나 레비나스의 철학 책들을 읽으며 이 삶의 잔혹함을 견디는 힘을 얻어야 하는 것이다.

한밤중 흐릿한 요양병원의 복도 의자에 앉아 무심코 책을 읽던 그날의 내 모습을 떠올린다. 나는 중환자실 침상에 누워 있는 어머니를 두고 한없이 무력했다. 그나마 내가 할 수 있는 유일한 일로 책을 읽은 것이다. "독서는 오랫동안 가만히 앉아 시간을 정면으로 직시하는 법을 가르치는 가장 뛰어난 도구다."(앨런 제이콥스, 「유혹하는 책 읽기」) 책은 시간을 정면으로 직시하게 이끌고, 마침내 의식을 고양시키고 일깨운다. 그것만이 나를 위로하고 구원할 수 있다는 사실을 알았다. 그랬으니 그 흐릿한 불빛 아래서 끔찍한 절망을 누르며 꾸역꾸역 책을 읽은 것이다. 프라하 출신의 명민한 유대인 프란츠 카프카는 이렇게 썼다.

"내 생각에 사람들이 책을 읽는다면 사람들을 물어뜯고 콱 찌르는 그런 책만을 읽어야 할 게야. 만약에 우리가 읽는 책이 우리의 두개골을 주먹질로 일깨우지 않는다면 도대체 무엇 때문에 그 책을 읽는가? 책이 우리를 행복하게 만들어 주어서? 맙소사, 책이 없어도 우리는 행복해질 수 있지 않나. 그리고 우리를 행복하게 만들어 주는 책은 아쉬운 대로 우리 자신이 쓸 수도 있지. 우리가 필요로 하는 책은 우리를 아주 고통스럽게 하는 불행처럼 우리에게 영향을 미치는 책이라네. 마치 우리 자신보다 더 사랑하는 사람의 죽음처럼, 마치 우리가 사람들 사이에서 내쫓겨 멀리 숲으로 추방된 것 같은, 마치 자살과 같은 불행 말일세. 책은 우리 내면 안의 얼어붙은 바다를 깨는 도끼여야 한다네."

책은 마음 한가운데를 물어뜯고 콱 질러야만 한다. 좋은 책이라면 마땅히 "두개골을 주먹질로 일깨"우고, 그래야만 책은 "내면 안의 얼어붙은 바다를 깨는 도끼"와 같은 역할을 할 수가 있기 때문이다. 카프카는, 책이란 모름지기 관성에 물들어 쉽게 마비될 수도 있는 정신을 찌르고 물어뜯으며, 얼어붙은 내면을 깨야만 한다고 생각했다. 그런 책만이 읽을 가치가 있다. 카프카의 약혼녀 펠리체 바우어가 카프카의 엽서를 필적 감정사에게 보였다. 필적 감정

사는 이 필적의 주인공이 "문학에 큰 관심을 가지고 있다"고 말했는데, 그 말을 전해 들은 카프카는 이렇게 말한다. "나는 문학에 관심이 있는 것이 아니라 문학으로 만들어져 있다. 나는 문학에 불과하며 그리고 다른 그 무엇이 될 수도, 그러기를 바랄 수도 없다."

나는 왜 책을 읽은 것일까? 몸에 배인 습관이기 때문일까? 혹은 무의식적으로 고통에 빠진 나를 구원하기 위해서? 무슨 거창한 생각을 가지고 책을 읽은 것은 아니다. 나는 책을 읽은 게 아니라 활자들 뒤에 숨은 잔존하는 욕망들, 겨우 희미하게만 의미를 발하고 있는 삶의 밑바닥을 들여다본 것은 아닐까? 돌이켜 보니, 흐릿한 불빛에 의지해 책을 읽는 동안 나는 현실의 고통을 망각할 수 있고, 찰나지만 불행의 덫에 빠진 나와 다른 존재의 순간을 맞이했음을 희미하게 깨닫는다. 살아남은 사람들이 계속 살아갈 힘은 이런 밍긔과 불행을 넘어선 다른 존재의 순간들을 통해 얻어지는 것이다.

재난 앞에서 우리가 할 수 있는 일은 무력감을 밋밋함으로써가 아니라 치열하게 겪는 것이다. 치열한 무력감을 겪어 내며 삶을 살아야 할 강력한 이유들에 대한 통찰을 얻어 내야 한다. 사람은 그 자체로 자신을 관조하는 우주다. 이 우주는 계속 운행을 해야만 한다. 그때 우리에게 도움의 손길을 베풀고 저 너머의 다른 삶을 꿈꾸도록 이끄는 것은 문학과 예술, 그리고 책들이다. 좋은 책들은 지금-여기의 삶과 다르게 살기, 다르게 존재하기로 이끈다. 책들은 지금-여기의 삶이 결핍과 불완전함으로 만들어졌음을 깨닫게 한다. 물론 책보다 더 많은 것을 주고 더 많은 가르침을 주는 것은 대지다. 하지만 책들보다 대지가 더 중요하다는 것을 가르쳐 주는 것도 다름 아닌 책이다.

재난에 대처하는
우리의 자세

돈벼락을 맞는 '대박'이 '꿈'으로 포장되고,

수단과 방법을 가리지 않고

돈과 권력을 쥔 이들이 호의호식하는 이 '미친' 사회에

재난과 불행은 불가피한 것이다.

8

제주도로 향하던 세월호가 물길 사납다는 남해 진도 앞바다에서
뒤집혀 가라앉았다. 구명조끼를 입고 구조를 기다리던 삼백여 명
이 싸늘한 사체로 인양되고 아홉 명은 생사가 불명인 채 실종 상
태다. 차가운 바다에 삼켜져 불귀의 객이 된 희생자 대부분은 수
학여행에 나선 한 고등학교 학생들이다. 참사가 일어난 지 일 년
이 지났건만 우리 마음은 여전히 분노와 슬픔으로 끓고 있다. 일
상의 조촐한 보람이던 산책도 시들하고, 다투어 피던 모란과 작
약, 가까운 언덕과 먼 산의 신록조차도 생뚱맞아 보이고, 평소라
면 혀에 녹는 듯 맛났을 음식도 쓰디썼다. 우리는 실의와 무력감,
우울증과 허탈에 빠져 일손을 놓고 허송세월을 하며 재난이 만든
트라우마를 집단적으로 앓는 중이다. 이 무고한 어린 생명들을 죽
음의 바다로 밀어 넣은 자는 누구인가?

승객들을 버려두고 허겁지겁 달아나기에 바빴던 세월호의 선장과 선원들, 과적과 탈법의 주체인 해운회사, 해운회사의 실소유주라는 이와 그 일가의 기괴한 탐욕과 비리 목록들, 구조 매뉴얼도 없이 우왕좌왕한 해경, 컨트롤타워 부재를 드러낸 무능한 정부가 합작해서 뭇생명들을 죽음으로 몰아넣었다. 기본과 원칙이 무너진 자리에 비리와 탈법이 독버섯처럼 자라났다. 도덕과 이성이 부재한 자리에서 탐욕과 이기주의가 활개를 쳤지만 우리는 묵인하고 방조했다. 이 참사로 추악한 민낯이 드러나고, 추락한 대한민국의 초라한 국격이 폭로되었다. 대통령이 머리를 조아리고 거듭 사과를 하고, 정부가 국가안전처를 신설하겠다고 약속하지만, 찢긴 마음이 아물지는 않는다. 이 참사는 부패 사회와 부실 국가가 합작으로 저지른 타살이고, 도덕적 무지 속에서 제 삶 챙기는 데만 급급했던 우리는 모두 유죄다! 부패의 고리 속에서 잇속을 챙기기에 바빴던 이 사회의 뻔뻔한 개체들과 집단들! 그들을 용납하고, 그것늘에 빌붙어 비루한 밥을 먹고 편안한 삶을 산 우리 모두가 죄인이다!

어떻게 이런 일이 벌어질 수 있는가? 사실 참사의 가능성은 예측할 수 있는 일이었다. 위기 징후들이 불거졌지만 부패와 복지부동에 빠진 관료 조직, 무능한 정부 권력, 돈을 신으로 섬기며 도덕적 해이에 빠진 사회, 탐욕과 이기주의로 뭉친 기업과 타락한 기업가들, 당리당략에 매인 정치 집단들 모두가 그 사실을 외면했다. 나는 한 해 전 한국 사회를 비판적으로 성찰하는 책 「동물원과 유토피아」를 내면서 한국 사회가 "눈뜬장님들"처럼 파멸을 가져오는 "다가오는 '빙산들'을 인지하지" 못함을 경고했다. "한국인들이 승선한 '한국호'는 한 치 앞도 내다볼 수 없는 바다를 항해한다. 미래는 불확실한데, 그것은 우리 삶이 예측 불가능한 위험들 속에 있다는 반증이다. 그 도처에 도사리고 있는 위험들이 우리의 삶을 집어삼킬지도 모른다"라고 썼다. 세월호 참사를 겪으면서 소름이 오소소 돋았다. 나는 한국 사회를 우리가 망가져서 맹수들이 탈출한 동물원에 빗대면서 이 "동물원은 관리 권력이 전혀 미치지 못하는 무법과 탈법, 혼란과 무질서가 판을 치는 정글"이라고 썼는데 그 실상이 고스란히 드러났기 때문이다. 살육과 아수라장이 펼쳐지는 '동물원 사회'에서는 내부의 자율적이고 내재적인 윤리와 도덕이 자본과 이윤의 탐욕으로 대체"되고, "사회적 약자들은 '벌거벗은 생명'으로 내쫓기고" 있었던 것이다. 이 경고에 아무런 메아리가 없었다.

우리는 생산과 효율성을 좇으며 더 많은 이익과 성과를 내는 '성과주체'가 되도록 강요하는 사회 시스템에 포획당한 채 만성적 위기 불감증에 빠져 우물쭈물 대다가, 세월호 침몰이라는 직격탄을 맞았다. 이 참사에 마치 먹잇감을 놓고 달려든 하이에나같이 '과잉 상태'에 빠진 미디어들 때문에 다시 한 번 절망했다. 텔레비전은 종일 참사 뉴스만으로 채워졌다. 매체들이 속보 경쟁에 뛰어들며 똑같은 뉴스를 되풀이하는 데서 도무지 절제와 균형감각을 찾을 수가 없었다. 미디어들이 끝도 없이 쏟아내는 말들에서 실종자 가족의 슬픔과 상처에 대한 배려를 찾아볼 수 없고, 희생자들에 대한 차분한 애도도 없었다. 지각의 쇄신 없이 무의미한 말들만 동어반복하는 매체들에서 몰이성적 획일주의, 들뜸, 진정 鎭靜과 고요에 이르려는 노력을 무력하게 만드는 광기를 보았다.

우리 사회는 어떤 강박들에 사로잡혀 조금씩 미쳐 있는 게 아닐까? 돈을 좇고, 즉물적이고 감각적인 쾌락으로만 치닫는 사회에서 도덕적 기강의 후퇴는 명약관화한 일이다. 돈벼락을 맞는 일이 '대박'의 '꿈'으로 포장되고, 돈과 권력을 쥔 이들이 호의호식하는 이 미친 사회에 재난과 불행은 불가피한 것이다. 모두가 '성과 기계'라는 괴물들로 변해 버린 현실 속에서 비판과 통찰력을 키워 주는 일은 주목받지 못한다. 자기 성찰로 이끌고 마비된 양심을 깨우고 벼리는 책을 읽기보다는 취업에 유리한 스펙 쌓는 것을 더 중요시한다. 다들 '몸짱' 만드는 일에는 열심이었지만 '지적 근육'을 만드는 일에는 한없이 게을렀다. 이 천박한 실용주의 사회에서 주체적으로 사유하고 고요 속에서 자아를 돌아보는 계기와 능력을 갖추기란 불가능한 일이다. 세월호 참사는 이성과 양심이 마비되어 작동하기를 멈춘 개체들로 이루어진 사회가 맞은 도덕과 윤리의 파탄이 현실로 불쑥 드러난 재난이다.

단테는 「신곡」에서 지옥을 그려 냈는데, 그 지옥 입구에는 "이 문으로 들어오는 자여, 모든 희망을 버릴진저"라고 씌어 있다고 했다. 단테는 희망이 없는 곳, 한 점의 희망마저 품을 수 없는 곳이 바로 지옥이라는 것을 말한다. 몇백만 명의 유대인을 가스실로 보낸 나치의 아우슈비츠 강제 수용소가 그렇고, 이백만 명이 살해되고 삼백만 명의 난민을 낳은 폴 포트와 크메르 루주에 장악된 캄보디아가 그렇고, 일본군의 만행으로 몇십만 명이 무참하게 죽음을 맞은 중국 난징이 그렇고, 군부 독재자의 명령으로 계엄군이 시민을 무참히 학살한 1980년 광주가 그렇다. 그때 그곳에는 아무 희망도 없고 오직 살육의 광기만이 번뜩였으니, 바로 지옥이었다. 돈에 미쳐 물신주의로 치닫고, 어디 한 군데 멀쩡한 곳이 없이 부패한 이 나라, 땅 위에서 땅속에서 바다에서 하늘에서 잇달아 무고한 사람들이 죽어 나가는 참사가 터지는 지금 여기가 지옥이 아니라고, 감히 부정하지 못한다. 우리에게 한 점의 희망이라도 남아 있는가?

다들 제 목숨을 구하기에 급급할 때 구명보트를 양보하거나 타인을 구하려고 가라앉는 배 안으로 들어간 의인義人들이 있었다. 이웃을 위해 자기 목숨을 바친 이들의 한없이 숭고한 행동에서 나는 여름밤 공중에서 반짝이는 반딧불이같이 잔존하는 희망의 근거들을 본다. 세상은 슬픔으로 얼룩져 있고, 만사는 거대한 시름덩어리지만 의인들의 놀라운 용기와 희생이 마치 등불을 켠 듯 마음을 환하게 만든다.

이제 슬픔을 딛고 일어나자. 다들 일상으로 돌아가서 슬픔을 연민과 사랑의 에너지로, 분노를 사회 개조의 동력으로 만드는 데 힘을 모으자. 희생자들을 충분히 애도하고, 이 참사 원인을 조목조목 따지고 책임을 질 사람들에게는 그 책임을 묻자. 재난이 재발하지 않도록 사회 시스템을 바꾸는 일에 머리를 맞대자. 더 좋은 날이 오리라는 희망을 포기하지 말자. 아직 일말의 희망은 있다. 그런 희망을 키우고 그 희망을 이웃과 나누자. 이 희망을 끝끝내 놓지 않을 때, 우리에게 더 좋은 날들이 올 것이다!

지금 멈추어
읽는 책이
남은 인생의 길이 된다

책은 나 아닌 타자들의 사색과 체험이 가득 차 있는 세계요,

무궁무진한 우주다.

어떤 책을 읽는다는 것은 그 세계, 그 우주로 초대받는 것이다.

9

어려서부터 책을 참 좋아했다. 그토록 책을 탐닉한 것은 심오한 뜻이 있어서라기보다는 단지 책이 재미있었기 때문이다. 책에서 울려 나오는 교향交響의 장엄함 속에서 영혼이 깊고 굳세졌다. 청소년 시절, 친구 집 다락방과 학교 도서관에 있는 책들에 빠져 살았다. 책을 쓰고 그 수익으로 생계를 해결하려는 계획을 세운 십대 후반에는 국립도서관과 시립도서관을 문턱이 닳도록 드나들며 책을 본격적으로 읽었다. 니체, 바슐라르, 콜린 윌슨, 카뮈, 카프카, 김승옥, 최인훈, 서정인, 이청준의 책들을 읽고, 보들레르, 랭보, 발레리, 말라르메, 릴케, 엘리어트, 김소월, 서정주, 고은의 시집들에 빠져들었다. 그것만으로 책에 대한 목마름이 해소되지 않아 날마다 종로의 대형서점들을 순례하며 새로 나온 책들을 읽었다. 책을 사볼 만한 경제적인 여유를 가진 요즘은 도서관이나 서점 순례에 나서는 대신에 온라인 서점에서 책을 주문해서 읽는다.

나는 먹을 것과 잠잘 곳이 있다면, 책, 의자, 햇빛만 있으면 행복하게 살 수 있다고 말한다. 이 말은 진실이다. 덧붙여 사랑하는 사람들, 숲, 바다, 음악, 대나무, 모란, 작약, 제철 과일이 있다면 금상첨화다. 책에는 가 보지 못한 장소들, 한 번도 보지 못한 식물과 풍경들, 낯선 미지의 시간들이 있다. 책을 읽는 동안 나는 그 세계 속으로 뛰어든다. 지적 모험을 시작하는 것이다. 행복의 첫 번째 조건으로 나는 책을 꼽는 데 조금도 주저하지 않는 것은 책이 밥이고, 음악이고, 숲이고, 바다고, 우주이기 때문이다. 책 없는 풍족한 천국과 책이 쌓여 있는 고통스런 지옥이 있다면, 나는 망설임 없이, 지옥을 선택할 것이다. 책이 없다면 아무리 풍족해도 바로 그곳이 지옥이다. 책을 손에 드는 순간 나는 미지의 세계로 여행을 떠나는 사람처럼 가슴이 설렌다.

경기도 남단 안성의 '수졸재'는 서른 몇 해 동안 모은 장서가 있는 곳이다. 정확하게 몇 권인지 세어 보지는 않았으나 스물다섯 평 서재에는 서가들로 꽉 차 있다. 아마도 2만여 권은 넘으리라 짐작된다. 다락과 창고, 서울 집필실의 책들을 다 합하면 3만여 권이 넘을지도 모른다. '수졸재' 서가에는 온갖 책이 꽂혀 있다. 고전과 신간이 뒤섞여 있고, 시집, 소설들, 철학, 역사뿐만 아니라 자서전, 평전, 민담, 심리학, 인류학, 식물학, 우주과학, 물리학, 뇌과학, 축구, 요리, 건축, 미술…… 등등의 책들이 구분 없이 꽂혀 있다. 내 서재는 '잡다한' 책들의 미로다.

‘수졸재’는 천정이 높고 공간이 넓어 서재를 온기로 채우려면 기름이 많이 든다. 기름값이 천정부지로 뛰어오른 다음부터 날씨가 춥고 스산해도 아예 난방을 하지 않는다. 그 전에는 한겨울에도 무릎에 두터운 담요를 덮고 전기난로를 켜고 추위를 견디며 책을 읽었지만, 요즘 ‘수졸재’는 비운 채 주말에만 들여다보고, 주로 서울 서교동 집필실에 머물며 읽고 쓴다. 서울의 집필실에 머무는 날이 많으니, 새로 느는 책들은 여기에 다 모여 있다. 어느덧 2천여 권이 넘는 책이 서가에 꽂히고, 책상 위와 테이블, 방과 거실 바닥에 책이 쌓인다. 그리고 바닥에 쌓여 만든 책의 기둥들은 시간이 갈수록 높아진다.

나는 왜 그토록 오래, 쉬지 않고 책들을 읽고 있는가? 그 대답을 프랑스 출신의 문학연구자 츠베탕 토도로프가 대신한다. “문학은 우리가 심각하게 의기소침한 상태에 빠졌을 때 우리에게 손을 내밀어 주변 다른 사람들에게로 인도하고 우리로 하여금 세상을 솜더 잘 이해하게 해 주고 살아가는 일을 도와준다.” 여기서 ‘문학’을 ‘책’으로 대체해도 그대로 맞아떨어진다. 책은 의기소침해 고립되어 있는 사람들을 ‘다른 사람들에게로’ 안내한다고 했다. 책은 나 아닌 타자들의 사색과 체험이 가득 차 있는 세계요, 무궁무진한 우주다. 어떤 책을 읽는다는 것은 그 세계, 그 우주로 초대받는 것이다. 결과적으로 책은 불안과 분노는 가라앉혀 주고, 침체된 기분을 화사하게 하며, 삶의 의욕을 북돋을 뿐만 아니라 지적 통찰력을 갖게 한다. 아울러 학습 기억의 총량을 늘여 ‘살아가는 일’을 도와준다. 거듭 말하거니와 독서는 이 세계가 준 기적의 선물이고, 책은 내가 누리는 지복이다.

책이 좋은 것은 누구도 차별하지 않는다는 점이다. 책 앞에서는 직업의 귀천이 없고, 남녀나 노소의 차별도 없다. 학생, 회사원, 주부, 변호사, 정육점 주인, 노숙자, 백수…… 누구든지 평등하게 책을 읽을 수 있다. 책은 어디에서든지 읽을 수 있다. 서재나 도서관만이 아니라 풀밭, 나무 아래, 공원 벤치, 지하철, 기차, 비행기 안에서 읽을 수 있다. 대개 훌륭한 책들의 저자는 '앎의 거인들'이다. 책을 읽는다는 것은 "거인들의 어깨 위에 앉아서" 세상을 바라보는 것과 마찬가지다. 두루 많이 알고 비범한 능력을 가진 저자가 쓴 책을 읽으며 그 폭넓은 앎과 비범한 능력을 빌어 세상을 넓게 바라볼 수 있다. 무릇 인격을 다져 고매함에 이른 사람치고 책을 많이 읽지 않은 사람이 없다.

어느 시대에나 그 시대를 대표할 만한 독서가들이 있다. 조선시대를 대표할 만한 독서가로 이덕무와 율곡 이이를 꼽을 만하다. 실학자 이덕무는 몹시 가난해서 책을 사 읽을 형편이 되지 못했다. 그는 책들을 빌려 읽고 귀한 책들은 베껴서 소장했다. 그렇게 읽은 책이 수만 권이요, 베낀 책이 수백 권이다. 그는 역사와 지리, 초목과 곤충, 물고기의 생태에 이르기까지 박학다식했다. 서자로 태어나 나중에 정조 임금에게 발탁되어 규장각 검서관으로 일한 이덕무는 스스로 가리켜 '간서치看書痴'라고 했는데, 이는 '책만 읽는 바보'라는 뜻이다. 독서광이던 율곡은 사람들이 책을 읽지 못하는 첫째 이유로 "그 심지를 게을리 하며, 그 몸가짐을 방일하게 하며, 다만 놀고 편안함만을 생각하고, 심히 탐구를 게을리 하기 때문"이라고 적는다. 율곡이 콕 집어 지적했듯이 독서의 적은 게으름, 방일, 편안함 따위다. 독서가라면 게으름과 방일함을 경계하며 부지런히 읽느라고 애쓸 것이다. 그가 어떤 책을 읽었는지를 말해 주면, 나는 그가 어떤 사람인지를 말해 줄 수가 있다. 책은 읽은 사람의 피와 살이 되는 까닭이다. 누구나 자기가 읽은 책들을 자양분 삼아 교양의 토대를 만들고 인격을 다듬으며 자기라는 것을 형성한다. 책을 두루 많이 읽으면 안정적인 심성을 갖게 되고, 삶과 세계를 깊이 보는 심안이 생기는 법이다.

내 책 중에서 드물게 많이 팔린 책이 「마흔의 서재」다. 많은 사람이 공감해서 주변에 권하기도 한 책이다. 나로서는 놀랍고 어리둥절한 사건이다. 그 책 서문에서 내가 찾은 행복 비법들을 이렇게 적었다. "샤워하면서 노래를 하라. 라디오에서 흘러나오는 노래에 맞춰 춤을 추라. 친구에게 시를 써서 보내라. 더 많이 책을 읽어라. 더 자주 웃어라. 더 자주 사랑하라." 행복해지려면 춤추고 노래하라. 행복해서 웃는 게 아니라 웃기 때문에 행복해지는 것이다. 노래, 춤, 웃음, 사랑과 더불어 책은 행복이라는 마법을 일으키는 도구다. 어떻게 하면 행복해질 수 있을까요, 라고 묻는 사람들에게 말한다. 책을 읽어라, 그러면 행복해진다. 지금보다 더 행복해지려면 읽고, 또 읽어라!

마음의
지리학

사람은 살았던 장소와 더불어 인격과 정체성의 응고를 겪는다.
삶의 두루마리를 펼친다면 거기 필시 장소와 그 장소 경험 속에서 만들어진
마음의 지리학이 얼굴을 드러낼 것이다.

「서울, 1964년 겨울」이라는 김승옥의 단편이 있다. 산업화와 근대화의 맹아가 꿈틀거리기 시작하던 1964년 서울을 배경으로 세 사내가 벌이는 하룻밤의 배회와 무위無爲를 재치 있는 입담으로 버무린 소설이다. 스물다섯 살 두 동갑내기 젊은이와 우연히 끼어든 한 사내가 여관과 술집, 밤거리를 함께 떠돈다. 냉소와 회의주의가 몸에 밴 청년들은 언어유희에 가까운 말들을 주고받다가 문득 '우리가 너무 늙어 버린 것 같지 않습니까'와 같은 말을 내뱉는다. 이 뜬금없는 물음을 통해 작가는 한없이 가벼운 이들이 실은 삶의 중력에 부대끼고 있음을 보여준다.

1964년은 한 소년이 한반도 내륙의 한 지방에서 서울로 올라온 해다. 서울 한복판에는 전차가 다니고, 골목마다 연탄재들이 쌓여 있었다. 냉장고는 고관대작들 집에서나 쓰던 시절이라 여름에는 얼음집이 성황이었다. 가난한 이들은 봉지 쌀을 사고 새끼줄에 꿴 연탄을 한두 장씩 샀다. 부엌칼로 불숨이 붙은 연탄을 떼어 내서 불구멍을 잘 맞춰 아궁이에 밀어 넣는 일이 일상이었다. 서울 토박이들은 '경알이' 말투, 즉 사근사근하고 어여쁜 서울 사투리를 썼다. 소년의 오감에 비벼지던 거대 도시 서울은 이상하고, 복잡하고, 신기한 그 무엇이었다.

나는 서울을 거점으로 소년기에서 장년기까지 살았다. 사람 내면에는 제가 사는 도시의 정체성이 덧씌워지고, 이때 몸과 마음으로는 장소의 역사, 생태, 지리, 제도, 풍습 따위가 흘러 들어와 나이테로 새겨진다. 내 무른 자아와 이 지옥 같고 더러는 천국 같은 도시가 길항하고 교호하는 가운데 나는 어느덧 '서울 사람'이 되었다. 서울 사람이 되었다는 것은 서울이 내 마음자리에 지울 수 없는 무늬와 흔적을 남겼다는 뜻이다. 내 마음에 자리한 헐벗음, 불행과 환멸은 서울과 무관하지 않다. 서울은 내 삶을 발명하고 자아를 키운 곳이다. 보들레르와 파리, 프란츠 카프카와 프라하, 제임스 조이스와 런던, 이상과 서울, 니코스 카잔차키스와 크레타, 알베르 카뮈와 알제리, 오르한 파묵과 이스탄불, 폴 오스터와 뉴욕의 예에서 볼 수 있듯이 그것은 내밀한 진실이다. 사람은 장소와의 연루 속에서 삶을 일구고, 장소들은 모호한 자아들에게 형태와 명확성을 부여한다. 당신이 어디에서 살았는지를 말한다면, 나는 당신이 어떤 사람인지를 말할 수 있으리라.

도시의 거리는 문화와 풍속을 고스란히 내보이는 진열장이다. 거리는 다채로운 삶들이 펼쳐지는 무대이자, 문화가 나타나고 사라지는 현장이다. 1930년대 일제강점기, 서울이 '경성'으로 불리던 시절, 소설가 박태원의 '구보'는 우리가 기억하는 근대의 첫 산책자다. 2013년 포스트모던한 도시 서울에 또 다른 산책자가 나타난다. 류신의 「서울 아케이드 프로젝트」(민음사)는 그 창안의 밑그림을, 19세기 파리를 골상학적으로 관찰한 발터 벤야민의 「아케이드 프로젝트」와 '구보'를 근대 도시 '경성'의 산책자로 내세운 박태원의 「소설가 구보 씨의 일일」에 빚지고 있다. 류신은 '구보'를 호명하여 거대 도시의 산책자라는 소임을 맡긴다. 구보는 "전망과 비전 없이 기계처럼 반복되는 도시인의 일상. 아무리 밀어올려도 시시포스의 바위처럼 자꾸자꾸 되돌아오는 의미 없는 시간"에 포박된, 바로 우리의 모습이 투영된 인물이다.

류신은 '아케이드 프로젝트의 21세기 서울 버전'을 써 낸다. 이 책에서 서울은 "환상과 현실, 매혹과 각성이 진자처럼 오가는" 아케이드 도시로 제 정체성을 드러낸다. 구보는 영등포에서 숭례문까지, 경복궁에서 서울광장까지, 롯데호텔에서 세운상가까지, 홍대 입구, 코엑스몰, 가로수길에서 강남역까지, 다시 영등포로 귀환하는 궤적으로 움직인다. 현실의 누추함을 지우는 "요술 환등의 성전", 그 아케이드 속을 뚜벅뚜벅 걸으며 상품 물신들이 활개를 치고, 발화하는 욕망들이 투사된 아케이드를 기웃거린다. 구보는 욕망의 요지경을 임상학적인 시선으로 더듬고, 신자유주의라는 유령이 점령한 '서울'에 대한 골상학적인 탐색을 한다. 구보는 우리에게 묻는다. "현대사회의 신화적 구조를 관리하는 자본의 판타스마고라에서 해방될 수 있는 각성의 기제"는 무엇인지, 자본주의가 만든 이 헛되고 조잡한 도취의 꿈에서 깨어나려면 우리는 어떤 각성을 기획해야 하는지를, "세상에서 가장 아름다운 아케이드를 구축할 방법"은 없는지를.

「부산은 넓다」(글항아리)는 자료를 모으고 쓰는 과정에서 공들인 흔적이 역력하다. 해양 문화와 내륙 문화가 상호 삼투하고 충돌하며 만들어진 항구도시 부산, "항구의 심장박동 소리와 산동네의 궁핍함을 끌어안은 도시"에 대한 인문학적 탐색기다. 자료는 부산 사람들의 삶과 운명을 그려 내는 문장의 밀도를 촘촘하게 만드는 데 기여한다. 유승훈은 고깃배가 들고나는 작은 어촌이고 왜인들 출입이 잦던 시골 '부산포'가 인구 356만 명이 북적거리는 '부산광역시'가 되기까지의 세월을 더듬고, 부산의 역사 문화 콘텐츠를 미시적으로 분해한다. 부산은 여러 개의 얼굴을 갖고 있다.

먼저 부산은 항구다. 원양어선의 선원들이 먼바다로 조업을 위해, 일제강점기 때 브라질로 이민을 가기 위해, 베트남전에 참전하는 파월장병들이 떠난 곳이 부산이다. 전장이나 새 삶의 자리를 찾아서 떠나는 자들 중에서 끝끝내 돌아오는 자들은 산 자들이고, 돌아오지 못하는 자들은 대개는 죽은 자들이다. 이렇듯 떠나는 자들이 삶과 죽음으로 엇갈릴 것을 알기에 당연히 부산은 들고 나는 사람들의 애환이 서린다. 부산포에서 피란 도시, 임시 수도를 거쳐 오늘날의 광역 도시에 이르기까지의 파란만장을, 그리고 영도 다리, 산동네, 노래방, 부산 밀면, 조내기 고구마, 영도 할매 같은 부산의 내밀함을 이루는 속살들을, 역사학, 국문학, 민속학, 인류학 따위의 다양한 방식으로 가로지른다. 「부산은 넓다」는 부산의 자연, 역사, 문화를 아우르며 부산이 어떤 지형학과 역사, 문화적 조건에서 만들어지고 다듬어졌는지를 따지고 살피는 지역학의 모범을 보여준다.

사람은 살았던 장소와 더불어 인격과 정체성의 응고를 겪는다. 도시들은 생물로 저마다 리듬과 역동으로 자아의 한복판을 가로질러 가며 존재론적인 운명을 만드는 까닭에 우리의 개인사와 장소의 역사가 교집합을 이루며 포개지는 것은 불가피한 일이다. 삶의 두루마리를 펼친다면 거기 필시 장소와 그 장소 경험 속에서 만들어진 마음의 지리학이 얼굴을 드러낼 것이다. 류신의 「서울 아케이드 프로젝트」와 유승훈의 「부산은 넓다」를 읽는 일은 두 사람이 잘 아는 도시들, 즉 서울과 부산에 산 경험과 그 경험에 바탕을 두고 작성한 마음의 지리학을 여행하는 일이다.

지역학의 가능성을 탐색한다는 점에서 두 책은 닮았지만, 그 방식과 서술 양식에서 차이가 드러난다. 류신이 벤야민의 도시 골상학의 틀을 빌리고 시인과 소설가들의 작품을 끌어들여 서울의 현재성을 응시하며, 거대 도시 거주민으로 살아간다는 의미를 밝히고

자 한다. 반면에 유승훈은 부산이 겪은 치욕의 역사와 관부연락선의 뱃고동 소리가 뒤섞이는 현장을 살피고, 부산을 거점으로 삼은 가요와 영화들을 끌어들여 왜관에서 전관 거류지로 바뀌는 부산 내력을 더듬으며, 부산항을 통해 유입된 사람과 물자와 외래문화가 어떻게 퍼져 가는지를 꼼꼼하게 따진다. 물신들이 춤추는 도시를 해부하고 그 안에 굽이치는 욕망과 실존 양식, 문화와 운명을 판독하고 그 의미를 읽어 내는 면에서 류신의 임상학적 능력이 돋보인다면, 자료 수집에 공을 들이고 여러 다발의 민속학적, 역사학적인 자료를 펼치며 한 도시의 내력을 캐고 그 정체성을 해명하는 끈질긴 뚝심에서는 유승훈이 돋보인다.

요리는
인류 진화의
불꽃

좋은 재료와 정성을 깃들여 만든 요리는

몸에 자양분과 원기를 채우는 일이고,

메마른 영혼에 천국의 기쁨을 수혈하는 일이다.

가끔 주방에 들어가 두부 탕수, 동파육, 스크램블, 비프스튜, 코코
뱅, 스키야끼 따위를 만든다. 그저 그런 이름을 가진 요리들을 흉
내 낼 뿐이다. 나는 조리 도구들을 잘 갖춘 주방을 진심으로 부러
워한다. 요리를 좋아하기 때문이고, "부엌(이) 인생을 예찬하고
온갖 즐거운 실험을 하게 만드는 장소"(도미니크 로로, 「소식의 즐거움」)임
을 잘 아는 까닭이다. 요리의 즐거움을 도무지 모르는 사람과는
한 마디 말도 섞고 싶지 않다. 필시 그는 삶의 즐거움도 모르고,
삶의 진경珍景도 맛보지 못한 사람일 테니까. 햄버거 따위로 한 끼
를 허겁지겁 채우는 사람이라면 그는 물질적 양태의 삶에 만족하
는 사람이고, 무의식에서 몸을 칼로리를 채우는 열역학 차원의 기
계에 지나지 않는다.

먹는다는 행위에는 배고픔을 해소하는 것 이상의 이미가 있다. 몸

은 감정의 보고寶庫이고, 사유의 원천이다. 돌이켜 보면, 우리가 가진 많은 행복한 기억은 누군가와 맛있는 음식을 함께 먹었던 것과 관련이 있다. 한가로운 일요일 오후 어머니가 주방에서 김치전을 부칠 때 고소한 냄새가 집안을 채우면, 우리는 얼마나 조바심치며 그 맛있는 별식을 기다렸던가! 좋은 재료와 정성을 깃들여 만든 요리는 몸에 자양분과 원기를 채우는 일이고, 메마른 영혼에 천국의 기쁨을 수혈하는 일이다. 중세 페르시아 시인 하피즈는 "친구들, 포도주 한 병, 한가로운 시간, 꽃에 둘러싸인 곳……. 나는 세상을 준다 해도 이것들과는 바꾸지 않을 것이다"고 했다. 여기에 직접 만든 일품요리가 곁들여진다면, 금상첨화겠다. 벗들을 초대하고 그들과 술과 음식을 나누며 오후 한때를 보내는 것은 즐겁고 풍요롭게 사는 한 방식이다.

무엇보다도 사람은 먹어야만 살 수 있는 존재다. 인류는 태곳적에 단지 살아남기 위해 날마다 자연에서 수렵과 채취 활동을 하며 먹을거리를 구했다. 자연에서 날것의 먹을거리들을 구하던 인류가 불로 익힌 음식들을 먹게 되자 인류 역사는 그 전과는 전혀 다른 형태로 빠르게 변화하기 시작했다. 불은 날것을 익혀 내는 물질 변성 작용의 가장 중요한 매개다. 불이 인류 생활의 중심에 자리잡고 화식火食이 관습으로 굳어지면서 인류 진화와 문명 발달의 촉매가 되었다.

요리가 인류 역사에서 손꼽을 만한 발명 중의 하나이자 "인류 진화의 불꽃"이라는 말은 단순한 수사가 아니다. 요리는 단순히 불로 날것의 재료들을 익혀 그 물리적 속성을 바꾸는 것 이상의 의미가 있다. 날것을 익혀 욕망과 필요에 따라 자연을 변형시키는 요리는 인류가 어떤 존재인지를 드러내는 문화적 행위다. 즉 인류의 정체성을 규정하는 중요한 요소다. 인류는 더도 아니고 덜도 아닌 "불로 요리하는 유인원이며, 불의 피조물"(「요리 본능」)이다.

진화 생물학의 연구자인 리처드 랭엄의 「요리 본능」(사이언스북스)은 요리가 어떻게 인류를 변화시켰는지를 매우 꼼꼼하게 다룬다. 이 책의 원제는 '불 피우기: 화식은 어떻게 해서 우리를 인간으로 만들었는가(Catching fire: How cooking made us human)' 이다. 리처드 랭엄은 불로 익힌 요리가 인류 역사에서 가장 중요한 전환의 계기를 이룬 것으로 짚으면서 "'불로 요리하기'는 우리가 먹는 양식의 가치를 높이고 우리의 몸과 두뇌, 시간 사용 방법, 사회생활 방식에 변화"를 가져온 것을 논증하려고 몇 개의 가설을 제기한다.

마침내 불로 익힌 부드러운 음식들이 '진화 식단'을 채우게 되었다. 불을 써서 음식들을 만들기 시작하자 신체와 소화기관들, 소화효소를 변화시켰고, 생활양식에도 엄청난 변화가 일어났다. 우선 익힌 음식은 에너지 효율을 높였다. "소화는 에너지 소모가 큰 고비용의 처리 과정"인데, 익힌 음식을 먹게 되자 "더 작은 에너지를 소모하면서도 소화를 잘 시킬 수 있"게 된 것이다. '불로 요리하기'는 인류 역사의 커다란 도약점이 되었다. 불을 써서 요리를 하면서 음식 질이 좋아졌고, 소화하는 중노동에서 자유롭게 되었다. 그뿐만 아니라 먹기 좋게 조리한 음식들을 섭취함으로써 뇌 용량이 빠르게 커지는 계기가 되었다. 화식은 오랫동안 뇌의 진화에 지속적으로 영향을 미쳤고, 그 결과 인류는 "독보적으로 큰 뇌"와 함께 "부실한 육체에 빛나는 정신력"을 가진 존재로 진화한 것이다.

화식은 인류에게 더 많은 자유의 시간을 주었다. 아울러 요리를 통해 성별 분업이 이루어졌다. 여자는 불을 관리하면서 불로 음식을 만드는 일을 전담하고, 남자들은 바깥으로 나가 대형 포획물을 가져오는 일에 주력할 수 있게 되었다. 이렇듯 불과 요리와 인류 진화 사이에는 깊은 관계가 있다. 리처드 랭엄은 「요리 본능」에서 인류학자들의 다양한 보고들을 통해 요리가 인류 진화의 이점으로 현생 인류가 탄생하는 필요조건이었다는 사실을 밝히고, 그와 더불어 요리가 새로운 사회적 생태적 관계들을 이끌어 냈음을 밝힌다.

작가이자 저널리스트인 마이클 폴란의 책은 항상 잘 읽힌다. 「요리를 욕망하다」(에코리브르)도 꽤 두꺼운 책인데, 술술 읽혔다. 그는 요리를 하면서 "요리가 사회적, 생태학적인 관계, 즉 동식물과 흙, 농부, 우리 몸 안팎의 미생물, 그리고 요리로부터 양분을 공급받고 기쁨을 얻는 사람들과의 관계라는 그물망 속에 우리를 끌어들이는 방식이야말로 가장 중요하다는 사실을 배웠다"고 쓴다. 마이클 폴란이 책을 쓸 때 자기 체험을 바탕으로 한다는 사실은 잘 알려져 있다. 우리가 앞마당에서 피우는 불은 저 고대의 현생 인류가 사냥한 동물의 살점을 익히려고 피운 불과 같은 불이다. 그들은 불을 피워 날고기를 먹기 좋게 익히고, 불을 중심으로 둥그렇게 둘러앉아 불의 열기로 몸을 덥혔다. 불은 하나의 사회적 구심점으로 작용해서 인류를 공동체 생활로 이끈 요인이었다. 그는 인류가 냄비를 발명하면서 물에 삶아 내는 다양한 요리법을 창안하게 되었음을 주목한다. 물을 끓임으로써 갖가지 식물의 식용 가능성은 한층 넓어졌고, 요리법은 훨씬 더 다양해졌다. 마이클 폴란이 시적 상상력을 발휘하여 냄비의 상징성을 읽어 낼 때, 즉 "오목하고 내용물을 가려서 볼 수 없게 되어 있는 냄비의 내부 공간 자체"를 "집과 가족"의 상징으로 해석할 때 그의 지적 섬세함이 여지없이 드러난다. 물은 어떤가?

"요리에서 물은 창조적이고 파괴적이며 변화무쌍하다. 냄비에 갇혀 길들여진 물은 협곡과 해안을 깎는 격류에 비하면 강력해 보이지 않을 수도 있지만, 분명 놀라운 힘을 갖고 있다. (중략) 물은 하나의 재료에서 분자를 추출해 확산시켜 다른 재료에 있는 분자들에 영향을 주도록 한다. 이 과정에서 일부 화학적 고리가 끊어지고 새로운 고리가 만들어지면서 향이나 맛 또는 영양분이 생길 수 있다. 냄비 안에서 물은 열뿐만 아니라 맛을 전달하는 매개이며, 향신료와 다른 조미료가 이리저리 돌아다니면서 맛이 느껴지도록 한다."

요리는 그것을 먹는 자와 세계를 연결한다. 음식과 인간은 서로 영향을 주고받는다. 심지어 미생물인 효모와 인류는 공진화 관계에 있다. 한 마디로, 요리는 불꽃의 창조물이고, 인류는 그가 먹은 것들의 창조물이다. 불에 대한 지배가 우리 유전자에 각인된 요소이고, 인류 문화와 생명 활동 자체에 깊이 상관되었다는 사실에 대해 쓸 때 그는 리처드 랭엄의 '요리 가설'을 그대로 따른다. 마이클 폴란의 책은 읽는 내내 한눈을 팔 수 없을 정도로 해박한 지식과 유머를 버무려 빵 굽기와 발효식품을 만든 경험들 그리고 다양한 레시피를 펼쳐 놓는다.

미식가로 유명한 브리야사바랭의 "당신이 무엇을 먹는지 알려 주면 당신이 무엇을 하는 사람인지 말해 주겠다"는 말은 요리에 관한 책들에서 자주 볼 수 있는 문장이다. 요리, 그것은 인류의 본능이자, 바로 지금 여기, 이 순간의 삶을 축제로 만드는 삶의 기술이다. 요리는 하는 자도 먹는 자도 다 함께 즐거운 일이다. 주말에는 수산물 시장에서 우럭과 숭어와 전복을 사 와 해산물 요리를 만들고, 가까운 벗들을 불러야겠다.

노년은
황금 연령의 세대

죽음에 쉽게 투항하지 말고, 삶의 경이로움을 즐겨라!

무수한 경험을 쌓으며 얻은 '무르익은 지혜'를 발휘하고,

인생의 마지막 기착지에서 만난 '황혼의 평화'를 만끽하라!

젊음의 신화는 어느 시대에나 있었다. 젊음을 내내 유지하고 싶은 것은 인류의 오래된 열망이니까. 젊음이란 인생의 가장 아름다운 시절이다. 하지만 우리 모두는 늙는다. 노화는 누구도 피할 수 없는 인생의 한 과정이다. 나이가 들면서 몸의 장기와 세포와 유전자에서 노화가 진행되는데, 내장, 근육, 신경계, 소화기관, 생식기관 들이 노후화되면서 그 기능이 쇠퇴하는 것이다. 이 쇠퇴로 인해 세포들이 주고받는 화학적 신호에 교란이 일어나고 세포의 항산화 기능도 떨어진다. 그러면서 세포들 중에서 미친 세포들이 나타나는데, 그 미친 세포들이 암의 병소病巢로 바뀐다. 분명한 한 가지 사실은 젊은 인류가 단 하나의 예외도 없이 생물학적으로 '노인'이 된다는 점이다. 세포들은 늙는다. 근력이 떨어지고 쉽게 피로를 느끼며 기억력이 감퇴한다. 세포들이 늙으면서 여러 장기에 노화 현상들이 나타나고 퇴행성 질환들이 찾아드는 것이다. 젊은 인류가 노화를 겪으며 '노인'이 되는 것은 피할 수 없는 생물학적 진실이지만 진짜 노인은 생물학적으로 늙은 사람이 아니라 사회적인 노인으로 분류된 집단을 가리킨다. 노인들은 상징적 자본을 잃고 잉여의 존재로 전락한다. 가족 내부에서, 사회의 중심에서 밀려나 유리방황流離彷徨하다가 '퇴적공간'으로 밀려난다. 문제는 젊은 노인들의 출현이다. 인류의 수명이 획기적으로 늘어난 지금 세계 거의 모든 곳에서 과거에는 없던 젊은 노인들이 대거 나타난 것이다. 지난 세기 초에 견줘 세기말 인류 평균 수명이 거의 배로 늘어났다. 뿐만 아니라 미래에는 유전학과 분자생물학의 발전으로 인간 수명은 대약진을 이룰 것이라는 전망이 나오고 있다. 수명이 늘면서 노화의 시기도 늦춰진다. 이 말은 인류가 더 많은 시간을 노인으로 살아야 한다는 뜻이다. 노인들은 누구이고, 노인으로 산다는 것의 의미는 무엇인가.

노인들이 누구이고, 노인으로 산다는 것은 어떤 의미가 있는가를 따지고 묻는 책 두 권을 읽었다. 오근재의 「퇴적공간」과 조엘 드로스네, 장 루이 세르방 슈레베르, 프랑수아 드 클로제, 도미니크 시모네 등이 공저한 「노인으로 산다는 것」이 그것이다. 노년은 자연 수명을 누리는 모든 사람의 미래지만 노인들은 점점 더 사회의 골칫덩어리, 잉여 존재, 의미가 소진된 존재로 전락하고 있다. 오근재는 노인들이 모여드는 탑골공원과 종묘시민공원 일대를 탐사하고, 신자유주의 시장경제 체제의 중심에서 주변부로 밀려난 노인들의 현재적 삶을 차갑게 응시한다. 그는 "현대사회에서 '노화'

란 단순히 생물학적인 의미로 유기체 기능의 퇴행과 감퇴만을 말하지 않는다. 건강한 신체와 지적 능력을 지닌 사람이라 해도 노동 시장에서 퇴출되면 사회적인 쓸모를 인정받기 어렵고, 무엇보다도 자본주의 시장에서의 상품 가치를 잃어버"린다고 쓴다. 그러니까 '노인'은 단지 나이가 많아 늙은 사람이 아니라 노동시장에서 퇴출되어 "퇴적공간에 쌓여 있는 잉여 인간"을 가리킨다.

노화는 생물학적인 신체 기능의 쇠락만이 아니라 사회적으로 노동시장에서 상품 가치를 잃고 탈락하면서 물화物化된다는 뜻을 포함한다. 퇴적공간은 사회적 생산의 활력을 잃고 잉여 인간으로 전락한 집단의 도피성 공간이다. 그는 종묘와 탑골공원에 모이는 노인들의 군집에서 사회적 "변화의 내용보다 변화의 속도에 충격을 받아 시대의 중심으로부터 떨어져 나온, '시대가 남기고 간 잉여 인간의 집합'"을 본다. 하지만 선입견과는 달리 그 퇴적공간에 몰려든 노인들이 연출해 낸 것이 무기력과 우울만은 아니다. 오근재는 탑골공원 뒷골목의 탐사를 마친 뒤 "한 끼의 식사, 간단한 음료, 바둑과 장기, 이발…… 이런 서비스가 이루어지는 골목의 가게들은 지갑이 얇은 노인들이 주눅 들지 않고 하루를 즐길 수 있는 조건들을 갖추고 있는 듯 보였다. 그것은 한국의 신자유주의와 자본주의가 감추고 싶어 하는 서울의 속살"이라고 말한다. 그것은 노년의 삶이 고갈이거나 사회적 잉여만이 아니라 활기찬 에너지로 가득 차 있는 경이로움일 수도 있다는 발견이다.

「노인으로 산다는 것」의 저자들은 인간은 왜 늙는지, 그리고 건강하고 활기찬 노년의 삶을 일굴 수 있는 구체적인 방법들을 찾아보고 제시한다. 생물학적으로 나이 드는 것과 사회적으로 늙어 가는 것의 차이에 주목하는데, 생물학적 나이와 사회적 나이가 일치할 때 비로소 진정한 '노인'이 되지만 현대사회에서 그 둘 사이의 불일치가 뚜렷하다는 것이다. 분자생물학자와 인권운동가, 사회적 문제에 관심을 가진 미디어 전문가들은 '장수' 사회로 진입한 지금 파생하는 다양하면서도 구체적인 문제들을 탐색한다. 노인들은 인간 조건의 부조리인 죽음과 지근거리에 있는 존재들이다. 소외되고 고독한 존재라는 점에서 노인들은 자칫하면 권태와 우울에 빠질 수가 있다.

하지만 늙음은 치욕도 죄악도 아니다. 늙음은 새로운 연령대로 들어서는 것을 뜻하며, 그로 인해 열리는 새로운 기회다. 자, 노년 앞에는 지금까지는 한 번도 경험하지 못한 미지의 인생이 펼쳐진다. 아직 시간은 남아 있고, 몸에는 뜨거운 피가 용솟음치며, 정신은 또렷하다. 무엇보다도 인생에 대한 풍부한 경험에서 쌓은 경륜과 지혜가 있다. 그럴 때 노년은 인생의 내리막이 아니라 오르막이다. 노화는 운명이 아니라 선택이다. 같은 맥락에서 장수長壽는 "타인, 그리고 세상과 새로운 관계"를 맺게 하고, "내 삶의 새로운 의미"를 찾도록 추동하는 계기를 만든다. 모든 노인이 불행한 것은 아니라는 얘기다. 어떻게 하면 잘 살 수 있는가? 나이가 들면서 삶의 질이 급격하게 떨어지는 것을 막고 건강한 삶을 누리기 위해 필요한 것은? 그것은 "올바른 식생활, 지속적인 두뇌 활동, 올바른 호흡법, 매일 규칙적인 운동, 자신감 갖기"다. 노화는 노동력의 상실, 사회적 지위와 관계망에서의 물러남, 기력의 소진, 그리고 죽음의 전조前兆다. 오래 쓴 기계들이 부식되고 망가지는 것과 마찬가지로 인간은 애초에 몸과 정신의 쇠락과 더불어 죽음을 향하도록 설계되어 있다. 생명이란 "껍데기 같은 우리의 몸을 관통하는 흐름"이고, "인생이란 죽음에 대항하여 싸우게 해 주는 현상들의 합"(「노인으로 산다는 것」)일 뿐이다. 노년과 관련하여 우리가 직면하는 현실은 과거에 견줘 눈부시게 발전한 의료 혜택이 보편화되고 영양 상태가 좋아지면서 죽음이 늦춰지면서 노년의 삶이 길어졌다는 사실이다.

노년은 '독이 든 선물'일까? 늙음이 항상 기회와 가능성, 그리고 생명의 고갈만을 의미하지는 않는다. 그것은 식물로 치자면 무르익은 열매들이고, "정신으로 이루는 혁명"(크리스티안 생제르, 「우리 모두는 시간의 여행자이다」)이다. 노인들이란 극단적인 생존경쟁에서 살아남은 사람들, 즉 인류의 실패자가 아니라 승리한 영웅들이다. 장수는 그 영웅들의 값진 전리품이다. 아울러 노년의 삶이란 인생의 대서사시를 완성하는 결구結句에 해당한다. 청년이 풋풋함으로 싱그러웠다면 노년은 심오함과 원숙함으로 빛난다. 죽음에 쉽게 투항하지 말고, 삶의 경이로움을 즐겨라! 무수한 경험을 쌓으며 얻은 '무르익은 지혜'를 발휘하고, 인생의 마지막 기착지에서 만난 '황혼의 평화'를 만끽하라!

나이 들수록
철학 책을 읽고 시집을
가까이하라

인생은 주말여행이 아니다. 그보다 훨씬 더 긴 여행이다.

평생을 끌고 다닌 여행 가방을 풀고 그 안에 무엇이 들어 있는지를 보자.

불필요한 것들을 과감하게 덜어 내자. 그래야 여행이 즐거워진다.

13

무에서 시작해서 다시 무라는 소실점을 향해 질주하는 변화의 파동들, 그것이 시간이다. 나이는 그 변화의 파동들이 새겨진 흔적들에 지나지 않는다. 조르조 아감벤의 「유아기와 역사」에 '장난감'이라는 장이 나온다. 아감벤은 이 장에서 카를로 콜로디의 소설 「피노키오의 모험」에 나오는 한 대목을 인용하는데, 그 내용은 다음과 같다. "장난감 나라는 이 세상 어떤 곳과도 달랐다. 이곳에 사는 사람은 어린이뿐이었는데, 가장 나이 많은 아이가 열네 살이었고, 가장 어린 아이는 여덟 살이었다. 거리마다 신이 나서 떠드는 소리와 고함치는 소리에 어지러울 지경이었다." '장난감 나라'는 어린이들로만 이루어진 세상이고, 시간은 놀이의 시간으로 짜여 있다. "끊임없이 떠밀려 나가는 시간 속에서 그리고 다종다양한 놀이 기구들 속에서 한 시간, 하루 그리고 한 주가 마치 번개처럼 흘러갔다."(카를로 콜로디, 「피노키오의 모험」. 여기서는 조르조 아감벤, 「유아기

와 역사」에서 재인용) 놀이의 즐거움에 빠진 아이들은 시간이 어떻게 흐
르는지 미처 의식하지 못한다. '장난감 나라' 의 시간은 번개처럼
지나가는데, 그것은 빛의 운동에 가까운 그 무엇이기 때문이다.
어른이 된다는 것은 가벼운 놀이의 시간에서 벗어나 무거운 노동
의 시간 속으로 편입된다는 것을 뜻한다.

새해를 맞을 때마다 새 달력을 건다. 묵은 달력과 새 달력을 교체
하면서 나이 한 살 더 먹은 것을 실감한다. 일반적으로 셈하는 나
이는 '달력 나이' 다. 달력은 "리듬과 연대기와 반복으로 구성되는
것"(조르조 아감벤, 앞의 책)이고, 시간의 매듭과 계절의 흐름을 알려주
며, 제의의 시각들을 가리키는 도구이다. 해가 바뀌어 나이를 먹
는 일은 자연스럽다. 그것은 신체적인 일이자 심리적인 일이다.
늙는 것은 나이를 먹어서가 아니라 꿈을 잃기 때문이다. 젊은 사
람은 태양의 빛 아래에서 더 너른 세상을 누릴 것이다. 그것은 더
많은 생의 도약과 성장 잠재력을 갖고 있다는 뜻이다. 확실히 나
이든 사람보다 젊은 사람에게 생의 가능성은 더 크다. 젊은 사람
이 더 많이 꿈꾸는 것은 꿈의 현실을 위해 쓸 수 있는 시간이 풍부
하기 때문이다. 아무리 젊다 하더라도 꿈이 없다면 이미 늙은 것
이다. 우리를 진짜 늙게 하는 것은 바로 꿈의 고갈이다.

나이 먹음을 부쩍 의식하게 될 때는 중년 무렵이다. 서른을 넘어
서면 피부에 탄력이 줄고 주름살이 늘어난다. 운동 능력이 예전
같지가 않다. 마흔 살쯤 되면 신체 활동 능력이 더욱 떨어지고, 백

혈구가 암이나 감염성 질환에 취약해진다. 여자들은 폐경을 겪는다. 여성 호르몬인 에스트로겐의 분비가 줄면서 음모가 성겨지고 질의 세포벽은 약해진다. 남녀 모두 중년기에 이르면 날마다 3만 개에서 5만 개 사이의 신경과 10만 개의 신경세포를 잃는다. 나이를 먹을수록 기억력이 급격하게 줄고, 암에 걸리는 사람도 점점 더 늘어난다.

그 무렵 나는 삶을 제대로 살고 있는가 하는 회의와 마주친다. 그 회의는 여생을 어떻게 살아야 할까 하는 물음이기도 하다. 분명 이십대의 삶과 사십대의 삶 그리고 육십대의 삶은 다를 수밖에 없고 또 달라야 한다. 위대한 정신분석학자 칼 융은 이렇게 말한다. "인생의 아침 프로그램에 따라 인생의 오후를 살 수는 없다. 아침에는 위대했던 것들이 오후에는 보잘 것 없어지고, 아침에 진리였던 것이 오후에는 거짓이 될 수 있기 때문이다." (칼 융. 여기서는 리처드 J. 라이더·데이비드 A. 샤피로, 「인생의 절반쯤 왔을 때 깨닫게 되는 것들」에서 재인용) 인생의 초안들은 나이가 들면서 불가피하게 바뀌게 된다. 인생이 처한 상황과 처지가 달라지기 때문이다.

나이가 들어 신체 능력이 줄지만 여전히 활기차게 삶을 즐기는 사람들이 있다. 중년이 되면 지식과 경험이 무르익고, 그동안 쌓은 연륜과 지혜로 말미암아 원숙기를 맞는다. 인생이 원숙기에 들어서면 현실을 거머쥐고 그 모양을 빚어 낼 만한 능력과 경험을 갖춘다. 그 분별력으로 일들에는 불가능한 것들과 불가항력적인 부분이 있음을 깨닫는다. 그 대신 가능한 일, 잘할 수 있는 일에 초점을 맞추고 몰입한다. 그럴 때 일과 정체성은 하나로 통합된다. 나이가 들면서 인생의 결실을 더 많이 수확하는 삶을 살도록 노력해야 한다. 나이를 잘 먹는 것은 멋진 일이다. 그 꿈을 이루려면 투자와 노력과 준비가 있어야 한다. 나이를 먹어 충만한 삶을 살기 위해 가족, 일, 벗, 심리적인 안정은 필수조건이다. 그다음에 더 준비할 것들.

첫째, 모든 사람이 균등하게 나이 먹는다는 사실을 긍정적으로 받아들이자. 나만 나이 먹는 것이 아니니 우울해할 까닭이 없다. 나이 먹는 것을 염려하거나 두려워하지 말자. 둘째, 자기 일을 가져야 한다. 나와 인류 모두에게 유익한 일이면 더 좋다. 평생 추구해야 할 보람과 가치가 있는 일을 찾아서 하라! 셋째, 건강해야 한다. 잘 먹고 숙면을 취할 뿐만 아니라 사람들과 잘 지내야 한다. 건강은 삶의 기본 바탕이고, 삶의 질을 결정하는 중요한 요소다. 건강이 나빠지면 삶의 질도 떨어진다. 헬스클럽에 나가 운동을 하거나 수영을 하고, 햇볕을 쬐며 야외에서 더 많이 걸어라. 주말마다 산행하는 것도 좋다. 넷째, 철학 책들을 더 많이 읽고, 시집을 찾아 읽어라! 철학 책은 사색의 기쁨을 주고, 시집들은 정서적 생활을 윤택하게 해 준다. 지나온 삶에 대해 성찰하고, 잘 죽는 법을 배워야 한다. 다섯째, 나이 먹는 것의 이점을 적극적으로 누려라. 인생에는 분명 나이 먹어서 얻는 좋은 일도 많다. 나이가 들어야만 일에서 해방되고, 가족 부양의 의무에서도 자유로워진다. 여자들은 폐경기에 이르러 모성의 의무에서 놓여난다. 남녀 모두 나이가 들면서 젊은 시절보다 훨씬 많은 여유 시간을 갖게 된다. 그 시간을 잘 쓸 수 있어야 행복해진다.

나이가 들수록 인생의 외연을 확장하기보다는 내면 탐구에 나서라. 인생이 여정이라면, 불필요한 짐들을 버려야 한다. 나이가 들면 그러모으기보다는 비우는 일에 더 애써야 하고, 삶을 더 단순화해야 한다. 인생은 주말여행이 아니다. 그보다 훨씬 더 긴 여행이다. 평생을 끌고 다닌 여행 가방을 풀고 그 안에 무엇이 들어 있는지를 보자. 불필요한 것들을 과감하게 덜어 내자. 그래야 여행이 즐거워진다. 더 의미 있는 삶을 위해서 더 바람직한 일, 사랑, 장소, 목적을 더 단순화하고, 그것에 충실해야 한다.

공자는 사십불혹四十不惑, 오십지천명五十知天命이라는 말을 남겼다. 이는 나이에 따라 갖추는 지혜가 다름을 말한 것이다. 나이가 먹을수록 도달하는 지혜의 깊이가 다르다. 경험에 비추어 보자면 그동안 쌓은 연륜과 지식들로 원숙함에 이르지 못한 채 나이를 먹는 것은 재앙이다. 인생의 작은 물길들이 모여 이룬 거대한 강줄기를 노련하게 다루지 못한다면, 그 도도한 물길에 휩쓸려 파멸에 이르고 말 것이다. 사람의 운명은 나이가 먹은 뒤 비로소 충만함이냐, 아니면 재앙이냐 하는 정반대의 결과로 갈린다.

소비의 식민지에서
저항하라

'소비하라! 그러면 행복하리니!' 라는 소비의 복음을 전파하는

흑마술의 주술에서 깨어나라!

소비주의에 지배되는 일상 세계는 소비의 식민지로 전락한 지 오래됐다.

이 식민지에서 소비는 강요되고 제도화되었다. 그런 소비에 저항하라!

누구나 아침에 눈 뜨는 순간부터 '소비하라!'는 속삭임을 듣는다. 소비가 너희를 행복하게 하리라! 이 달콤한 속삭임은 대개 광고와 미디어로부터 온다. 햇빛이나 공기가 자연으로 주어진 은총이라면, 소비는 자본주의가 내리는 은총이다. 우리는 소비를 통해 욕구를 충족시키고, 소비를 통해 자기 정체성을 형성하며, 소비에 의해 사회의 위계질서를 만든다. 소비는 도덕을 잃어버린 시대의 새로운 도덕이자 신 없는 시대의 새로운 신이다. 무엇보다도 소비는 사회의 경제 성장을 이끈다. 미국과 일본의 경우 고도성장기를 구가하던 지난 세기 소비 주체들의 왕성한 소비야말로 그 고도성장을 이끌어 간 동력이었다. '소비의 황금시대'에는 사회 어디에나 상품과 서비스, 물적 재화들이 넘쳐 나고, 벌이가 좋았던 소비 주체들은 왕성한 구매 의욕으로 내수 소비 시장을 키우고 경기 활성화에 기여했다. 이 세대는 유례없는 소비와 풍요라는 두 바퀴를 달고 질주하는 소비사회의 물질적 풍요를 맘껏 누리는 세대가 되었다. "소비사회는 성장 사회의 종착점"(세르주 라투슈, 「낭비사회를 넘어서」)이라면, 이때 성장 사회는 "성장 경제가 지배하는 사회, 성장이 모든 것을 흡수해 버리는 사회"(세르주 라투슈, 앞의 책)를 뜻한다. 생산된 재화를 소비하지 않는 자본주의 사회란 상상할 수도 없는 재앙이다. 더 많이 만들어 내고 더 많이 팔아야만 하는 자본주의 경제 체제에서 만성적 과소 소비는 시장 공급의 과잉을 불러오며 이는 불황과 불경기로 이어진다. 장기적인 불황과 불경기는 기업들을 재정 적자로 몰아 놓고 결국은 도산을 불러올 것이다.

지금 한국 사회도 예외는 아니다. 서울올림픽의 해를 기점으로 한국 사회는 다양한 욕구들이 분출하며 고도 소비사회로 들어선다. 특히 명품 소비에 대한 열풍은 다른 어느 나라에도 뒤지지 않는다. 소비란 상품과 재화와 서비스를 쓰는 것이다. 우리는 옷, 식품, 잡화류, 그밖에 많은 것을 소비하며 산다. 소비사회에서 소비 없는 삶이란 거의 불가능하다. 끊임없이 생산되는 모든 물건은 끊임없이 소비되고, 소각되고, 버려진다. 이 소비는 새로운 것들로 교체되기 위함이다. 그 물건들의 교체 주기를 단축시켜야만 더 많은 새로운 소비 행위가 나타난다. 세르주 라투슈는 "광고, 소비 금융, 계획적 진부화"(세르주 라투슈, 앞의 책)라는 장치를 통해 소비자들을 '소비사회의 악순환' 속에 가둔다고 지적한다. 아직 고도 소비사회로 진입하기 전인 1930년대까지만 해도 미국을 비롯한 서구의 여러 나라들에서 "가정의 살림과 기업의 제조 방식 등 모든 차원에서 좋은 품질과 이른바 '내구성의 윤리'"(세르주 라투슈, 앞의 책)가 존중받으며 작동하고 있었다. 기업가들은 오래 써도 고장이 나지 않는 제품을 만드는 것을 소명으로 알았고, 근검과 절약 정신이 몸에 배인 소비자들 역시 그것을 당연하게 여겼다. 그러나 제품 수명 단축의 논리가 산업 생산 전체로 퍼져 나가자 기업가들은 제품 수명 사이클이 짧을수록 더 많은 소비를 낳는다는 사실에 주목한다. 물건 교체 주기를 줄이는 '계획적 진부화' 전략이 여러 산업의 영역으로 퍼져 나간다. 기업들이 해마다 새로운 가전제품 모델을 시장에 내놓는 것도 '계획적 진부화'의 전략에 속한다. 그 전략에 따라 소비자들은 멀쩡한 가전제품을 내다 버리고 새로운 모델을 사들인다.

원하든 원하지 않든지 간에 우리는 소비사회의 중심에 있다. 우리는 자본가와 기술 관료, 정치 권력, 이데올로기 등에 의해 소비가 강제되고 있는 "소비 조작의 관료 사회"(앙리 르페브르, 「현대세계의 일상성」)로 미끄러져 들어와 있다. 분명한 것은 현대 소비사회가 날마다 소비를 기적으로서 경험하는 세계이고, 상품을 사고 쓰는 소비 행위는 개별자의 욕구가 지시하는 개인적 행위가 아니라 사회화된 행위로 바뀌었다는 점이다. 소비주의는 자본주의 사회에 강제된 하나의 구조로 소비 주체들을 포획한다. 소비는 그 주체의 욕구나 필요와 무관한 까닭은 이미 "최고의 소비는 재화 없이 단지 '재화'의 기호만을 목표"(앙리 르페브르, 앞의 책)로 삼기 때문이다. 우리는 어떤 물건이 필요해서가 아니라 그 물건에 달라붙어 있는

'기호'라는 아우라, 즉 기술, 부, 행복, 사랑 따위를 소비하려고 물건을 사들인다. 우리는 "소비의 기호들 사이에서 살고 있고, 기호의 거대한 덩어리를 소비하고 있다. (중략) 소비의 차원이나 일상성의 차원에서 자신이 예속되고 착취되고 있음을 쉽게 알아차리지 못한다."(앙리 르페브르, 앞의 책) 우리는 결코 소비의 주체들이 아니다. 소비를 장악한 것은 기호의 질서이고, 따라서 일반 소비자들은 소비주의를 지배하는 기호의 질서에 예속되고 착취당하는 가련한 존재일 따름이다.

장 보드리야르의 「소비의 사회: 그 신화와 구조」가 나온 것은 1970년이다. 보드리야르는 이 책을 통해 '소비'에 대해 새로운 시각과 이해를 제공하는데, 이 놀라운 책에 따르면, "1) 소비는 더 이상 사물의 기능적 사용 및 소유 등이 아니다. 2) 소비는 더 이상 개인이나 집단의 단순한 위세과시의 기능이 아니다. 3) 소비는 커뮤니케이션 및 교환의 체계로, 끊임없이 보내고 받아들이고 재생되는 기호의 코드로서, 즉 언어활동으로서 정의된다"는 것이다.

거의 반세기 전 보드리야르는 소비가 상품의 사용가치의 소비를 넘어서서 그것에 부여된 기호들의 소비라는 사실을 꿰뚫어 본 것이다. 상품에 부과된 행복, 안락, 성공, 위세, 근대성의 기호들을 소비하는 것이 현대사회에서 이루어지는 소비 행위의 본질이다. 어떤 사물에의 욕구는 특정한 상품에의 욕구가 아니라 차이에 대한 욕구라는 사실도 확연해진다. 1960년대 소비 욕구로 가득 찬 미국 소비자들은 물자의 풍요함과 소비가 그들을 행복하게 해 주리라고 믿었다. 많은 미국인이 현실 속에서 소비의 유토피아를 실현하고 있다고 믿었다. 그들은 미친 듯이 가구들과 가전제품들을 새 것으로 바꾸었다. 소비 열풍의 대열에 합류하는 것이야말로 시민의 의무를 다하는 것이라고 믿은 까닭이다. 그들은 "절약은 반反미국적이다"라는 말까지 들으며 소비에의 독려 속에서 과잉 소비를 일상화한다. 당시 미국인들은 소비 행위에 대해 아무런 도덕적 갈등을 느끼지 못했다. 오히려 소비 활동을 통해 사회적 책임을 다하고 있다고 생각했다. "개인적 소비의 노력 속에서 그는 이미 그 사회적 책임을 다하고 있기 때문이다. 다시 말하면 소비는 사회적 노동이다."(장 보드리야르, 앞의 책) 소비 행위는 다른 의미에서 생산적인 활동이고, 그런 맥락에서 소비는 사회적 노동이기도 한 것이다.

소비는 그 본질에서 유희적인데, "소비의 유희성이 자기증명의 비극성으로 서서히 대체"(장 보드리야르, 앞의 책)되었다고 말한 것도 보드리야르였다. 소비는 단순히 물건을 사서 쓰는 것만을 의미하지 않는다. 이를테면 우리가 새 냉장고를 사는 것은 그 냉장고가 기존의 냉장고와 다른 기호적 차이를 갖고 있기 때문이고, 소비자는 그 기호적 차이가 만드는 행복의 기표를 사들이는 것이다. 따라서 소비란 상품의 기능이 아니라 기호적 차이를, 그것이 약속하는 자기만족을 구매하는 행위이다. "소비는 긴장의 해소라고 하는 이

결여에 의한 행복을 노린다. 그러나 그것은 다음과 같은 모순에 부딪친다. 즉, 이 새로운 가치 체계가 갖는 수동성과, 본질적으로 자발적, 행동적이며 유효성과 희생을 지시하는 사회적 도덕의 규범과의 모순에 부딪친다."(장 보드리야르, 앞의 책) 물건을 사서 쓰는 것에는 욕구의 충족과 함께 쾌락이 따르지만, 소비 주체의 의식은 깊은 죄의식으로 물든다. 이 죄의식이 소비 행위의 즐거움을 불편한 것으로 만든다. 소비자들은 '아껴 써라!' 는 청교도적인 도덕과 '마구 써라!' 는 소비사회의 쾌락주의적 계율 사이의 딜레마를 안고 있다. 소비 주체의 의식을 물들인 이 죄의식에 면죄부를 주는 소임은 매스 미디어가 떠맡는다. 보드리야르는 사적 영역의 평온함이 그것을 둘러싼 바깥 세계의 폭력성과 비인간성에 의해 정당성을 얻는 것과 마찬가지로 "소비사회는 위협받고 포위된 풍부한 예루살렘이고자 한다"(장 보드리야르, 앞의 책)고 말한다.

욕구의 충족, 자기만족과 행복을 준다는 소비사회의 약속은 항상 늦거나 미뤄진다. 하지만 소비 주체들은 여전히 소비를 안락과 행복을 얻는 수단으로 여기며 소비 활동을 긴장을 해소하는 방식으로 이용한다. 소비의 진짜 본질은 무엇일까? 소비의 최종 결과는 상품과 재화의 균질화다. 그 균질화의 구체적 국면이 똥과 쓰레기다. 먹은 것은 소화기관을 거치면서 똥으로 균질화되고, 물건들은 결국 쓰레기로 균질화되는 것이다. 욕구를 자극하고 충동질하던 소비에의 욕망은 그 균질화의 국면에 이르러서야 비로소 '진정' 되고 '소멸' 된다. 분명한 것은 자본주의 사회에서 사는 사람이라면 누구나 원하든 그렇지 않든 간에 소비사회의 일원으로 산다는 사실이다. 그것은 개인의 선택을 넘어서는 숙명이다.

소비사회란 "소비를 학습하는 사회, 소비에 대해 사회적 훈련을 하는 사회"(장 보드리야르, 앞의 책)인데, 그런 학습과 훈련에 의해 소비는 "욕구의 해방, 개성의 개화開花, 향유, 풍부함 등의 형태로 사람들의 정신 상태와 일상적인 윤리 및 이데올로기 속"(장 보드리야르, 앞의 책)으로 스며든다. 이미 소비는 우리에게 후천적으로 부여된 자아이고, 그 자아를 갖고 살아야 하는 것은 피할 수 없는 숙명이다. 피할 수 없다면 그것을 받아들일 수밖에 없다. 그 대신 소비사회에 떠도는 '소비하라! 그러면 행복하리니!' 라는 소비의 복음을 전파하는 흑마술의 주술에서 깨어나라! 소비주의에 지배되는 일상 세계는 소비의 식민지로 전락한 지 오래됐다. 이 식민지에서 소비는 강요되고 제도화되었다. 그런 제도에 저항하라! 그리고 현명한 소비자로 사는 법을 배워라!

아침
예찬

"아침은 날마다 늙은 어머니와 같이 내 손에 하루라는 현금을 쥐어 준다.
나가서 맘껏 쓰라고!"

어둠이 물러나고 누리에 퍼지는 새 빛 속에 만물이 드러난다. 새들이 풀숲에서 먹이를 찾으며 날갯짓을 하고 명랑한 소리로 지저권다. 시골에 들어와 살며 가장 기쁜 일 가운데 하나는 새벽마다 그 새소리들을 들으며 잠에서 깨는 것이다. 나는 살아 있고, 이 여린 아침은 내 살아 있음을 부드럽게 끌어안는다. 아침에 살아 있음을 기뻐하고, 살려는 열정을 품어야 한다. 아침은 하루의 시작이고, 메마른 영혼에 다시 생명과 활력이 돌아오는 시각이다. "한낮의 감각적인 생활은 밤이 되면 멈추고, 인간의 영혼과 그 기관들은 아침이 오면 다시 활력을 되찾는다."(헨리 데이비드 소로) 햇빛이 금싸라기처럼 반짝이는 이 아침이 행복한 것은 그 때문이다. 모든 아침은 생명의 처음이고, 생명보다 더 강력한 진리나 생명을 넘어서는 윤리는 없다. 오늘 아침은 다시 돌아오지 않는 바로 그 아침이다. 일찍이 프랑스 소설가 파스칼 키냐르는 "세상의 모든 아침은 다시 오지 않는다"고 쓰지 않았던가!

아침에 눈 뜨자마자 마당을 가로질러 연못으로 나간다. 물 위에
뜬 수련 잎들이 어제보다 조금 더 커졌고, 물 위로 우뚝 솟은 푸른
부들은 키가 조금 더 자랐다. 연못에 사는 개구리들이 인기척에
놀라 재빨리 수련 잎 뒤로 숨는다. 나는 연못가에 무릎을 꺾고 앉
아 물속을 가만히 들여다본다. 물달팽이들이 물속에 잠긴 부들 가
지에 달라붙어 있다. 그것들은 작아서 마치 까만 점 같다. 나는 수
련과 부들과 개구리들과 물달팽이들과 함께 이 아침을 맞은 것이
기쁘다. 봄날 버드나무의 연초록 잎들이 반짝이고, 들쥐들은 빈
밭을 가로지르며, 달팽이들은 죽어서 땅에 길게 가로누운 참나무
위를 느릿느릿 기어간다. 벌써 먼 산에서 뻐꾸기가 울고, 가까운
숲에서는 멧비둘기들이 구구거린다.

아침은 생명의 시간이다. 모든 존재하는 것에게 활력이 돌아오고,
눈도 함께 밝아진다. 눈을 뜨고 번성하는 생명의 세계, 그 안의 존
재들이 어떻게 움직이는가를 바로 보라! 바깥을 보는 것도 중요
하지만, 자기 안을 들여다보는 것도 중요하다. "머리로 성찰하고
반성하는 것도 물론 필요하지만 눈으로 확실하게 자신을 살펴보
는 편이 낫다. 루쉰이 사람들에게 '눈을 뜨고 보라'고 외친 것은
참담한 인생과 뚝뚝 떨어지는 붉은 피를 보라고 한 것으로, 여전
히 사람들에게 눈을 뜨고 자신을 살펴보라고 외친 것은 아니다.
만약 진실한 눈으로 자신을 살펴본다면 인간의 본성이 얼마나 연

약하고 인간의 본성에 박힌 악의 뿌리가 얼마나 견고한지를 알 수 있을 것이다."(류이짜푸, 「면벽침사록」)

아침은 뭔가를 시작하기 좋은 시각이다. 나는 새벽별에 대한 숭배자는 아니지만, 아침을 맞이할 때마다 기분이 상쾌해지며 새로 태어나는 기쁨에 휩싸인다. 숲속 생활자로 명성이 높은 소로는 날마다 찾아오는 아침을 두고 "내 인생을 자연 그 자체와 같은 정도로 간소하고 무구한 것으로 만들어 주는 기분 좋은 초대장"이라고 했다. 우리의 아침은 늘 첫 아침이다. 아, 알베르 카뮈도 이렇게 쓴 적이 있었지. "바닷가 모래톱에서 맞는 모든 여름 아침들은 세상의 첫 아침과 같다." 어둠이 걷히고 열리는 긴 하루는 아침이 준비한 선물이다. 나는 이 선물을 내 마음대로 꺼내 보고 쓸 수가 있다. 이 아침은 두 번 다시 오지 않을 아침이다.

공자는 가장 고매한 것을 간파하기 위해 가장 단순한 것들을 연구한다고 했다. 나는 무엇을 할 것인가? 새벽에 일어나서 책을 펴들고, 날마다 일정 분량의 글을 쓴다. 아침에는 대개 사과 한 알을 먹고, 더러는 두유 한 잔을 마신다. 정오가 지나면 스스로에게 자유를 준다. 종일 바흐의 음악을 들으며 와인 한 병을 한 모금씩 마실 수도 있고, 삼림욕장을 지나 저 먼 곳까지 걸을 수도 있다. 서재에 처박혀 꼼짝도 하지 않고 레비 스트로스의 「슬픈 열대」를 재독하거나, 안성 장에 나가 빈둥거리다가 저 일죽이나 삼죽에서 서리태 따위를 팔러 나온 할머니들과 수다를 떨 수도 있다.

이 아침, 무엇보다도 먼저 할 일은 용서하는 것이다. 용서란 무엇인가? 한 위대한 스승은 이렇게 말한다. "용서란 해방의 욕구, 물질적 활동의 거부, 모든 생물체에 대한 연민, 해방을 열망하는 모든 자에 대한 공감을 드러내 보이고, 기도하고 해방을 위해 스스로 애쓰면서, 분노, 명예나 자존심, 환멸이나 갈망을 누르는 것이다."(슈리마드 라즈찬드라, 자크 아탈리, 「자크 아탈리, 등대」에서 재인용.) 이 아침, 내게는 할 일이 있고, 그 일들은 내가 좋아하는 일들이다. 일이 늦다고 채근하는 사람도 없다. 누가 시켜서 하는 일이 아니라 내가 좋아하는 일을 한다. 나는 이 삶의 주인이고, 이 아침은 온전히 내것이다. "아침은 날마다 늙은 어머니와 같이 내 손에 하루라는 현금을 쥐어 준다. 나가서 맘껏 쓰라고!"

일요일

일요일에는 먹고 마시고 즐기자! 일요일의 품에 안길 때 우리는
수난과 질곡을 짊어지고 골짜기를 건너는 노동의 희생양이 아니라
풍요와 게으름을 누리는 왕족이기 때문이다.

일요일은 이미 토요일 저녁 무렵 시작한다. 일요일과 일요일 사이
의 날들은 노동과 수고로 짜인 시간으로 채워진다. 일요일과 일요
일 사이의 시간은 휴식과 놀이를 유예한 채 파고가 높은 위험과
변동들을 헤쳐 나가는 까닭에 예측할 수 없는 대항해의 시간이다.
수요일이나 목요일쯤 먼 일요일 쪽을 바라본다면 일요일은 폭풍
우가 몰아치는 바다 한가운데 저 너머에서 빛나는 등대처럼 보일
것이다. 마침내 돌아오는 일요일은 주중과는 다른 성분으로 이루
어져 있다. 일요일은 월화수목금토로 이어지는 질서와 리듬에서
뚝 떨어져 나온 '해방된' 시간이다. 일요일 아침에는 누구나 느긋
하게 늦잠을 잔다. 그 늦잠은 일요일이 다른 요일과는 다른 리듬
을 품고 있는 날이며, 모든 이에게 게으름이 합법화되는 치외법권
지대임을 뜻한다.

크고 느리게 커브를 도는 시간 저 너머로 무뚝뚝한 도시가 서 있다. 발가락 한두 개가 없는 비둘기들이 서식하는 도시의 일요일에는 바깥나들이를 하는 대신 파자마를 걸치고 어슬렁거리며 집에 머무는 게 좋다. 집에 머물며 육체적 수고를 줄이고 '무위無爲'라는 사치를 만끽하려면 전화기 코드를 아예 뽑아 놓자. 은둔을 예찬하는 사람들에게 집이 가장 편안한 공간이라는 점에 동의한다.

집안은 장식성을 배제하고 단출하고 소박한 게 좋다. 1889년 시인 에드워드 카펜터같이 소박한 거처를 꿈꾸는 사람이었다. "기다란 창문과 책꽂이 말고는 벽에 아무 장식이 없고, 소파에는 파랑과 노랑 줄무늬의 손으로 짠 리넨 커버가 씌워져 있으며, 참나무 의자에는 골풀 깔개가 덮여 있다. 집안일을 별로 할 필요가 없는 정도로 단출한 공간이다."(톰 호지킨슨, 「언제나 일요일처럼」에서 재인용) 아무 장식이 없는 거실, 단출한 공간은 사람을 억압하지 않는다. 그 소박함 속에 소박한 삶이 깃든다.

주말 밤에 과음을 해서 지끈지끈 머리가 아픈 숙취라든가, 집 고양이가 아무 이유도 없이 시름시름 앓든가, 발톱이 살을 파고드는 일만 일어나지 않는다면, 일요일은 대체로 평화롭다. 국도에서 자동차 접촉 사고가 일어나고, 로드킬 몇 건이 보고되었지만, 그건 늘 일어나는 일이다. 하늘에서 비행기가 추락하지도 않고, 바다에서 배가 침몰하는 일도 일어나지 않았다. 8월의 날씨는 화창하다. 벌들은 활짝 핀 꽃들 위에서 붕붕거리고, 울울창창한 숲은 바람에 한가롭게 흔들리고 있다. 산, 사막, 바위, 바다, 별들은 제자리에 있다. 무엇보다도 돌들이 함부로 날아다니거나 움직이는 일도 일어나지 않았다. "내가 지금 이야기하는 돌들은 인생보다도 나이가 많고 삶이 끝난 후에도 차갑게 식은 행성에서 살아남았다가 운이 좋다면 그곳에서 다시 깨어날 것이다. 내가 지금 이야기하는 돌들은 죽음도 기다릴 필요 없고 표면 위로 모래나 폭우 또는 되밀려오는 파도, 태풍, 시간이 스쳐지나가도록 하는 일밖에는 아무할 일도 없는 것들이다."(로제 카이유와, 「Pierres」. 여기서는 다비드 르 브르통, 「느리게 걷는 즐거움」에서 재인용)

지금 이 순간 내가 인간—"약간의 충격, 약간의 타격에도 터질 수 있는 혈관……자연 그대로의 상황에서는 무방비이고 다른 사람의 도움에 의존해야 하고, 운명의 여신이 내리는 온갖 모욕에 고스란히 노출된, 허약하고 부서지기 쉽고 발가벗은 육체"(세네카, 「마르키아에게 보내는 위로문」. 여기서는 알랭 드 보통, 「철학의 위안」에서 재인용)—라는 사실을 잠시 잊고, 라디오에서 흘러나오는 빌리 조엘의 노래에 귀를 기울이자. 평화로운 일요일의 금쪽 같은 순간들을 느긋하게 음미할 수 있다면 인생은 반쯤 성공한 것이다.

일요일은 침묵과 멈춤을 날실과 올실로 짠 피륙이다. 일요일은 '정직'과 '단순성'을 계명으로 삼는 종교로 개종하기에 좋다. 일요일에 우리는 별식을 즐긴다. 별식을 먹는 것은 배고픔이라는 가벼운 욕구를 해결하기 위함이 아니다. 먹는 것에서 관능적인 기쁨이 솟구쳐 오르고, 이전에는 결코 알 수 없었던 즐거움의 원천을 발견하는 일이다. 일요일에는 먹고 마시고 즐기자! 일요일의 품에 안길 때 우리는 수난과 질곡을 짊어지고 골짜기를 건너는 노동의 희생양이 아니라 풍요와 게으름을 누리는 왕족이기 때문이다.

나른함이 눈꺼풀 위에 쌓인다. 낮잠은 노동의 유예에서 비롯된 방만한 자유, 혹은 한가로운 휴식이다. 낮잠은 행복으로 성큼 다가서는 이완이며, 게으름의 정점에서 누리는 사생활이다. 물론 낮잠이 시간 낭비라는 나쁜 소문이 있다는 것을 잘 안다. "노동과 산업의 이윤을 우선시하는 독단적 이념이 지배하는 나라에서, 낮잠이란 무익하게 흘려보내는 시간 낭비로 폄하되기 때문이다. 이처럼 자학적인 문화에서 살아가는 게으름꾼들은 한층 여유로운 지중해 연안 국가들과 그들의 낮잠 관습에 질투 어린 시선을 던질 때가 많다." 낮잠은 나태한 자의 무익한 시간이 아니다. 그것은 고갈된 존재에게 건강과 활력을 충전하는 시간이다.

일요일에 빛깔이 있다면, 그것은 '하양'이다.(장 프랑소와 뒤발) 따라서 일요일의 낮잠은 하얀 잠이다. 하얀 잠 속에서 세속의 일들, 세속의 관계들 속에서 입은 내상을 치유한다. 그런 까닭에 장 프랑소와 뒤발은 일요일이 "기항지며 피난처"(피에르 쌍소 외, 앞의 책)라고 말한다. 우리는 떠들썩하고 분주한 세속의 시간을 마감하고 일요일 안쪽에 서린 성스럽고 숭고한 평화의 시간 속으로 달려간다.

일요일은 사교와 식사와 놀이로 짜인다. 냉방장치가 잘 된 극장에서의 영화 관람, 찐 옥수수를 물어뜯고 얼음을 채운 홍차를 마시며 야구중계 시청하기, 반려견과 뜰에서 어슬렁거리기, 식구들과 풍성한 점심 식사하기, 갈대로 엮은 햇빛 가리개를 내려뜨린 실내에서 낮잠에 빠지기…… 등등. 일손을 놓고 자유롭게 보내도 좋은 시간, 수고와 봉급에서 자유를 얻어 오롯하게 보낼 수 있는 시간, 그것이 일요일이다. 일요일을 장식하는 세 가지의 중요한 국면들, 사교와 식사와 놀이는 몸과 마음을 이완시킨다. 일요일이라는 피륙에는 위안과 휴식의 무늬들이 점점이 박힌다. 가장 긍정적인 일요일은 노동이라는 산문이 아니라 시와 철학이라는 잉여로 완성되는 시간이다.

정오가 지나자면 시간은 속도를 올린다. 환한 대낮이 물러서고 해가 서쪽으로 넘어가며 땅거미가 내린다. 키 큰 나무들의 그림자가 동쪽으로 길게 드리워지는 바로 그 시각 일요일이라는 등대의 불빛은 사라진다. 일요일 저녁은 끝이 예고되면서 알 수 없는 근원에서 솟아난 초조함과 멜랑콜리로 가득 찬다. 텔레비전에서 월요일 날씨를 예고하는 뉴스가 흘러나오는 일요일 늦은 밤, 느림과 감속의 시간들은 서둘러 끝을 향해 속도를 올린다.

월요일의 전조前兆들로 수선스러워지고, 이미 예고된 노동과 수고가 불러오는 짙은 불행이 속수무책으로 번진다. 내일 아침 일터로 내몰려야 한다는 초조함이 뒷덜미를 움켜쥘 때 우리는 꼬리를 자르고 도망가는 도마뱀같이 어디론가 도망가고 싶어서 안절부절하지 못한다. 어쩌면 우리는 일요일의 끝자락에서 영원이라는 불가능한 시간의 가장자리를 가만히 만져 본 것은 아닐까. 하지만 그게 다 무슨 소용인가. 일요일의 평화, 일요일의 기쁨, 일요일의 부활은 가망 없는 꿈이 되어 덧없이 사라진다. 일요일이라는 감미로운 영화가 끝나고, 엔딩 크래딧이 올라간다. 일요일의 한밤중이 캄캄한 것은 휴일과 동시에 달콤한 밀회가 끝나고 낙원에서 등을 떠밀려 나올 수밖에 없는 자들의 비탄과 절망이 그토록 짙기 때문이다.

여름의
빛 속에서

여름 햇빛이 우리 어깨에 손을 얹으며 속삭인다.

자, 여름이 왔어, 어쨌든 힘을 내!

봄이 숨겼던 날카로운 이빨로 내 마음을 물어뜯는다. 늦봄 어머니
가 돌아가시고, 나라에 큰 슬픔이 덮쳤다. 맹금의 발톱보다 더 날
카로운 그것이 마음을 할퀴고 찢는다. 한 번도 누군가를 해치려
한 적이 없던 이들이 억울하게 죽고, 그 죽음을 나 몰라라 하는 봄
은 잔혹하기만 했다. 눈치 없이 피어난 넝산홍들은 뻔뻔스럽고,
새들은 공중에서 허둥지둥 나는 듯했다. 그러거나 말거나 자꾸 눈
물이 흘러내리고, 더는 몸속의 울음이 남아 있지 않을 때까지 울
고 나니, 가슴을 저미던 슬픔은 아물고 천지간에 이미 봄은 가고
없었다.

물가 버드나무들은 푸르렀고 산색은 녹색으로 짙었다. 산 자들이
이마에 손을 얹고 여름이 제 일을 시작하는 것을 염치없이 지켜보
았다. 땅을 뚫고 솟아난 풀들은 늠름해서 마치 녹색 불꽃 같았다.

먼 산에서 뻐꾹새가 울면 우리는 그 소리에서 여름의 기척을 느끼며 조용히 잠에 들었다. 수박밭의 수박 줄기들은 무서운 기세로 뻗어 나가며 노란 꽃을 피우고 그 아래 메추리알만한 작은 수박들을 맺는다. 노령老齡인 하늘과 땅은 여름의 성분들이 활기와 녹색인 것을 다 알고 있는 듯하다. 여름은 도처에서 푸름으로 빛나고 버찌들은 익어 가고 있다. 여름이 늠름하게 우리 앞에 와 있으니, 언제까지 슬픔과 시름에만 잠겨 있을 수 없다. 여름 햇빛이 우리 어깨에 손을 얹으며 속삭인다. 자, 여름이 왔어, 어쨌든 힘을 내!

젊은 시절, 나는 모든 계절 중에서 오로지 여름을 사랑했다. 왜냐하면 여름만큼 삶에의 열정과 미덕을 품고 있는 계절은 없었으니까. 스무 살 여름, 나는 라이너 마리아 릴케의 「두이노의 비가」 따위의 시집을 읽으며 시인을 꿈꾸었다. "그 누가 있어, 내가 울부짖을 때, 천사들의 반열 속에서/나의 그 소리를 들어줄까?/만일 한 천사가 갑자기 나를 가슴에 끌어안는다 해도,/나는 훨씬 강대한 그의 존재 속에서 사라지고 말 것이다./아름다움이란 무서운 것의 시작이기 때문이다./우리가 가까스로 의연하게 받아들이는 그런 것이기 때문이다./우리는 이렇게 아름다움을 두려워하면서도 흠모해 마지않는다./아름다움은 아무런 반응도 없이 우리를 훼멸할 가치조차 느끼지 못하기 때문이다./모든 천사들은 하나같이 무서운 존재다." 아름다움이 무서운 것의 시작이라니! 아, 그걸 알아차렸다니, 릴케는 천재가 아닌가. 나는 진심으로 릴케를 질투하며 그가 천재임에 틀림없다고 생각했다. 그 여름이 지나고 십 년쯤 되었을 때 나는 출판사를 경영하는 사장이 되고, 릴케의 「두이노의 비가」를 번역해서 펴냈다. 스무 살 무렵 나는 간혹 숨을 끊어놓을 듯한 더위가 한창일 때 아파 누워 있곤 했다. 뭐, 그다지 심각한 병은 아니다. 갑자기 탈을 부린 맹장을 떼어 내는 수술을 한다거나, 발뒤꿈치에 염증이 생긴다거나, 여름 감기에 걸린다거나 하는 가벼운 병들이었다.

서울 변두리의 가난한 동네에 있는 텅 빈 방에서 혼자 누워 지낼 때 모든 병이 그 나름의 질서와 침묵을 갖고 있음을 알았다. 어떤 병들은 정결한 고독을 품는다. 나는 혼란스러울 때마다 병이 품은 그 정결한 고독에 들고 싶어 아프고 싶다는 열망을 갖기도 했다. 알베르 카뮈의 책을 읽다가 "병은 나름대로의 규칙과 절도와 침묵과 영감들을 갖춘 수도원과 같은 것"이라는 문장에 소름이 돋았다. 시대와 장소가 그토록 달랐건만 우리는 같은 생각을 했던 것이다. 여름에 앓던 가벼운 병들은 영약靈藥과 같아서 앓고 난 뒤 원기를 회복하면 눈이 더 밝아졌고, 얼굴엔 어딘가 모르게 성숙한 기운이 깃들고, 그 전보다 더 자주 지혜로운 생각들을 하곤 했다.

여름의 한가운데에서 알베르 카뮈의 「결혼·여름」 같은 산문집들에 빠져 있었는데, "벌써 금빛으로 익은 이 세계의 과일을 깨물며, 그 달고도 강렬한 과즙이 입술을 따라 흘러내리는 것을 미칠 듯한 감동" 같은 문장들을 내 것으로 취하며, 미칠 듯한 감동으로 몸을 떨었다. 여름은 이 세계가 모호한 것이 아니라는 것, 우리 모두는 이 여름 속에서 하나의 열매로 익어 가고 있음을 깨닫곤 했다. 나는 올리브나무와 유향나무 사이로 난 길이 문득 바다와 잇닿아 있다는 지중해의 어느 도시를 상상하며 여름의 무더위를 너끈히 견디곤 했다.

무라카미 하루키의 「바람의 노래를 들어라」는 1970년 8월 8일에 시작해서 18일 뒤, 그러니까 여름의 끝자락인 8월 26일에 끝나는 이야기다. 하루키는 경쾌한 문장으로 젊은이들의 상처를 드러내 보이고, 방황의 흔적들을 더듬는다. '쥐'라고 불리는 대학 친구와 '나'는 대학 입학 동기고, 그들은 어느 날 우연히 만취한 채 만난다. 1960년대 말 일본 대학가는 베트남 반전운동, 흑인 민권운동, 프랑스의 5월 혁명의 영향 아래 있었다. 대학생들은 반체제와 반권력의 극렬한 투쟁 열기에 휩쓸렸다. 하지만 '전공투'는 이내 막을 내렸다. 그 '전공투'를 함께 겪은 '나'와 '쥐'는 그 시절에서 밀려나와 나른한 공허와 권태의 시기를 보낸다. 그 여름날에 그들이 한 일은 무엇인가?

"여름 내내 나하고 쥐는 마치 무엇인가에 홀린 것처럼 25미터 풀을 가득 채울 정도의 맥주를 퍼마셨고, 제이스 바의 바닥에 5센티미터는 쌓일 만큼의 땅콩 껍질을 버렸다. 그때는 그렇게라도 하지 않으면 살아남지 못할 정도로 지루한 여름이었다."

좋은 시절은 가 버렸고, 더는 좋은 시절이 올 것 같지 않은 회색빛 시절의 무료함을 견디는 방식은 찾을 수가 없었다. 젊은이들을 사로잡았던 '이념적 연대'의 불꽃은 사라지고, '나'와 '쥐'는 개인 단위로 돌아가 각자 도생을 해야만 하는 시대에 덩그러니 남은 자신들의 모습을 본 것이다.

베토벤 피아노 소나타 3번, 플로베르의 「감정교육」, 그리고 비치 보이스의 엘피LP '캘리포니아 걸스', 마일스 데이비스, 라디오 팝스 리퀘스트 프로그램 그리고 한없이 가벼운 연애가 혼재된 이야기는 경쾌한 속도로 흘러간다. '나'는 인간의 존재 이유를 테마로 소설을 쓰고자 하나 실패한다. 그 실패는 당시 모든 삶의 의미 있는 기획들이 더는 수행될 수 없었음을 암시한다. 그리하여 "모든 사물을 수치로 바꾸지 않고는 견딜 수 없는 버릇"에 빠지는데, 그 충동에 사로잡혀 한 일은 다음과 같다.

"전철에 타자마자 승객 수를 헤아리고, 계단 수를 전부 세고, 시간만 나면 맥박 수를 셌다. 당시 기록에 따르면, 1969년 8월 15일부터 이듬해 4월 3일 사이에 나는 강의에 358번 출석했고, 섹스를 54번 했고, 담배를 6,921개비 피운 것으로 되어 있다."

이 무위에 가까운 행위들은 존재 이유를 잃고 외톨이가 되어 버린 자의 치열한 자기 방어의 흔적들이다. 그것마저 하지 않는다면 아무 살아 있을 이유가 없기에. '나'는 6,922번째 담배를 피울 때 세 번째 잤던 여자가 죽었다는 소식을 듣는다.

「바람의 노래를 들어라」에서 '나'는 스물아홉 살이 되고, '쥐'는 서른 살을 맞는다. 비치 보이스가 새로운 앨범을 내고, '나'는 결혼하여 아내와 함께 도쿄에 살며, '쥐'는 아직도 계속해서 소설을 쓰고 있다고 근황을 전한다. 이 소설에서 특별한 것은 하루키가 만든 가공의 작가 데릭 하트필드에 관한 부분이다. 하루키는 데릭 하트필드가 1909년 오하이오 주의 작은 마을에서 태어났고 1938년 어머니가 죽자 뉴욕까지 가서 엠파이어 스테이트 빌딩 옥상에서 투신 자살했다고 약력을 적는다. '나'는 오하이오 주의 작은 마을에 있는 데릭 하트필드의 묘지를 찾아간다. 묘지에 들장미를 바치고, 합장을 한 뒤 무덤가에 주저앉아 담배를 피운다. 그리고 돌아와 소설을 쓴다. 하루키의 첫 소설에는 자전적인 경험과 허구의 상상력이 기묘하게 뒤섞인다. 데릭 하트필드라는 가공의 작가 얘기를 덧붙임으로써 「바람의 노래를 들어라」가 공허감과 무력감에 빠진 청춘의 방황을 더듬어 보고, 작가 자신의 완벽한 문장 쓰기를 향한 길고 힘든 도정道程을 고백하는 소설이었음을 드러낸다.

하루키는 1949년 1월 12일, 일본 교토에서 태어났다. 국어 교사였던 아버지의 영향으로 많은 책을 읽으며 어린 시절을 보낸다. 대학입시에 실패한 뒤 이사야 시립도서관인 우치데 도서관에 나가 대학입시 공부에 열중한다. 그 도서관의 게시판에는 '하루키가 공부한 공간'이라는 신문기사가 자료가 스크랩되어 있다고 한다. 하루키는 1968년에 재수를 한 끝에 와세다 대학교 제1문학부 연극과에 입학했다. 대학에 들어간 뒤 한동안 기숙사 생활을 했는데, 나중에 이 기숙사에서의 생활 경험을 소설 「노르웨이 숲」에 녹여 낸다. 1974년 재즈카페 '피터캣'을 도쿄 시내에서 조금 떨어진 고쿠분지에서 개업한다. 당시 하루키는 같은 와세다 대학 출신의 요코와 결혼한 뒤였는데, 둘이 모은 돈과 장인에게서 빌린 돈을 합쳐 재즈카페 개업비용을 마련했다고 한다. 고쿠분지에서 세 해 정도 운영한 '피터캣'을 다시 센다가야로 옮겼다. 당시 무사시노 미술대학에 재학 중이던 무라카미 류가 부스스한 머리를 하고는 이 재즈카페에 자주 나타났다.

하루키는 뭔가를 쓰고 싶어져 재즈카페를 마치고 새벽에 돌아와 부엌 식탁에 엎드려 소설을 써 내려갔다. 그 소설이 「바람의 노래를 들어라」이다. 하루키는 중편소설 분량인 이 작품으로 한 문학지의 신인상을 받으며 소설가로 데뷔한다. 하루키 나이 스물아홉이었다. 하루키는 스콧 피츠제럴드가 한 "남과 다른 무언가를 이야기하고 싶다면 남과 다른 말로 이야기해라"는 말을 떠올리고, 남과는 다른 방식으로 다른 이야기를 쓰고 싶었다고 고백한다. 이 소설은 그해 7월에 고단샤에서 단행본으로 나오고, 9월 아쿠타가와 상 후보작에 올랐다. 물론 수상에는 실패했다. 오에 겐자부로와 엔도 슈사쿠와 같은 작가들이 심사를 했는데, 심사평을 보면 일본 문학의 전통에서 완전히 벗어나 있는 이 소설을 두고 "미국 소설의 영향"을 받았다거나 "외국 번역 소설을 지나치게 많이 읽고 쓴 듯한 서구적인 작품", "반소설反小說"이라는 평가들이 눈에 띈다. 확실히 하루키의 소설은 일본 주류 소설과는 다른 소설로 받아들여졌음을 보여주는 증거들이다. 어떤 심사위원들은 심사평에서 한 줄도 언급하지 않음으로써 하루키 소설에 대한 반감을 확실하게 드러내기도 했다.

여름의 빛들은 공중에 덧없는 성채를 지었다가 허물기를 반복한다. 스무 살 시절 나는 사람 키보다 더 높게 자란 파초를 키우고, 연못이 있는 집에서 여름마다 나무 그늘 아래 의자를 놓고 책을 산더미같이 쌓아 놓고 읽으리라 생각했다. 그게 꿈의 전부였다. 「바람의 노래를 들어라」는 여름에 읽기에 맞춤한 소설이다. 눈부신 일광이 넘실거리는 여름만큼 삶의 영광과 덧없음을 보여주는 계절은 없으니까! '나'는 바닷가 근처의 테니스 코트에서 두 여자가 흰 모자를 쓰고 선글라스를 낀 채 서로 볼을 주고받는 광경을 바라본다.

"나는 오 분가량 그 모습을 바라보고 나서 차로 돌아와 시트를 뒤로 젖히고 눈을 감은 채 한동안 파도 소리에 뒤섞인 공 치는 소리를 멍하니 듣고 있었다. 부드러운 남풍이 실어다 준 바다 내음과 불타는 듯한 아스팔트 냄새가 나로 하여금 오래전의 여름날을 생각나게 했다. 여자의 피부 온기, 오래된 로큰롤, 갓 세탁한 버튼다운 셔츠, 풀장 탈의실에서 피어오른 담배 냄새, 어렴풋한 예감, 모두 언제 끝날지 모르는 달콤한 여름날의 꿈이었다."

남풍에 실린 바다 내음, 여자의 피부 온기, 담배 연기, 어렸을 때의 예감 따위는 얼마나 빠르게 휘발되어 사라지는 것인가. 이 감각적 기호들은 빨리 사라진다는 특징을 공유한다. 흐르고 번지면서 사라지는 것이기에 삶의 덧없음을 암시한다. 여름날 품었던 기대와 희망은 깨고 나면 사라지는 여름날의 꿈같이 덧없다. 누추한 삶이 품은 달콤한 여름날의 꿈이란 얼마나 황홀한 것인가! 그 꿈이 황홀한 것은 삶이 그렇듯이 한번 가고 나면 두 번 다시 돌이킬 수 없기 때문이다.

나는
왜
늘 바쁠까

거실에서 텔레비전을 치워 보라! 뜻밖에 많은 자유 시간이 생긴다.

인터넷을 끊어 보라! 우리는 훨씬 더 자유로워진다.

더 많은 시간을 햇볕을 쬐며 걸을 수 있고, 좋은 벗들과 즐겁게 지낼 수 있다.

더 많은 시간을 자기를 돌보는 데 쓸 수 있고, 꿈을 향해 나아갈 수 있다.

사람들이 바쁘다는 말을 입에 달고 산다. 바쁜 사람은 수족을 부지런히 놀려 이곳저곳을 다녀야 하고, 이 사람 저 사람을 만나야 하는 통에 정신은 산만해지고, 몸은 피로에 젖기 일쑤다. 이 바쁨은 대개 자신을 위한 것이기보다는 바쁨을 위한 바쁨이다. 바쁨이 나쁜 것은 그것이 존재에 대한 지각조차 무디게 만든다는 점 때문이다. 휴식도 없이 바쁘게 사는 사람은 나중에는 제가 왜 바빠야 하는지 모르게 되고, 따라서 스스로의 시간을 통제하지 못하고, 외부의 요구에 따라 움직이며 제 삶을 속절없이 탕진한다. 참을 수 없는 디지털 세계의 분주함 속에서 자신을 방치하는 게 그 한 예다. 바쁜 것을 좋아하는 사람은 드문데, 다들 바쁘게 산다는 사실이 놀랍다.

우리는 왜 바쁘게 사는 걸까? 점점 더 가속화하는 문명에 편승해서 일하는 기계, 혹은 성과 기계로 내몰리는 까닭이다. 현대사회는 가속화 사회이고, 성과에 치중하는 사회이다. "성과에만 치중하는 과정의 가속화는 현대적 사회를 이끄는 근본 원리다." (울리히 슈나벨, 「행복의 중심, 휴식」) 결국 '성과'와 '가속화'는 현대사회가 우리에게 따내라고 명령하는 바로 그 과실이다. 가속화가 일상화된 사회 속에서 누구도 경쟁하고 일하고 소비하는 '바쁨'을 멈출 수 없다. 이런 바쁨이 타인이나 사회의 명령에 의해서가 아니라 자발적으로 이루어진다는 점에서 심각하다. 사람들은 성공이라는 '황금'을 손아귀에 넣기 위해 불철주야 자기를 착취하고, 자기를 고갈시키는 대열에 뛰어든다. 백열전구가 나오기 전까지 인류 평균수면 시간은 아홉 시간이었는데, 백열전구가 나온 뒤 수면 시간이 일곱 시간 정도로 줄었다고 한다. 현대에 가까울수록 사람들의 수면 시간은 더욱 줄어든다. 사람들은 잠을 줄이고, 감정과 본능을 유예시킨 채 번아웃될 때까지 일에 몰두한다. 그래서 우리는 덜 바빴던 과거에 견줘 더 행복해졌는가?

잠은 삶다운 삶을 누리는 데 꼭 필요한 조건이다. 지칠 대로 지친 사람에게 잠은 달콤한 휴식이고, 빠져나간 기력을 충전하는 잠시 멈춤이고, 고통에서 벗어나는 기쁨의 시간이다. "잠은 감미로운 꾸물거림이요 일시 정지이며, 매슈 드 아베튀아Matthew De Abaitua의 표현을 빌자면 '위대한 중단(Big Quit)'이다." (톰 호지킨슨, 「언제나 일요일처럼」) 현대가 분주함과 속도의 시대라면, 잠은 "행동을 우위에 두는 이 세상에 맞서는 저항의 한 방법" (톰 호지킨슨, 앞의 책)이다. 하지만 많은 사람이 건강에도 좋은 잠을 줄이는 대신 고된 노동의 속박에 자신을 내맡긴다. 가속화된 문명에 탑승한 사람들은 늘 수면 부족에 시달린다. 잠이 부족한 것은 사고와 참사와 재난의 원인이 될 수도 있다. 흔한 고속도로에서의 차량 사고들은 말할 것도 없고 체르노빌 같은 대형 참사도 수면 부족이 원인이었다. 노동자들에게 더 많이 일을 시키려는 탐욕스런 기업가들이나 경직된 도덕주의자들이 잠을 낙오자의 표상으로 낙인찍었다. 그들은 부자가 되려면 잠을 줄여라, 하고 말한다. 그들은 잠을 많이 자는 건 게으름뱅이들의 습관이라고 선전한다.

잠은 낙오자의 것이 아니라 오히려 낮의 노동, 낮의 욕망들에 초연한, 느긋한 삶을 누리는 승리자의 것이다. 충분히 자는 사람은 수면 부족에 시달리는 사람보다 더 행복하다. 미국 중산층 가정 출신으로 이십대 청년기에 남태평양의 푸카푸카 섬에 정착해 살았던 로버트 진 프리스비라는 사람은 1929년 「푸카푸카」라는 책에 이렇게 썼다. "사람들은 아침에 일어나야 할 이유를 전혀 알지 못했고, 대부분 일어나지도 않았다. 하루 종일 잠만 자다가 밤에 일어나서 바닷가 모래밭에 횃불을 밝혀 놓고 낚시를 한다. 그리고 식사를 하고 춤을 추고 사랑을 나눈다. 푸카푸카에 대해 잘 모르는 교역선 선장들은 그 섬을 그리 달가워하지 않는다. 주민들이 배에 짐 싣는 일을 하려고 들지 않기 때문이다."(톰 호지킨슨, 앞의 책) 푸카푸카의 원주민들은 잠을 충분히 잔다. 그들은 문명 따위가 만들어 낸 관습에 휘둘리지 않은 채 충분히 휴식하면서 자기들만의 리듬으로 살아간다. 휴식은 단순한 빈둥거림이 아니라 수단과 목적의 일체감 속에서 오직 자기 자신을 위해 밀도 있게 보내는 순간을 뜻한다.

삶이 바빠진 것은 물건들에 대한 소유 욕망과 소비 욕망 때문이다. 집, 자동차, 냉장고, 텔레비전, 세탁기 그밖에 갖가지 물건을 향한 욕망들! 우리는 그것들을 사들이기 위해 빚을 지고 그 빚을 갚기 위해 더 많은 돈을 벌어야 한다. 그래서 바빠진 것이다. 하지만 이 물건들이 우리를 행복하게 할까? 이 물건들은 소유하고 소비하는 동안 우리에게 약간의 행복감과 재미와 위안을 주기는 하겠지만 그 행복, 재미, 위안은 항구적이지 않다. 그 대신에 물건들은 우리의 돈과 시간, 자유와 인간관계를 앗아간다. 삶의 지혜는 덜 중요한 것들을 버려서 비우기 그리고 할 수 없는 일들을 포기하는 데서 나타난다. 그렇게 하면 빡빡하던 생활에 여백들이 생겨나고, 육체적 실존의 유동성을 크게 낮출 수가 있다. 고독과 정적이 깃든 여백의 시간들에 우리는 낮잠도 잘 수 있고, 호젓하게 공상에 빠지고, 평소에 못 읽던 책도 읽을 수 있고, 가족과 함께 밥을 먹고 여행을 할 수도 있다.

우리가 거머쥔 휴식의 시간은 버려지는 시간이 아니다. 휴식의 시간은 세계의 잡음과 내재적 잡음에서 우리를 자유롭게 풀어 주어 몸과 마음에 두루 편안함이라는 선물을 준다. 휴식은 취향을 꽃피우고, 재능을 만개할 수 있는 인생의 소중한 여백이다. 바쁜 문

명 세계를 등지고 숲속에서 이태가량 호젓한 삶을 살았던 현자는
우리에게 이렇게 말한다.

"머리를 쓰는 일이건 손을 쓰는 일이건 어떤 일을 위해서건 지금
이라는 소중한 가치를 희생해서는 안 된다는 것을 나는 몇 번이고
마음에 새긴다. 생활에 여백을 가득 두고 싶다. 여름 아침이면 늘
하듯 해가 떠서 점심때까지 소나무, 호두나무, 옻나무에 둘러싸인
채 흔들림 없는 고독과 정적 속에서 햇빛 잘 드는 문 앞에 앉아 공
상에 젖어든다. 새들이 노래하면 소리도 없이 집 안을 빠져 나갔
다."(헨리 데이비드 소로, 「고독의 즐거움」)

헨리 데이비드 소로는 소나무, 호두나무, 옻나무로 둘러싸인 숲속
생활에서 고독과 정적이 깃든 시간을 온전하게 누렸다. 그는 햇볕
을 쬐며 공상을 하고 숲속 새소리에 귀를 기울이는데, 그가 찾아
누린 것은 소박한 삶이고, 그 안에 깃든 삶의 정수精髓다. 그것은
우리 모두가 바쁘게 사느라 잃어버린 가치, 의미 있는 인생이다.

왜 우리는 푸카푸카의 원주민들이나 헨리 데이비드 소로와 같이
살 수 없을까? 그것은 돈과 권력과 지위를 향한 욕망 때문이다.
고액 연봉, 더 좋은 집, 최신 전자제품들이 우리를 행복하게 만들
지는 않는다. 소유 욕망과 소비 욕망에 찌든 삶은 우리를 번아웃
과 죽음으로 내몬다. 행복하고 자유롭고 열정이 가득한 삶을 원한
다면, 탐욕을 당장에 멈춰야 한다. 더 적게 소유하는 것에 만족한

다면 그토록 많은 시간을 일에 빠져 보낼 필요가 없어진다. 우리를 옥죄는 가짜 욕망, 가짜 필요에서 자유롭게 되면 더 많은 생활의 여백과 휴식의 시간들을 누릴 수 있다. 삶을 거머쥐고 제 것으로 누리게 될 때 우리는 쓸데없는 공허와 불안감과 죄책감에서 벗어난다.

물건들에 대한 애착을 버리면 그것의 집착에서 풀려난다. 거실에서 텔레비전을 치워 보라! 뜻밖에 많은 자유 시간이 생긴다. 인터넷을 끊어 보라! 훨씬 더 자유로워진다. 더 많은 시간을 읽고 쓰고 생각에 잠기는 데 사용할 수 있다. 더 많은 시간을 햇볕을 쬐며 걸을 수 있고, 좋은 벗들과 즐겁게 지낼 수 있다. 더 많은 시간을 자기를 돌보는 데 쓸 수 있고, 꿈을 향해 나아가는 데 쓸 수 있다.

피로에
대하여

피로의 끝은 불가피하게 경직과 초췌해짐이고 삶의 원천과의 단절이다.

우리는 자신에게서 탈구되어 나온 존재의 고독으로 피로를 겪는다.

그런 까닭에 개별자에게 닥치는 피로는 존재에 대한 '유죄 판결'이다.

19

한 시집을 읽다가 "영아 속에 들어 있는 어른은 피로하다" (박판식, '카프리올')는 시 구절에 눈길이 머문다. 시인은 직관으로 피로가 영아나 어린아이들의 문제가 아니라 어른의 문제라는 것을 꿰뚫는다. 현대인들은 가난, 금욕, 겸손 따위를 하위가치로 내모는 물질주의적 삶 속에 널리 퍼진 심리적 진부화의 한 형태로써 피로를 겪는다. 피로는 현대사회에 널리 퍼져 있는 질병이다. 피로가 질병이기는 하지만 그것이 임상의학보다는 철학의 영역에서 더 능동적으로 사유된다는 점은 흥미롭다. 철학이 "얼음이 덮인 높은 산정에서 살아가는 것" (니체)을 거점으로 삼고, 항상 무의미의 감옥에서 일어나는 사유를 펼쳐내는 것이라면, 철학이 피로를 먹잇감으로 삼키는 것은 당연한 일이다. 나는 장 보드리야르, 롤랑 바르트, 에마뉘엘 레비나스, 그리고 재독 철학자 한병철 등이 피로에 대해 사유하는 것들을 읽었다.

피로는 고갈과 확산의 결과이다. 고갈은 수고의 누적에서 오는 근육의 문제이고, 그 결과로 피로물질이 늘면서 신체 전반이 비활성화에 빠진다. 피로와 수고는 단단하게 맞물려 있다. 피로는 수고의 과잉이 불러온 것이며, 수고는 피로를 머금고 나아간 결과이다. 우리가 수고를 받아들이는 것은 모든 도모하는 일의 결과와 성취가 수고에서 비롯되기 때문이다. 복권 당첨같이 수고 없이 얻은 성취란 우연한 행운에 지나지 않는다. 피로를 근육과 신체의 범주에서 일어나는 현상으로 받아들이는 것은 그 범주를 협소화시키는 것이다. 피로는 정신이 육체에 내리는 도덕적 단죄이고, 그 결과는 몸과 마음의 진부화이다. 따라서 피로는 자기갱신의 동력 상실이고, 현대적 삶이 불가피하게 머금은 유죄선고이다.

사람들이 피로가 심한 고통을 야기하는 바이러스성 질병이 아니고, 아울러 피로로 말미암아 당장 죽음에 이르지는 않기 때문에 대수롭지 않게 여긴다. 그럼에도 피로는 여전히 위험하다. 피로는 존재 내부의 기쁨과 명랑성을 고살시키고, 삶의 약동성을 제약하며 정체시킨다. 피로한 자는 존재의 활동을 늦추거나 멈춘다. 멈춤은 활동적 국면을 잠시 정지시키는 휴식과는 다르다. 피로한 자는 움직이지 않고 한자리에 머물러 있으며 오래 누워 있지만 재충전은 일어나지 않는다. 바로 그렇기 때문에 항상 피로함이 만성적인 죽음이라는 사실을 받아들일 수밖에 없다. 피로는 신체에 광범위한 영향을 미치는 경미한 우울증이고, 심리적 불안이 야기하는 근육의 이완이다. 장 보드리야르가 반세기 전에 "현재는 배고픔이 세계적인 문제인 것처럼, 앞으로는 피로가 세계적인 문제가 된다"(「소비의 사회」)라고 선언한 이후, 피로는 현대의 철학적 과제로 인식되었다.

문제는 피로한 자는 항상 피로하다는 사실이다. 이때 피로는 '과다에 따른' 불가피한 것이다. 그것이 생산과 가동, 커뮤니케이션에 과부하가 걸린 성과사회에 널리 퍼진 과잉에 따른 긍정성의 폭력이라는 사실임을 명확하게 언명한 것은 재독 철학자 한병철이다. 그는 「피로사회」에서 "우울한 자는 컨디션이 완전히 정상이 아니다. 그는 자기 자신이 되어야 한다는 요구에 부응하려고 애쓰다가 지쳐 버리고 만다"는 알랭 에랭베르의 말을 인용한 뒤 우울증이 "자기 자신이 되지 못한 후기 근대적 인간의 좌절에 대한 병리학적 표현" 그 이상임을 지적한다.

한병철은 알랭 에랭베르에 대해 "성과사회에 내재하는 시스템의 폭력을 간과하고 이러한 폭력이 심리적 경색을 야기한다는 점을 인식하지 못한다"고 비판한다.(「피로사회」) 우울증이란 심리적 경색의 일종이고, "다 타서 꺼져 버린 탈진한 영혼의 표현"(앞의 책)이다. 우울증은 피로의 극단적인 발현인데, 이때 피로는 자아의 탈진이고 질병이다. 한병철에 따르면 우리를 피로에 이르게 하는 것은 "과도한 책임과 주도권이 아니라 후기 근대적 노동사회의 새로운 계율이 된 성과주의의 명령"(앞의 책)이다. 우리는 이 명령에서 벗어날 수가 없다. 한병철에 따르면 성과주의 사회에서는 성과를 향한 압박 때문에 자기가 자신을 착취한다. 피로에 이르는 원인이 외부에 있는 것이 아니라 자발적인 것이라는 뜻이다. 성과사회에서 피로는 "부정성의 결핍과 함께 과도한 긍정성이 지배한 세계의 특징적 징후"(앞의 책)로 떠오른다. 가엾게도 성과사회의 주체들은 자기 자신을 노동과 수고 속으로 내몰고 스스로를 파먹는다. 자신의 신체가 그들이 공격하고 착취할 수 없는 '유일한 것'이기 때문이다.

피로는 더도 아니고 덜도 아닌 폭력이다. 피로는 "모든 공동체, 모든 공동의 삶, 모든 친밀함을, 심지어 언어 자체마저도 파괴"(앞의 책)하는데, 그것이 폭력이라는 걸 눈치 채지 못한 사람은 더 많이 움켜쥐고, 더 많이 존재하기 위해 피로를 향해 내달린다. 그러다가 피로라는 벽에 쿵 하고 부딪친 뒤 비로소 그것이 폭력이라는 것을 깨닫는다. 성과사회의 주체들은 피로가 자신을 향한 이의주장이라는 것, 신체에 깊이 파고드는 폭력이라는 사실을 너무 늦게 깨닫는다.

"피로란 잠재적 이의異議주장(contestation)이다. 자기 자신에게 향할 수밖에 없는 자신의 육체에 '깊이 파고드는' 이의주장, 그것이 피로이다. 왜냐하면, 모든 것을 빼앗긴 사람들에게 있어서 육체는 일정한 조건하에서 그들이 공격할 수 있는 유일한 것이기 때문이다."(장 보드리야르, 앞의 책) 이게 피로의 실체이고, 피로의 내부에 숨은 공격성, 즉 자기 착취의 본 모습이다. 이 자기 착취는 곧 영혼이다 타서 사라져 버릴 때까지 그치지 않는다. 피로는 나와 타자를 일그러뜨리는 폭력이다. 과잉의 성과 압력이 상존하는 사회에서 주체는 피로로 인해 자신의 육체를 다 고갈시킨 뒤에도 계속 육체를 가동한다. 그러다가 마침내 어떤 경직과 단절에 이른다. 철학자 에마뉘엘 레비나스는 이렇게 적는다.

"만약 피로가 존재에 대한 유죄 판결이라면, 피로는 또한 경직, 초췌해짐, 삶의 원천과의 단절이다. 손은 들어 올리는 짐을 놓아 버리지 못한다. 그러나 손은 그 스스로에게 버려진(abandonne) 듯 그 자신에게만 의지한다. 이것은 독특한 버려짐(abandon)이다. 그것은 존재가 더는 보조를 같이하지 못하는 세계가 저버린 존재의 고독이 아니다. 그것은 말하자면 더는 그 자신과 보조를 같이할 수 없으며, 그 자신으로부터 탈구脫臼되어 나온 존재의 고독이다. 이런 존재는, 자기로부터 자아가 탈구되어 있는 가운데, 순간 속에서 스스로와 합치지 못한다. 그럼에도 불구하고 이 존재는 영원히 순간 속에 연루되어 있다."(『존재에서 존재자로』, 민음사)

피로의 끝은 불가피하게 경직과 초췌해짐이고 삶의 원천과의 단절이다. 우리는 자신에게서 탈구되어 나온 존재의 고독으로 피로를 겪는다. 개별자에게 닥치는 피로는 존재에 대한 '유죄 판결'이다. 우리가 성과사회에서 살아가는 한 이 유죄 판결을 피할 가능성은 사라진다. 이미 도래한 성과사회는 필연적으로 피로사회인 까닭에 우리는 이 유죄 판결에서 면탈할 방법이 없다.

여행의
끝

그 어떤 것에 의지하지 않고 지금보다 더 행복해도 좋을 것이다.
삶의 안팎에서 더 감탄하고, 경이에 더 즐거워 할 수만 있다면!

터키와 그리스 여행을 마치고 돌아와 중복 즈음 '호접몽'을 찾았더니, 풀이 도처에 무성하게 자라 우거진 상태다. 여행을 다녀온 뒤 여러 일이 겹쳐 '호접몽'을 찾지 못했다. 강연 일정들이 잇따르고, 써야 할 원고들이 밀려 있었다. 비는 줄기차게 내리고 날은 무더웠다. 나는 습기와 무더위를 견디며 꾸역꾸역 그 일들을 해냈다. 무더위로 지쳐갈 때 견고한 형이상학에 대해 사유하기보다는 냉방시설이 잘 된 카페를 찾아가서 가벼운 책들을 읽었다. 마치 이 세상에 속한 사람이 아닌 듯 살았으니, 이 여름 나는 오랫동안 '부재중'이었다. 그 사이 '호접몽' 주변이나 정원의 연못은 무섭게 자란 풀들에 포위되었다. 개망초들은 가슴팍에 닿을 만큼 자라고, 뜰 가장자리에 서 있는 뽕나무 가지마다 잎이 무성하고, 밤나무들은 푸른 밤송이들을 매단 채 늠름하게 서 있었다. 숲에서 매미 우는 소리가 요란했다. 날씨는 쾌청한데, '호접몽'의 검은 가죽 소파에는 장마기의 습기를 머금은 채 곰팡이꽃이 잔뜩 피었다. 곰팡이꽃은 쓸모가 없으니, 그것은 잉여에 지나지 않는다. 가죽 소파는 곰팡이꽃을 잔뜩 피워서 저를 돌보지 않은 자들에게 심술을 내는 듯했다. 잘 익은 토마토를 한 입 깨어 물은 뒤 마른 수건을 찾아 검은 가죽 소파에 핀 곰팡이꽃을 닦아 냈다.

'호접몽'의 닫혔던 문을 활짝 여니 버드나무들 사이로 금광호수의 푸른 물이 한눈에 들어온다. 장마로 불은 물이 그대로 맑아져서 출렁인다. 바람은 창랑滄浪을 흔들고 호수의 물 위에 내비친 산의 녹음도 흔들린다. 햇빛을 안고 출렁이는 잔물결을 바라보자니, 문득 내 공부의 얕음이 부끄러워졌다. 우리는 누구인가. 우리는 어디에서 왔는가. 우리는 어디로 가는가. 등불의 기름은 줄어드는데, 책을 파고 또 파도 공부에 큰 진전이 없다. 먹고 마신 보람이 적어 후회를 씹는다. 어쨌거나 녹음이 우거지고 물결이 출렁이는 이 계절은 한가로움 속에서 빛나니 가슴이 아리도록 아름답다.

계단에 무언가 빠르게 움직이는 게 눈에 띄었다. 뱀! 계단에서 느긋하게 습기를 말리던 뱀은 인기척에 화들짝 놀라 풀숲으로 사라진다. 뱀은 음陰이고, 왼쪽이며, 지하 여행자의 표상이다. 이 지하 영계靈界의 전령은 창세기 신화에서 원죄를 불러온 악역이라는 덤터기를 쓴다. 뱀이 불길하다고 여기는 이들의 증오와 편견은 창세기 신화 이후부터이니 오래된 것이다. 뱀은 스스로 그늘이 지고 낮은 곳에 처하는 동물이다. 누군가를 사랑하거나 계약을 맺거나 하는 따위 사람의 일에 뱀이 방해가 된 적은 단 한 번도 없다. 그러니 뱀을 무서워하거나 쓸데없이 적대시하여 죽여야 할 이유가 전혀 없다. 헤르메스의 지팡이는 두 마리 뱀이 서로를 휘감고 있는 형상이다. 이것은 상승하고 하강하는 우주의 두 흐름이 한 축에서 균형을 이루고 있음을 나타낸다. 사람들은 뱀을 불길한 존재로 여기지만, 다른 한편에서 뱀은 지혜의 표상이고, 치유자의 표상이기도 한다.

노모는 밭일을 하다가도 뱀을 만나면 기겁해서 집 안으로 뛰어 들어온다. 하지만 뱀은 우리의 안온한 사생활을 파괴하는 무법자가 아니다. 뱀이 사람을 먼저 공격하는 법은 없다. 뱀은 대개 소리 없이 왔다가 어느 틈에 사라진다. 거주자에게 민폐를 끼치는 일은 거의 없으니, 뱀은 무죄다. 뱀은 작년에도 왔고, 재작년에도 왔다. 뱀이 여름마다 찾아오는 것은 내게 어떤 메시지를 전달하고 싶어서일까? 아마도 나는 그 어떤 것에 의지하지 않고 지금보다 더 행복해도 좋을 것이다. 삶의 안팎에서 더 감탄하고, 경이에 더 즐거워 할 수만 있다면!

오전에 한국정책방송(KTV) '인문학 열전' 촬영 팀이 다녀간 뒤 또 다른 방문객들이 들이닥친다. 시를 공부하는 도반들인 안이삭, 신이아, 최진엽, 박금호 씨 등이다. 중복을 맞아 복달임으로 맑은 복탕을 끓여 먹기로 해서 모인 것이다. 신이아 씨가 밑반찬들을 만들어 오고, 안이삭 씨는 식후에 먹을 과일을 잔뜩 사 왔다. 최진엽

씨가 동해 수산협동조합에서 주문한 생복과 복탕 끓이는 데 필요한 식재료들을 풀어 놓았다. 복탕 끓일 준비하는데 연신 쏟아지는 땀으로 온몸이 흠씬 젖었다. 육수를 내고, 갖은 채소를 다듬었다. 나는 그저 참을성 있게 기다리기만 하면 되었다. 이 무더위 속에서 복탕을 끓이느라 불가에 있는 사람들에게 미안하고 감사하는 마음이 절로 우러나왔다.

두 시간여 만에 맑은 복탕이 나왔다. 우리는 땀을 뻘뻘 흘리며 복탕 국물을 두 그릇씩 비웠다. 성인이 신체의 대사회전을 하는 데 필요한 하루 단백질 소요량이 60그램이라 하는데, 내가 먹은 흰살 생선의 단백질은 그보다 훨씬 더 많을 것이다. 나는 포만감이 느껴질 만큼 먹었다. 복탕을 함께 먹은 뒤 잘 익은 수밀도를 베어 물며 담소를 나누었다. 그러다가 졸음이 쏟아져 나는 도반들에게 양해를 구하고 낮잠을 자러 '수졸재'로 올라갔다. 졸음은 오체만족의 결과이다. 짧은 낮잠을 산 뒤 다시 '호접몽'으로 내려오니 노반늘이 설거지를 말끔히 한 뒤 얘기를 나누고 있다. 그들이 칠현산방으로 올라간 뒤 혼자 앉아 나는 선풍기 바람을 쐬며 곰팡이 냄새가 나는 가죽 소파에 앉아 책들을 읽었다. 등 뒤에서 대형 선풍기의 날개 돌아가는 소리가 윙윙거리며 울렸다.

내 손에 들려진 책은 아카넷에서 펴낸 「소크라테스 이전 철학자들의 단편 선집」이다. 무려 300쪽에 달하는 '해제'를 포함해 950쪽이 넘는 책이다. 최근 내 관심을 끈 철학자는 헤라클레이토스다. 헤라클레이토스는 69번째 올림피아기 중에 인생의 황금기를 누리는데, 이 시기는 기원전 504년에서 501년까지 걸쳐져 있다. 헬레니즘 시기의 전기작가들이 남긴 것들을 종합해 보면, 그는 오만하고 방자한 사람이다. 헤라클레이토스가 왜 그런 평판을 받았는지에 대해서는 정확하게 알 길이 없다.

"……끝내 그는 사람들을 싫어하여 산 속에 은둔했고 풀과 나뭇잎을 먹으며 살았다. 하지만 이로 인해 수종에 걸리자 도시로 내려왔고, 의사들에게 폭우로부터 가뭄을 만들어 낼 수 있냐고 수수께끼처럼 물었다. 그런데 의사들이 이를 이해하지 못했으므로 헤라클레이토스는 외양간으로 가서 자신을 쇠똥에 묻고 쇠똥의 열기로 몸이 마르기를 바랐다. 그러나 아무 효험도 얻을 수 없었으니 이렇게 해서 예순 나이로 생애를 마감했다."(탈레스 외, 「소크라테스 이전 철학자들의 단편 선집」)

이 기록에 따르면, 헤라클레이토스는 수수께끼를 좋아하고, 비참한 방식으로 죽음을 맞는다. 그는 의사들에게 폭우에서 가뭄을 만들어 낼 수 있느냐고 물었다. 그런 이상한 물음들을 자주 던졌기 때문에 그에게는 늘 '수수께끼를 내는 자'라거나 '어두운 자'라는 호칭이 따라다니고, 당대 사람들은 그를 이상하게 여겼다. 해가 뉘엿뉘엿 질 무렵까지 책을 읽었다.

사람들이 다 돌아가고 고적해진 밤, 「주역」을 꺼내 읽었다. 재미

삼아 운세를 짚어 보는데, 공이 높은 성벽 위에서 매를 쏘아 잡으니, 이롭지 않음이 없다는 해괘가 주르륵 펼쳐진다. '해解'는 당연히 '해' 자에서 그 이름을 취한 괘명이다. '해괘'에는 군자가 사냥을 나가 여우를 잡고 매를 잡은 내용이 들어 있다. 내가 짚은 것은 본효에 속하는 '상육上六'이다. '공'은 사냥 솜씨가 좋은 사람이다. 앞의 '구이九二'에서는 사냥을 하여 여우 세 마리를 잡고, 누런 구리 화살촉을 얻었으니, 점은 길하다고 나와 있다. '공'은 여우 세 마리를 잡았다가 풀어 주었다. 본효는 '공'이 화살을 쏘아 공중의 매를 명중하여 떨어뜨렸다고 이른다. 여우는 땅에서 노니는 동물이고, 매는 공중을 나는 새다. 여우는 잡아도 실익이 그다지 없다. 매는 나는 생물이다. 새 일반은 구름을 뚫고 높이 나는 비상의 존재, 즉 영적 상승을 특권화하는 존재의 표상이다. 매는 새 중에서도 강인한 완력을 가진 새다. 다른 새들을 사냥하는 매를 쏘아 명중했으니, 하반기에 도모하는 일에 좋은 징조라고 이해한다. 불을 끈 뒤 창밖 어둠 속에서 반딧불이들의 군무를 보다가 잠자리에 들었다.

연애,
그 생명 충동

연애는 삶이 주는 무상의 선물이고, 생명의 축복이다.

그 선물을, 그 축복을 받지 못할 이유가 어디 있는가?

우리는 연애라는 다리를 건너서 사랑이라는 섬으로 간다.

연애는 타인의 목소리와 눈빛과 환한 미소가 내 안에서 일으키는 기적이다. 존재의 비밀을 누설하는 이 작은 단서들이 내 가슴에 들어와 버글거리며 번성한다. 나를 연애에 빠트린 당신은 누구인 가? 시인이라면 이렇게 쓸 수 있으리라. "너는 바다의 딸, 꽃 박하의 친사촌이다./헤엄치는 사람, 낭신 몸은 물처럼 순수하다./요리사, 당신의 피는 흙처럼 상쾌하다./당신이 하는 모든 건 꽃으로 가득하고, 땅과 함께 풍부하다."(파블로 네루다, 「101편의 사랑 소네트」) 바다의 딸, 꽃 박하의 친사촌, 헤엄치는 사람, 요리사는 여러 일을 하는 한 사람이다. 연애에 빠지면 한 사람을 가슴에 품고 열병을 앓는데, 이 열병은 지독해서 어떤 약도 듣지 않고, 어떤 의사도 처방전을 내지 못한다. 이 열병은 땅과 함께 세상의 기쁨과 아름다움을, 그리고 존재를 풍부하게 만드는 것이어서 이것을 두려워할 이유는 없다.

연애는 벌통을 차 버린 것같이 예기치 않게 겪는 존재 사건이다. 갑자기 벌 떼가 붕붕거리고, 벌통에서 흘러내린 벌꿀의 달콤한 향기가 주변에 진동한다. 연애는 밋밋하던 일상을 태워 버리는 불꽃이고 심심함을 뒤집어엎는 폭풍이다. 눈을 감아도 사랑하는 이의 목소리가 들리고, 눈빛이 느껴지고, 환한 미소가 보인다. 그의 존재감이 정말 크기에 다른 일에 집중할 수가 없다. 샴페인을 한 병쯤 들이켠 듯 연애의 향기는 아찔한 현기증을 일으킨다. 밤하늘의 별들이 붕붕거리고, 장미 정원의 장미꽃들은 일제히 피어나 향기를 터뜨린다. 밥과 물은 달고, 새와 나비는 우아하게 공중을 난다. 꽃들과 익어 가는 과실, 그리고 숲과 바다로 이루어진 세계는 온통 향기롭다. 날마다 만나던 세상은 그 전에도 이렇게 아름다웠던가 싶을 정도로 경이롭게 빛난다! 연애는 이렇게 우리를 이 세상의 홀연한 아름다움 앞으로 불러내는 사건이다.

연애는 두 사람이 한 무대에서 벌이는 연극이다. 알랭 바디우는 "사랑 안에서 우리는 분리이자 구분이며 차이인 첫 번째 요소를 갖게 된다는 것입니다. 둘인 무엇을 갖게 된다는 말이지요. 따라서 사랑은 우선 이 둘의 무엇에 관여합니다"(「사랑 예찬」)라고 말한다. 연애에 빠지게 되면 두 사람은 하나가 되려는 열망을 키운다. 두 사람 사이의 분리, 구분, 차이는 엄연하다. 그래서 둘이 하나가 되려는 열정과 열망은 늘 좌절한다. 하지만 사랑의 에너지가 아주 사라지는 것은 아니다. 그것은 여전히 타오른다. 타오르면서 둘의 관계에 끊임없이 관여한다. 연애의 본질이 열정이라는 증거다. 열정이 없는 연애, 열정이 개입되지 않은 사랑이란 아예 존재하지 않는다. 그 열정 때문에 사랑은 "어떠한 도덕적 정당화도 필요로 하지 않으며, 사회 질서의 지속을 보증하는 것에 닻을 내릴 필요가 없다."(니클라스 루만, 「열정으로서의 사랑」)

바로 그런 이유로 어떤 연애나 사랑은 한 사회를 뒤흔드는 치명적 스캔들이 되기도 한다. 그 열정적 사랑이 정당성을 얻는 근거는 무엇일까? 니클라스 루만은 그 정당성의 근거가 "삶의 짧음"이라고 말한다. 삶이 영원하지 않은 것이 그 근거라는 뜻이다. 아울러 연애는 둘이 등장하는 무대에서 벌어지는 하나의 우발적 사건이다. 연애는 "이 둘인 무엇이 모습을 드러내고, 무대에 등장하고, 새로운 방식으로 세계를 경험하는 바로 그 순간, 사랑이 불확실하거나 우발적인 어떤 형태를 취할 수 있다는 사실"(알랭 바디우, 앞의 책)이다. 연애에서 사랑으로 진전되면, 이것은 더 알 수 없는 수수께끼 같은 것이 된다. 사랑이 환상과 실재를 뒤섞으며 우발적인 형태를 취하기 때문이다.

얼마 전 그리스의 산토리니 섬을 다녀왔다. 가파른 언덕의 하얀 큐빅 같은 집들, 푸른 돔 지붕을 가진 그리스정교회의 성당, 짙푸르게 일렁이는 에게 해! 여름이면 수많은 여행자가 에게 해의 보석 같은 섬 산토리니를 찾는다. 해질 무렵이면 산토리니의 서쪽 끝 마을로 여행자들이 몰려드는데, 세상에서 가장 아름다운 일몰 광경을 지켜보기 위해서다. 크고 붉은 해가 밀랍으로 빚은 듯 녹아내리며 서서히 푸른 에게 해로 빠져들자 하늘도 바다도 온통 붉은빛으로 물든다. 그 휘황한 붉은 마술에 걸린 풍경에 취한 사람들은 자신도 모르게 찬탄하고, 연인들은 가슴 한쪽에서 치미는 감정의 격정을 이기지 못해 포옹하고 키스한다. 오, 키스!

당신의 키스는 이슬로 신선해진 과일 송이,
나는 당신 옆에서 살며, 땅과 함께 산다.
— 파블로 네루다, 「101편의 사랑 소네트」31편 중에서.

연애는 이 메마른 세상에서 함께 푸른 우물과 아름다움을 찾아 동행하는 것이다. 오직 감미로움을 함께 겪고 행복을 공유하기 위해서! 혼자 그곳을 찾은 나는 세상의 가장 아름다운 일몰 풍경을 함께 나누며 행복해하는 그 연인들을 바라본다. 그리고 사랑은 연애의 의무이고, 행복은 연애의 권리임을 새삼 깨달았다.

연애는 삶이 주는 무상의 선물이고, 생명의 축복이다. 그 선물을, 그 축복을 받지 못할 이유가 어디 있는가? 모든 기쁨과 좋은 것들은 연애 속에서 더 커지고 또렷해진다. 연애는 사랑 이전의 사랑이고, 사랑 이후의 사랑이다. 이것을 숙성시키는 것은 기다림, 견딤, 이타적 희생이다. 연애는 예찬, 환대, 돌봄, 성숙, 여행을 포함한다. 우리는 연애라는 다리를 건너서 영원으로 간다. 연애에 빠질 때 세상의 빛과 풍경이 달라진다. 연애에 빠지면 감정이 예민해지고, 오감이 활짝 열리기 때문일까? 세상의 빛들은 더 환하고,

나무들은 더 푸르고, 공기는 더 싱그럽다. 아무렇지도 않은 농담에도 까르륵 웃고, 평소라면 무심히 듣고 넘겼을 유행가 한 소절에도 주르륵 눈물이 흐른다. 이렇듯 연애는 생명의 경이다. 연애는 가슴 두근거림이고, 이상한 열정의 비정상적인 지속이고, 무엇보다도 연애는 생명의 자연스러운 충동이다. 더 많이 연애하라, 이것은 생명의 윤리적 명령이니!

애완의
시대

지금은 '애완愛玩'의 시대다. 고립은 고독을 불러오고,

고독을 삶을 메마르게 만든다. 사람들이 외톨이로 고립하면서

그 빈자리를 동물들이 채운다.

사실을 말하자면, 고독이 '애완' 동물이라는 필요를 낳는다.

한강 북쪽에 사는 여동생 일가가 한강을 건너 경기도 남단의 호숫가 시골집에 놀러왔다. 여동생과 매제와 딸, 개 두 마리가 일행이다. 개 한 마리가 유독 조용했다. 개는 종일 엎드려 눈을 감은 채 꼼짝도 하지 않았다. 이튿날 새벽 깨어 보니, 개가 거실 문가에 서서 유리문 바깥을 하염없이 내다보고 있었다. 개의 행동이 하도 특별해서 여동생에게 사정을 물었더니, 여동생은 개의 죽음이 임박했다고 속삭였다. 개는 여동생 가족과 함께 열여덟 해를 살았다고 했다.

개에게 열여덟 해는 오랜 세월이다. 개는 이미 돌이킬 수 없는 고령高齡이고, 내일을 기약하기 어려운 만년晚年이다. 개는 죽음을 앞두고 마지막 나들이에 나선 셈이다. 여동생네는 사흘을 묵고 돌아갔는데, 그 다음 주 개가 죽었다는 소식을 알려왔다. 미국 시인 메리 올리버의 책 「완벽한 날들」에서 읽은 한 구절이 떠올랐다. "개의 질주하는 삶은 몹시도 짧다. 개들은 너무 빨리 죽는다."

인생은 수많은 도착과 떠남으로 이루어진다. 시골 생활 열다섯 해 동안 마치 저녁들이 왔다가 떠나듯이, 혹은 손님들이 왔다가 돌아가듯이 수많은 개가 왔다가 떠났다. 시골로 내려올 때, 한 친구가 강아지 한 마리를 품에 안고 와서 주었는데, 강아지는 작고 가벼워서 검정 실뭉치 같았다. 그 강아지를 품에 안고 이삿짐을 싸서 새로 살 집으로 떠났다. 새 집은 경기도 남단의 한 호숫가에 있었다. 새벽마다 물안개가 피어오르는 물가의 집이다. 그 물가의 집에서 살며 물안개를 바라보는 동안 슬픔의 밍밍한 맛을 보았다.

물가의 집에 안착하던 첫 해, 봄이 가고 여름이 갔다. 강아지는 무럭무럭 자라났다. 이 작은 짐승의 몸에 충만한 힘과 탄력에 놀랐다. 개는 장마 때 오래도록 내리는 비를 나와 함께 나란히 앉아 바라보다가 천둥과 번개가 치면 화들짝 놀라 거실로 뛰어들곤 했다. 개치고는 겁이 많았지만 자기 영역을 침범하는 야생동물에게는 손톱만큼의 관용도 없었다. 새벽녘 잠결에 집 근처로 다가오는 너구리나 언덕을 스쳐가는 고라니 따위를 향해 개는 날카롭게 울부짖곤 했다. 지금도 새벽마다 그 개가 날카롭게 짖던 소리가 귓가에 울리는 듯 생생하다.

어느 날 새벽, 개가 숲속에서 천천히 걸어 나왔다. 어쩐지 개는 힘

이 빠지고 지친 모습이었다. 아침나절 다시 마당에 나왔을 때 개
는 양지 바른 구석에 누워 있었다. 가까이에서 살펴보니, 가슴 쪽
에 작은 구멍이 뚫려 있고, 그 주변 털들에 피가 엉겨 말라붙어 있
었다. 새벽녘 개가 하천에서 날카롭게 짖어대던 것을 떠올렸다.
개는 오소리 따위의 야생동물과 하천에서 물고 뜯으며 싸우다가
상처가 난 것 같았다. 개는 오후 세 시쯤 양지 바른 곳에 누운 채
평화롭게 숨을 거뒀다. 출혈이 심했던 탓이리라. 어쨌든 그 개 덕
분에 시골 생활의 적적함을 달랠 수가 있었는데, 개가 죽고 나니
그 상실감과 부재의 느낌은 컸다.

돌이켜 보면, 나는 살가운 견주는 아니었다. 이런저런 인연으로
왔던 많은 개들이 '애완' 보다는 '자연' 그 자체로 존중받고 살기
를 나는 원했다. 나는 개들을 묶지 않고 키웠는데, 그 때문에 농사
를 짓는 이웃들과 종종 얼굴을 붉히고 큰소리로 싸우는 일이 생겼
다. 개들이 비닐하우스를 찢고 밭작물을 망친다는 것이다. 그들은
개들을 묶으라고 말했다. 목줄을 채워 묶어 놓으면 개들은 눈에
띄게 침울해졌다. 그래도 어쩔 수가 없었다. 가끔 목줄을 풀어 주
면 개들은 무서운 속도로 달려 나갔다. 질주하는 걸 싫어하는 개
를 단 한 번도 본 적이 없다. 모든 개는 햇빛과 바람 속에서 달리
는 것을 좋아한다. 질주는 개의 불가피한 본성이다. 개들은 풀숲
을 헤치고, 논밭을 가로지르며, 숲과 들판을 질주한 뒤 헐떡거리
며 돌아왔다. 개들은 한바탕 뛰고 난 뒤 물을 벌컥벌컥 마셨다. 기
르던 개들 중에는 들쥐를 잡다 신발들이 놓인 문 앞에 가져다

놓던 녀석도 있다. 개가 내게 바치는 선물이다. 개는 사냥감을 물어다 놓고 칭찬받기를 기대했으나 나는 무심하게 그냥 지나쳤다.

지금은 '애완愛玩'의 시대다. 고립은 고독을 불러오고, 고독을 삶을 메마르게 만든다. 사람들이 외톨이로 고립하면서 그 빈자리를 동물들로 채운다. 물론 사랑하고 보듬고 껴안아야 할 대상이 꼭 사람이어야만 하는 것은 아니다. 사실을 말하자면, 고독이 '애완' 동물이라는 필요를 낳는다. 개와 고양이들은 살아 있는 개체들로, 우리에게 살아 있다는 느낌을 되돌려준다. 개와 고양이가 사람과 동고동락하는 것은 매우 자연스러워 보인다. 특히 개는 영명함과 친밀성, 변함없는 충성으로 사람을 감동시킨다. 시골집에서 기르던 개들은 내가 베푼 것보다 훨씬 더 많은 것을 베풀고 떠났다.

다시 메리 올리버의 한 구절. "개는 그 풍요롭고 여전히 마법적인 첫 세계의 전령들 중 하나다. 개는 우리에게 우아한 운동 능력을 지닌 육체의 즐거움, 감각들의 날카로움과 희열, 숲과 바다와 비와 우리 자신의 숨결의 아름다움을 상기시킨다."(메리 올리버, 앞의 책) 고맙구나, 나를 스쳐간, 이상하고 놀라운 기쁨들을 주었던 늠름하고 사랑스러운 개들아! 너희가 있었기에, 슬픔과 기쁨을 공유하며 동거했기에 내 나날들은 보다 풍요로울 수가 있었다.

재난 영화들이
여름에
몰리는 까닭

재난 영화를 관람하는 동안, 우리는 작중 현실에 대한 동일시를 통해
무더위와 권태를 잊고 현실의 불안과 공포를 견디는 학습효과를 얻는다.
재난 영화는 크고 작은 실존적 불안들을 잠재우는 데 효과가 있다.

장마가 지루하게 이어지고 있다. 습도 높은 후텁지근한 공기 속에서 숨이 턱턱 막힌다. 나른해진 오후, 기분 전환을 하러 극장에 간다. 누구나 편안함과 안정된 상태를 좋아하지만, 편안과 안정은 권태를 불러온다. 지루함과 심심함에서 벗어나려고 자극적인 일들, 즉 긴장과 각성을 줄 만한 놀이를 찾아 두리번거리는데, 이럴 때 로맨스 영화보다는 뒷덜미가 서늘해지는 공포 영화가 제격이다. 내가 선택한 것은 재난 영화다.

재난 영화를 보는 것은 공포 자극을 돈 주고 사는 것이다. 극장의 어두운 공간에서 안락한 의자에 몸을 파묻고 두 시간 동안 스크린에서 시선을 떼지 않은 채 소름이 오스스 돋는 공포 속에 스스로 방임한다. 영화를 보면서 떠오른 의문들. 재난 영화가 여름에 집중적으로 개봉되는 이유는 무엇일까? 사람들은 왜 유독 여름철에 재난 영화의 공포를 즐기려는 것일까?

말할 것도 없이 재난 영화의 핵심은 공포다. 공포 자극은 심리학적으로 스트레스를 만드는 사건이다. 공포에 노출된 심신은 스트레스 사건에 반응하는데, 먼저 아드레날린 같은 신경 전달 물질을 분비하면서 자율 신경계의 교감 신경계가 활발하게 움직인다. 심장박동이 빨라지면서 혈액 순환도 빨라진다. 공포 자극이 지속되면 몸은 새로운 호르몬을 분비하면서 계속 이 스트레스 사건에 저항하는 태세를 취한다. 공포 자극이 사라지면 신체는 부교감 신경계가 작동하면서 긴장이 이완되고 정서적 평안을 얻는다.

재난 영화를 관람하는 동안, 우리는 작중 현실에 대한 동일시를 통해 무더위와 권태를 잊고 실제의 불안과 공포를 견디는 학습효과를 얻는다. 재난 영화는 실존적 불안들을 잠재우는 데 효과가 있다. 공포 자극이 강할수록 신체의 긴장과 이완의 격차는 커지고, 심신이 긴장 주기에서 이완 주기로 돌아설 때 심신은 평형과 안정을 되찾는다. 이때 희열과 안도감도 함께 커진다.

괴괴한 새벽녘 한강에 시체들이 떠오른다. 뼈와 살가죽만 남은 흉한 몰골의 시체들. 이를 신호탄으로 나라 안의 하천에서 잇달아 변사체들이 떠오른다. 조사해 보니, 이 변사체들은 모두 변이를 일으킨 '연가시'라는 기생충에 감염되어 죽은 사람들이다. 2012년 여름 극장가에 걸린 영화 「연가시」 이야기다. 「연가시」는 변종 기생충 감염이라는 색다른 재난을 다룬 재난 영화다. 처음엔 '연가시'가 줄임말인줄 알았다. '연가시'는 유선형동물문 철선충목에 속하는 연가시류를 이르는 철사 모양을 한 기생충이다. 유충은 메뚜기나 사마귀 따위의 곤충에 기생하고 성체는 민물에서 독립 생활을 한다. 이 '연가시' 변종이 사람에게도 감염될 수 있다는 가정에서 영화는 시작한다.

할리우드 블록버스트 재난 영화들에 견줘 턱없이 적은 삼십억 원대의 제작비, 검증되지 않은 신인 감독의 연출작이라는 점 때문이었겠지만, 「연가시」는 개봉 전 큰 주목을 받지 못했다. 시나리오 작가로 먼저 이름을 알린 박종우 감독의 이 영화가 개봉하고 열하루 만에 관객수 삼백만을 넘겼다. 그 기세가 좀처럼 수그러들 기미가 없이 연일 관객 동원 신기록을 써 가고 있다. 과연 기생충이 사람을 좀비 상태로 만들 수 있는가 하느냐 하는 논란 따위는 잠시 접어 두자. 그것은 재난 영화를 보는 바른 태도가 아니다. 영화를 보는 내내 '연가시'라는 살인 기생충에 대한 공포감으로 등골이 오싹해진다면, 그 오싹함을 있는 그대로 즐기는 게 재난 영화를 관람하는 방식이다.

재난 영화들은 현실에서 일어날 법한 개연성을 가진 사건을 다룬다. 대형 화재(「타워링」), 여객선 침몰(「타이타닉」), 지진(「단테스파크」), 해일(「해운대」), 토네이도(「트위스터」, 「투모로우」), 화산 폭발(「볼케이노」), 지구 종말(「아마겟돈」, 「딥 임팩트」), 외계인 침공(「월드 인베이젼」, 「우주전쟁」) 등과 같이 컴퓨터그래픽과 특수효과로 재난들은 스펙터클한 화면 속에서 사실감 넘치게 재현된다. 재난들은 그냥 생기는 게 아니라 인간의 오만과 탐욕 때문인 경우가 많다. 인간이 자연 지배자라는 독선적 관념, 과도한 생산과 소비주의, 과학 기술에 대한 맹목적 만능주의는 다 인간의 오만과 탐욕의 산물들이다. 인간은 자연 생태계를 무차별로 짓밟고 더럽히며 씻을 수 없는 폐해를 남긴다. 마침내 파괴된 자연은 자연 재해들, 즉 지진, 해일, 토네이도, 유전자 변형으로 인한 생물 변종들, 질병으로 인간을 역습한다. 해일의 공포를 다룬 윤제균 감독의 「해운대」(2009년), 유전자 변이로 태어난 괴물을 그려 낸 봉준호 감독의 「괴물」(2006년), 변종 기생충이 일으키는 악몽을 다룬 「연가시」도 자연으로부터 인간이 받는 역습을 그린 영화들이다. 이들 재난 영화는 인간의 오만과 탐욕에 대한 경고와 반성이라는 윤리적 계기를 제공한다.

재난 영화에는 생명을 바쳐 남을 구하는 숭고한 희생사가 반드시 나다닌다. 그가 보여주는 의로움과 휴머니즘은 관람객의 누선을 자극하고, 공포 자극은 심신에 신선한 자극을 준다. 재난 속에서 허우적이는 나약함에도 불구하고 그들이 어떻게 자신과 사랑하는 가족에 닥친 이 파국적 재난에 대처하는지, 재난의 극한 상황 속에서 더욱 빛나는 불굴의 의지와 용기, 고귀한 희생정신을 보여준다. 공포 속에서 가족애가 또렷하게 드러나고, 자기를 희생하는 이타주의의 숭고성이 부각된다. 영화로 재현되는 공포란 얼마든지 통제가 가능한 공포라는 점에서 누구에게도 해가 되지 않는 안

전망이 전제된 공포다. 우리는 재난 상황에 감정을 몰입하면서 오싹하는 공포감에 빠지지만, 그게 현실이 아니라는 걸 잘 안다. 재난 영화는 단연코 여름과 궁합이 잘 맞는다. 아마도 재난 영화들이 없다면 이 불쾌지수가 높아지는 여름을 견디기가 조금 더 힘들었을지도 모른다. 「해운대」나 「괴물」 같은 재난 영화들은 개봉 시기가 한여름이었다. 재난 영화들은 한결같이 여름에 개봉해서 흥행 신화를 썼다는 공통점을 갖고 있다. 2012년 여름, 「연가시」가 흥행에 성공함으로써 재난 영화는 여름과 궁합이 맞는다는 속설을 입증한다.

영화 속의 재난은 가상현실이다. 재난 영화들은 내 삶이 영화 속 재난들과 무관하게 평화와 질서가 있는 현실 속에서 안전하다는 느낌 속에서 소비된다. 「연가시」는 전반부의 공포감과 스릴이 후반부에는 다소 희석된 감이 없지 않았지만 나쁘지는 않았다. 재난 영화들은 흔히 절망에서 쉽게 희망을 찾아내는데, 「연가시」 역시 그런 도식적 낙관주의에서 벗어나지는 않는다. 하지만 영화를 보는 내내 나는 공포 자극을 충분히 즐겼다. 영화가 끝나고 극장 밖으로 나오니, 비 온 뒤끝이라 대기는 투명했다. 눈부신 햇빛을 뒤채며 펄럭이는 플라타너스의 넓은 잎들은 더 싱그러웠다. 아아, 세상은 살 만하구나! 내가 발을 딛고 있는 이곳이 '연가시' 감염 공포가 없는 안전한 세상이라는 게 새삼 안도되고, 그 안도감에 기분이 유쾌해졌다.

잘 가라,
여름!

여름의 끝자락에 할 수 있는 기분 좋은 일들이 있다.

뜨거운 물을 받아 놓고 욕조에 몸을 담그는 일,

빨래를 해 널고 양지에서 빨래들이 마르는 것을 바라보는 일,

어둠 속에서 드문드문 나타나는 반딧불이를 찾아보는 일.

24

여름의 끝자락에 추적추적 비가 내린다. 여름은 서서히 멀어진다. 이 비는 여름을 전별(餞別)하고 가을을 기다리는 비다. 집 창가에 앉아 처마 끝에서 떨어지며 실로폰 두드리는 소리를 내는 낭랑한 빗소리에 귀를 기울인다. 맑은 빗소리가 만드는 적요가 좋다. 그 적요 속에서 책을 읽는 일은 여름의 끝자락에 누리는 기쁨이고 향락이다. 수박은 단맛이 떨어졌으니 대신 수분 함유량이 풍부하고 껍질이 얇은 수밀도가 있다면 금상첨화일 테다. 손가락을 적신 과즙으로 인해 책장이 더럽혀지는 일은 질색이다. 마른 수건을 옆에 두고 과즙 묻은 손을 잘 닦은 뒤 책장을 넘겨야 한다. 화염 같은 햇빛과 일광의 양으로 기를 질리게 했던 여름 극장의 문이 닫힐 무렵 느닷없이 밀려드는 멜랑콜리에 잠기는 일도 좋다. 멜랑콜리는 마누카 꿀처럼 달콤하다. 한낮 태양은 여전히 뜨겁지만, 극성스럽게 울어 대던 매미 소리는 잦아들고, 밤에는 풀벌레 소리가 높아진다. 소슬한 바람이 불고 그 바람에 별빛들이 흔들린다. 아아, 여름이 떠난다! 지금 떠나는 여름이 다시 돌아오려면 일 년을 기다려야 한다.

여름 끝자락에 즐길 수 있는 기분 좋은 일들이 있다. 뜨거운 물을 받아 놓고 욕조에 몸을 담그는 일, 빨래를 해 널고 양지에서 빨래들이 마르는 것을 바라보는 일, 바흐의 파르티타를 느긋하게 듣는 일, 다림질한 셔츠를 입고 산책에 나서는 일, 곧 가을 스웨터를 입을 상상하는 일, 피서객들이 떠난 해변을 혼자 걸어 보는 일, 어둠 속에서 드문드문 나타나는 반딧불이를 찾아보는 일 따위다. 무엇보다도 계절이 바뀌는 길목에서 호젓하게 책을 읽는 것보다 큰 즐거움은 드물다. 호주 시드니에서 스무 날을 넘게 보내고 돌아오니 책상 위에 책들이 쌓여 있다. 책에 굶주린 나를 위한 책들! 여름을 꿋꿋하게 이겨 낸 나에게 선물하려고 고른 책들이다. 데이비드 미킥스의 「느리게 읽기」(위즈덤하우스), 알랭 드 보통의 「뉴스의 시대」(문학동네), 타현규의 「그림소딤」(디자인하우스), 이창래 장편소설 「만조의 바다 위에서」(알에이치코리아), 오스미 가즈오의 「사전, 시대를 엮다」(사계절), 살만 악타르의 「사물과 마음」(홍시)이 바로 그 책들이다.

고종석의 「고종석의 문장」(알마)을 읽었다. 그가 돌연 절필을 선언한 뒤에 한 강연을 녹취해 펴낸 책이다. 고종석의 글쓰기가 보여 주는 정수精髓를 맛볼 수 있다. 말을 풀어 쓴 책이기에 읽는 게 덜 까다롭다. 사백여 쪽이 넘지만 책장이 수월하게 넘어간다. 그는 모든 뛰어남이 본질에서 타고나는 것이라고 말하는데, 특히 수학과 음악이 그렇다. 수학과 음악은 보통 사람들이 아무리 노력해도 도달할 수 없는 천재들의 영역이지만, 반면 글쓰기는 훈련이나 반복적인 연습을 통해 크게 좋아질 수 있다고 단언한다. 그 예로써 문학평론가 김현을 든다. 김현의 초기 글은 미숙하고 "세상에 어떻게 글을 못 써도 이렇게 못 쓸 수가 있을까" 싶을 정도였는데, 만년의 글들은 도저히 상상할 수 없을 만큼 좋아졌다고 말한다. 김현이 훈련을 통해 미숙함을 극복하고 만년에 이르러 우아하고 아름다운 문장들을 쓰게 된 것이야말로 그 좋은 예라는 것이다. 고종석은 첫 문장과 마지막 문장이 좋은 책을 좋아하는데, 그것은 그런 책들이 대개는 훌륭한 책이기 때문이다. 인상적인 첫 문장들로 마르크스와 엥겔스가 쓴 「공산당선언」의 "하나의 유령이 유럽을 떠돌고 있다. 공산주의라는 유령이", 에릭 시걸이 쓴 「러브스토리」의 "스물다섯 살에 죽은 여자에 대해 무슨 말을 할 수 있을까? 그녀가 예뻤다고. 그리고 총명했다고. 그녀가 모차르트와 바흐를 사랑했다고. 그리고 비틀즈를 사랑했다고. 그리고 나를 사랑했다고", 알베르 카뮈가 쓴 「이방인」의 "오늘 엄마가 죽었다" 등을 꼽을 수 있다.

첫 문장은 밀봉된 영혼을 열어젖히는 손잡이에 해당한다. 나 역시 첫 문장에 매혹당해 가슴을 설레며 수많은 책을 읽었다. '글을 왜 쓰는가?' 다음으로 이어지는 '한국어답다는 것의 의미'에서 고종석은 해박한 언어학 이론을 주르륵 펼쳐 놓는다. 그의 이력 중에서 가장 오랜 것이 기자이고, 중견 소설가라는 점에 덧붙여 그가 매우 뛰어난 언어학자라는 사실을 일깨우는 대목이다. 고종석은 소쉬르의 언어기호학을 쉽게 소개하는데, 그에 따르면, 언어는 언어기호이고 거기에 개념과 청각영상이 더해진 것이다. 언어는 개념을 지시하는 시니피에와 청각영상을 뜻하는 시니피앙으로 이루어진다. 이어서 사피어-워프가 제시한 세계나 생각이나 인식에 앞서 언어가 있다는 가설을 소개한다. 그 가설은 틀린 것이고, 그 이론은 폐기되었다. 그는 한국어의 음성상징언어와 색채 어휘의 풍요를, 여타의 언어에 비해 잘 발달된 의태어, 의성어를 콕 집어 언급하면서, 그것들이야말로 사피어-워프 가설이 틀렸다는 걸 증명한다고 말한다.

글쓰기에 실제적인 도움을 받고자 하는 사람이 이 책에서 눈여겨봐야 할 대목은 '글쓰기 실전' 편이다. 고종석은 제가 쓴 「자유의 무늬」에시 골라 낸 문장들을 예문 삼아 바르고 곧은 한국어 문장 쓰기에 대해 말한다. 우리가 아무 생각 없이 잘못 쓰는 말과 그 용례들을 지적하고, 바른 형태를 제시할 때 구체성이 돋보일 뿐만 아니라, 말이 지시하는 의미만이 아니라 그 뉘앙스에 따라 달리 써야 함을 말할 때 그의 언어 감각이 얼마나 섬세한지 잘 드러난다. 이 대목만 제대로 읽고 실천하는 것만으로도 이 책을 읽기 전보다 훨씬 더 힘차고 간결한 한국어 문장을 쓸 수 있겠다 싶다. 기억하고 싶은 한 줄. "직유는 은유의 아주 가난한 사촌이다, 아주 가난한 친척이다."

여름의 한복판에서 소설 두 권을 잇달아 읽었다. 밀란 쿤데라의 「무의미의 축제」(민음사)와 가와바타 야스나리의 「산소리」(웅진닷컴, 2003, 재판)가 그것이다. 밀란 쿤데라는 살아 있는 세계 문학의 거장이다. 그가 열네 해 만에 내놓은 소설에는 별다른 사건이 나오지 않는다. 작중 남자들은 우연히 거리나 공원에서 마주치고 헤어지며, 하찮은 일상의 이야기들이 펼쳐진다. 그 밋밋한 서사, 그 이야기의 하찮음과 의미 없음에 하품이 날 지경이다. 그 속물적 일상에서 작중인물들은 예사로 농담과 거짓말을 한다.

옛 직장 동료를 만나 아프지도 않은데 중병에 걸린 척한다. 그 거짓말은 설명할 수 없는 거짓말이고, 거짓말을 한 뒤 웃었는데 그 웃음 역시 설명할 수 없는 웃음이다. 이 거짓말과 농담의 삶에서 가장 생생한 것은 젊은 여자들이 짧은 티셔츠를 입으며 드러낸 배꼽이 불러일으킨 에로스의 몽상이다. 여자의 관능적인 몸에 새겨진 황금 지점들인 허벅지, 가슴, 엉덩이에 덧붙여 배꼽이 에로틱한 욕망을 부르는 중심 지점으로 주목한다. "예전에 사랑은 개인적인 것, 모방할 수 없는 것의 축제였고, 유일한 것, 그 어떤 반복도 허용하지 않는 것의 영예였어. 그런데 배꼽은 단지 반복을 거부하지 않는 데서 그치지 않고, 반복을 불러. 이제 우리는, 우리의 천 년 안에서, 배꼽의 징후 아래 살아갈 거야." 고작 거리를 활보하는 젊은 여자들이 드러낸 배꼽에 흥분할 만큼, 삶은 덧없고 한심하며 무의미하다. 그 무의미야말로 삶의 진수라는 것이다!

"하찮고 의미 없다는 것은 말입니다, 존재의 본질이에요. 언제 어디에서나 우리와 함께 있어요. 심지어 아무도 그걸 보려 하지 않는 곳에도, 그러니까 공포 속에도, 참혹한 전투 속에도, 최악의 불행 속에도 말이에요. 그렇게 극적인 상황에서 그걸 인정하려면, 그리고 그걸 무의미라는 이름 그대로 부르려면 대체로 용기가 필요하다. 하지만 단지 그것을 인정하는 것만이 문제가 아니고, 사랑해야 해요, 사랑하는 법을 배워야 해요. 여기, 이 공원에, 우리 앞에, 무의미는 절대적으로 명백하게, 절대적으로 무구하게, 절대적으로 아름답게 존재하고 있어요."

삶이 품은 무의미를 무의미라고 인정하고 무의미라고 부르는데, 비상한 용기가 필요하다. 그러나 무의미를 인정하고 받아들이는 것만으로는 부족하다. 쿤데라는 삶 안에서 "절대적으로 명백하게, 절대적으로 무구하게, 절대적으로 아름답게" 존재하는 무의미를 사랑하는 법을 배워야 한다고 말한다. 나는 이 문장들을 읽으며 밀란 쿤데라의 원숙함을 느꼈다. 쿤데라가 발견한 삶의 비의秘意는 바로 무의미이다. 이 노대가는 우리 삶이 "무의미의 축제"에 지나지 않는다고, 하지만 역설적으로 그렇기 때문에 삶이 그토록 생생하게 빛나는 것임을 말한다.

가와바타 야스나리의 「산소리」는 읽고 나니, 슬프고도 맑은 기운이 오래 여운으로 남는다. 며느리 기쿠코와 시아버지 싱고 사이의 분출되지 못하는 사랑 이야기다. 가와바타 야스나리의 섬세한 미의식과 억제된 성의 유희적 몽상이 잘 그려진 소설이다. 싱고는 회사 중역이고 가장인데, 결혼한 아들 부부와 함께 산다. 싱고가 사랑했던 여인은 아내의 언니, 즉 죽은 처형이다. 며느리를 보는 싱고의 눈길에는 이루지 못한 첫 사랑의 애틋함이 투사된다. 남편에게서 사랑받지 못하는 며느리를 향한 싱고의 연민은 억제된 성적 갈망을 드러낸다. 더 구체적으로 말하자면, 기코쿠의 허리 곡선, 목선, 어깨선, 목 뒤의 가지런한 솜털을 바라보는 싱고의 시선에는 분출되지 못한 성적 욕망의 편린이 무심히 나타난다. 근친과의 성 유희는 금기이니 불가능한 꿈이다. 그러니 억제된 욕망이 꿈에서나마 왜곡된 형태로 나타나는지도 모른다. 싱고는 꿈에서 젊은 여자의 벗은 몸을 안는데, 그 대상은 아들과 결혼 얘기가 오갔던 아들 친구의 여동생이다.

사실을 말하자면, 싱고는 전쟁을 겪으며 받은 마음의 상처로 성적 불능에 있고, 그 욕망은 퇴행하여 무의식의 저 밑바닥으로 가라앉은 상태다. 아들 역시 전쟁 후유증으로 내면이 황폐화되어 방종한 생활로 치닫는다. 두 세대의 성적 불능과 성적 방종은 형태는 다르지만 전후 일본인의 마음에 번진 피폐함, 정신적 공황을 엿보게 한다. 임신을 한 기코쿠는 남편에 대한 분노와 저항의 뜻으로 낙태를 한다. 싱고는 며느리의 불행을 연민이 담긴 눈길로 바라보는데, 그 시선에 연민을 넘어선 억제된 애욕이 내비친다. 그 금기의 욕망은 "만일 싱고의 욕망이 원하는 대로 허용이 되어 싱고의 인생을 생각하는 대로 고쳐 만들 수 있다면 싱고는 처녀 기코쿠, 즉 슈이치와 결혼하기 전의 기쿠코를 사랑하고 싶었던 것이 아니었을까?'라는 문장에 얼핏 드러난다. 그 애욕은 늙고 병들어 고갈되어 가는 제 생명의 약동을 희구하는 마음의 분출이 아니었을까? 싱고가 탐미와 동경이 듬뿍 서린 눈길로 바라본 기코쿠의 젊음, 그 약동하는 생명력은 전후 일본인의 피폐한 마음에 비쳐든 가느다란 한 줄기 구원의 빛은 아니었을까?

사랑한다,
한글!

말이 없다면 이 세상은 어땠을까?

말들은 어둠 속에서 세상을 비추는 빛이다.

사물들이 흐릿하지 않고 명확한 형태를 취하는 것은

말에서 뻗쳐 나오는 한 줄기 빛 때문이다.

25

여름의 타오르는 햇빛이 증발한 자리마다 엷은 그늘들이 고즈넉하게 고여 있다. 여름 해변들은 한산하고 단풍드는 가을 산은 사람들로 붐빈다. 날이 선선해지면서 한강변으로 산책을 나가는 일이 잦다. 연일 하늘은 파랗고, 구름은 하얀 햇솜을 뜯어 말리는 모양새다. 무성한 가시를 공중에 뻗진 나무들이 제 아래 떨어뜨리는 그림자들도 유순하다. 무더위와 습기, 열대야에 시달리며 신경질이 잦던 여름은 갔다.

여름 지나면서 더는 무기력하거나 짜증을 내지 않는다. 나는 활력이 넘치고 자주 웃는다. 시월이여, 오라! 더위로 잃은 입맛이 돌아오는 것도 이 무렵이다. 파릇하게 돋은 식욕으로 찐 달걀 네댓 개를 앉은자리에서 꿀떡 삼키는 일도 예사다. 단골 중국 음식점에서 동파육을 씹어 삼킬 때 입안에 가득 찬 그 살점에 절로 웃음이 떠오른다. 더러는 등심 스테이크를 먹으려고 소문난 음식점을 찾기도 하는데, 육즙이 흐르는 두툼한 스테이크를 씹는 맛이 기절할 만큼 좋다. 벗들과 서해안에서 알이 꽉 찬 꽃게찜을 먹을 때, 혼자 손두부를 파는 음식점에서 두부로 배를 채우고 돌아올 때, 나는 대체로 인생의 맛이 입맛에 정확하게 비례한다고 믿는다.

말이 없다면 이 세상은 어땠을까? 말들은 어둠 속에서 세상을 비추는 빛이다. 말은 사물을 비추어 사물에 명확함을 부여한다. 사물들이 흐릿하지 않고 명확한 형태를 취하는 것은 말에서 뻗쳐 나오는 한 줄기 빛 때문이다. 말은 빛이기 때문에 그것이 없다면 세상은 온통 캄캄할 것이다. 사람은 제 내면도 들여다보지 못하고, 자기 밖의 세상도 도무지 알지 못한 채 마치 장님과 같이 어둠의 심연 속에 가라앉은 채 무의미한 침묵에 잠겨 있었을 것이다.

사람은 말로 자기표현을 하며 소통하는 존재다. 말은 사람살이의 근본이다. 말은 사람이 배우기 전에 이미 제 안에 내재해 있는 능력이다. 말은 사람보다 앞선다. 사람과 동물 사이의 가장 큰 차이는 말에서 비롯된다. 사람한테는 말이 있고, 동물한테는 없다. 동물에게는 가상과 추상이라는 게 아예 없다. 동물은 말이 없기 때문에 가상과 추상 속에 잠길 수 있는 능력이 없다. 그것은 오로지 언어로 사유하고 소통하는 사람에게만 가능하다. 사람은 말을 함으로써 연속성을 가지며 자신을 넘어선다. 동물은 말을 갖지 못한 탓에 불변의 동물성에서 벗어나지 못한 채 제 안에 갇힌다.

"동물은 대상을 움켜쥔 다음에야 자기 자신 역시 획득할 수가 있다. 말을 갖지 못한 동물은 사물과 직접적으로 마주한다. 단 한 번의 도약으로 동물은 사물과 하나가 된다. 하지만 그 과정에서 동물은, 인간이 하는 것보다 훨씬 더 많은 분량의 자기를 사물에게로 이전해 버린다."(막스 피카르트, 「인간과 말」)

말없음은 동물의 한계이자 헐벗음이고 비극인데, 한 철학자가 동물을 세계의 빈곤이라고 한 것도 그런 맥락에서다. "인간은 말로 인하여 인간이다"라는 말은 더할 수도 없고 덜어 낼 수도 없는 진리다. 내면의 부동하는 침묵에서 떨어져 나온 말은 세상 밖으로 나가는데, 이때 말은 사람과 사람 사이를 잇는다. 사람이 사람 사이 있을 때 비로소 사람인 것은 말 때문이다. 말은 사람을 사람이게끔 하는 근본 요소다. 결국 사람이 사람인 것은 말을 쓰기 때문이고, 내가 한국인인 것은 한국말을 쓰기 때문이다.

곰상스럽다, 웅숭깊다, 오솔하다, 소슬하다, 끔비임비, 소록소록, 대궁, 아늠, 는개, 이삭, 섶돌, 안다미로, 그루잠, 나비물, 강울음, 들마, 비꽃, 눈시울, 고래실…… 따위는 중산층 서울 사람들이 모르거나 쓰지 않는 토박이 한국어다. 소멸할 위기를 맞은 이 말들은 참으로 아름답다. 사람들이 한국어와 한글을 혼동하는데, 둘은 다름이 엄연하다. 한국어는 세종 임금이 한글을 만들어 쓰기 이전부터 있던 언어다. 한국어가 한국인의 얼과 혼이 깃든 자연언어라면, 한글은 한국어를 적는 문자 체계다. 잘 알다시피 세종 임금이 1443년 음력 12월에 스물여덟 자를 창제하고 1446년 음력 9월에 훈민정음이라는 이름으로 세상에 널리 퍼뜨린 문자 체계가 바로 한글이다. 한글은 음성학적 변별요소가 두드러진 문자 체계다. 한국인이 먼 선조 때부터 써 온 제 말을 그대로 옮겨 적을 수 있는 문자를 얻은 것은 축복이자 기적이다. 언어학자들의 분류법에 따르면 한글은 표음문자로 분류되는데, 언어학자들은 한글이 매우 과학적이고 체계적인 문자라고 입을 모아 찬탄한다.

첫째, 한글은 한국어의 음소를 적는 데 어울리는 체제를 갖추었다. 한글은 음절을 닿소리와 홀소리로 나누는데, 받침은 닿소리가 다시 쓰이게 함으로써 매우 간결하다. 둘째, 한글은 모음조화를 잘 반영하는 문자다. 셋째, 한글은 음성기호로 사용해도 모자라지 않을 정도로 구조적으로 치밀하며 다채로운 표음의 능력을 갖추었다. 넷째, 한글은 구성 원리가 쉽고 간단하다. 그것이 쓰이는 자리에 따라 문자와 소리가 다른 경우가 거의 없다. 한글이 만들어지고 반포된 지 육백 년이 넘도록 오래 그리고 널리 쓰이는 것은 이 문자언어의 우수성 때문이다.

고종석은 한국어가 뛰어난 언어라는 것을 말하기 위해 낭창낭창, 가르랑가르랑, 오동통, 둥글다, 동그랗다, 아장아장, 깡충깡충, 빙빙, 송송, 어화둥둥, 붕붕, 아롱아롱, 대롱대롱, 퐁당퐁당, 초롱초롱, 또랑또랑, 송이송이…… 따위 풍부한 의성어와 의태어들을 열거한다. 이 말들에서 얼른 느껴지는 것은 무엇인가? 이 단어들을 발음해 보면 한글 자모로 여덟 번째 자리에 오는 O(이응)이 받침 글자로 중첩되면서 맑은 울림소리를 낸다는 사실을 알 수가 있다. 한국어는 음성상징의 비중이 크고 잘 발달된 언어다. 게다가 색채 어휘도 풍부하다. 한글이 한국어를 문자로 적는데 부족함이 없는 문자라는 데 안도한다. 나는 날마다 한글로 된 신문을 읽고 책을 읽을 때 내 사색적 삶은 한글 사용 범주를 넓히는 가운데 더욱 풍부해진다. 아, 한글을 자유자재로 쓸 수 있다는 사실은 얼마나 다행스런 일인가!

시작과
끝

시작을 축복해야 한다면 마땅히 새로운 시작들을 품은 끝들도 축복해야 하리라.

지혜로운 사람은 시작할 때 끝을 염두에 두고, 끝날 때 새로운 시작을 준비한다.

26

숲속의 매미 소리는 잦아들고, 빛의 샘이 터져 버린 듯 대지에 넘쳐 나던 희디흰 여름의 불꽃들은 서서히 잦아든다. 덧없이 막을 내리는 이 여름! 아침의 풀들에 매달렸던 찬 이슬방울들, 잘 익은 수박의 붉은 과육, 황금빛 맥주의 첫 모금이 주던 짜릿함, 땡볕에 그을린 팔과 다리, 바닷가의 비람들, 고되고 긴 여행의 낱을 꿈었던 여름! 지금은 여름과의 이별을 준비해야 할 때다. 한용운은 '님의 침묵'에서 "우리는 만날 때에 떠날 것을 염려하는 것과 같이 떠날 때에 다시 만날 것을 믿습니다./아아, 님은 갔지마는 나는 님을 보내지 아니하였습니다./제 곡조를 못 이기는 사랑의 노래는 님의 침묵을 휩싸고 돕니다"라고 노래한다. 어떤 이별도 아주 끝난 것이 아니다. 끝이 새로운 시작을 예비하듯이 이별은 또 다른 만남의 시작점이다. 그랬으니 님은 갔지만 님을 보내지 않았다고 썼으리라.

여름이 시작될 무렵 그 끝은 아득해 보였다. 긴 장마와 맹위를 떨치던 무더위도, 불빛을 보고 달려들던 날벌레도 사라지고, 집을 떠나 휴가지에서 보낸 날들의 기억은 추억으로 남는다. 가을의 과일들은 가지에 매달려 여름 막바지의 흰 불꽃 같은 햇빛을 빨아들이며 익어 간다. 직사광선으로 땅을 달구던 여름의 끝은 속절없이 빠르게 다가오고, 이 끝은 가을의 시작과 맞물린다. 어느 찬 밤 무서리가 내리면, 풀들은 속절없이 시들고 나뭇잎들은 울긋불긋 단풍이 들리라. 이 여름은 단 한 번밖에 만날 수 없는 여름이다. 파도의 오고 감, 달의 차고 이지러짐, 생명의 탄생과 죽음에서 볼 수 있듯이 온 것은 가고 간 것은 반드시 돌아오는 순환의 세계 속에서 끝은 끝이 아니고 새로운 시작이다.

여름이 시작할 무렵 여행을 떠난다. 여행의 시작은 역, 공항, 부두에서 이루어진다. 이 장소들은 이곳에서 저곳으로 나아가는 자들의 출발점이다. 그곳은 만남과 헤어짐의 장소이기도 하다. 역과 공항들은 무수한 여행자로 북적인다. 에게 해로 떠난 여행의 경유지에는 초행인 이스탄불과 아테네가 들어 있었다. 그곳이 초행이었기에 기대와 설렘으로 심장이 더 뛰었다. 고대 도시의 유적들, 신화들, 올리브나무와 에게 해에서 불어오는 바람들…… 나는 낯선 도시들에서 이국적인 풍경을 마음껏 눈과 귀와 입으로 보고 마시고 들이켰다. 두 번은 없는 날들이 스쳐간다. 인생에 두 번이란 존재하지 않는다. "반복되는 하루는 단 한 번도 없다./두 번의 똑같은 밤도 없고,/두 번의 한결같은 입맞춤도 없고,/두 번의 동일한 눈빛도 없다." (비스와바, 쉼 보르스카, 「두 번은 없다」) 사람은 단 한 번의 삶을 산다. 모든 것은 한 번 지나가고 나면 그것으로 끝인 것이다. 어떤 하루, 어떤 밤, 어떤 입맞춤, 어떤 눈빛…… 이 모든 것들은 반복이 없고 한 번으로 끝나는 것이기에 감미롭다.

처음 발을 디딘 그리스 로도스 섬의 광장에는 앵무새들이 관광객의 어깨와 머리 위에 내려앉았다. 앵무새들은 멀리 날아가지 않고, 옥외 레스토랑에서 식사하는 관광객들에게 재주를 피우며 눈요깃거리를 제공한다. 산토리니 섬에서 자정 너머 아테네로 떠나는 여객선의 2인실은 불을 끈 자 내가 겪은 어떤 어둠보다 더 캄캄했다. 관 속보다 더 어두운 2인실 침대가 놓인 선실 침대에 몸을 눕히고 잠을 청한다. 죽음이란 어둠 속에서의 잠에서 영원히 깨어나지 않는 것이다. 깊은 잠에 빠졌던 모양이다. 일어나라는 안내방송을 듣고 깨어나서 밖으로 나오니 아침 햇살에 시리도록 푸른 파도가 와락 달려들었다. 에게 해의 여름은 전형적인 건기의 날씨로 하늘은 쾌청하고 공기 중에는 습기가 거의 없다. 작열하는 태양은 눈부시고, 그 빛과 열은 바위조차 부스러뜨릴 지경이다.

여름의 햇빛들은 충분히 받아들이며 올리브 열매와 포도들은 익어 간다. 에게 해 연안의 과일들은 당도가 높고 맛이 깊다. 불과 보름 사이에 내 혀는 이 지역 과일들의 맛에 길들여졌다. 쉼보르스카는 세상이란 이름의 학교에서는 여름에도 겨울에도 낙제가 없다고 썼다. 내가 저 터키와 그리스의 여러 장소를 돌아 다시 출발했던 인천공항으로 돌아왔을 때, 나는 이미 여행을 떠날 무렵과는 완전히 다른 사람이 되어 있었다. 여행하는 동안 내 팔과 다리는 여름의 작열하는 태양에 그을리고, 에게 해의 푸른 바닷빛을 담은 눈빛은 깊어지고, 사천 년 크레타에 융성했던 미토스 문명의 땅을 밟으며 영혼은 한껏 고양되었다.

무슨 일이든지 시작이 있다. 하루의 시작, 한 해의 시작, 여행의 시작, 마라톤의 시작, 음악의 시작, 계절의 시작, 사업의 시작, 연애의 시작, 생명의 시작들. 시작은 최초의 시점이다. 시작은 기대와 희망을 품고 있기에 설렌다. 그 결과는 아직 미지수다. 시작은 작은 씨앗과 같다. 씨앗은 햇빛과 물을 받아들이며 발아한다. 싹이 나고 자라나 줄기를 뻗은 뒤 참외가 열리거나 토마토가 열린다. 어떤 씨앗들은 단풍나무나 참나무로 자라기도 한다.

씨앗들은 저마다 다른 것들을 품는다. 애초에 씨앗이 무엇을 품었느냐에 따라 그 모양은 달라진다. 모든 시작은 불가피하게 끝을 품는다. 예외가 없다. 하루의 끝, 한 해의 끝, 여행의 끝, 마라톤의 끝, 음악의 끝, 계절의 끝, 사업의 끝, 연애의 끝, 생명의 끝. 시작은 끝을 향해 다가간다. 시작은 끝으로 아퀴를 짓는데, 그것을 무엇이라 부르든 시작한 것은 끝을 향하여 내달린다. 끝은 결과를 나타내고, 사태의 매듭이며, 열매를 맺는다. 시작은 미미하나 끝이 장엄할 때 끝은 필경 시작의 성숙이고 완결이다. 그러니 끝이 슬픈 것만은 아니다.

시작이 원인이고 끝은 결과이다. 시작이 무질서요, 혼돈이라면 끝은 질서요, 일목요연함이다. 나이가 들수록 시작보다는 끝이 더 많아진다. 사람들은 끝을 무無에 가까운 그 무엇으로 받아들이고 애석해한다. 끝에 이르는 과정이 만족하지 못한 까닭이다. 더 잘할 수도 있었는데, 그렇지 못했기 때문에 회한이 남는다. 끝은 무도 아니고, 바닥이 드러난 고갈도 아니다. 대개 사람들은 자신이 죽음을 향한 존재라는 사실을 다 안다. 죽음 앞에 놓인 것은 삶이다. 삶은 산 자들의 신성한 권리이고, 산다는 것은 끊임없이 미지의 시간 속으로 발을 내딛는 것이다. 그것은 끝을 향해 가는 여행이다.

인생의 끝은 얼마나 빨리 다가오던가. "사람은 우주와 천지 가운데 산다. 그러나 하얀 말이 작은 틈을 지나는 것같이 홀연히 끝난다."(『장자』, 「지북유」) 빠르게 달리는 하얀 말이 작은 틈으로 지나간다. 그렇게 홀연히 끝나는 게 인생이라고 동양의 철학자 장자는 말했다. 그는 "우리의 삶에는 끝이 있습니다"라고 분명하게 말한다. 장자는 우리에게 경고한다. "아는 것에는 끝이 없습니다. 끝이 있는 것으로 끝이 없는 것을 추구하는 것은 위험할 뿐입니다. 그런데도 계속 알려고만 한다면 더더욱 위험할 뿐입니다."(오강남 풀이 『장자』, 「양생주」)

인생은 유한하고, 배움엔 끝이 없다. 끝이 있는 것으로 끝이 없는 것을 끌어안는 일은 이미 실패를 품고 있다. 인생에 승리란 없다.

인생에는 가능성의 추구와 불가능성의 극복만이 전부일 따름이
다. 그 한계를 분별하고 아는 것이 지혜이다.

지혜로운 사람 장자가 나이 들어 죽게 되었을 때, 제자들이 장자
의 장례식 절차를 논의하려고 모였다. 제자들은 장례식을 성대하
게 치르기를 원했다. 이 말을 전해 듣고 장자가 이렇게 말했다.
"내게는 하늘과 땅이 안팎 널이요, 해와 달이 한 쌍 옥이요, 별과
별자리가 둥근 구슬 이지러진 구슬이요, 온갖 것들이 다 장례 선
물이다. 내 장례를 위해 이처럼 모든 것이 갖추어져 모자라는 것
이 없거늘 이에 무엇을 더 한다는 말인가?"(오강남 풀이 「장자」, 「열어구」)
우리와 마찬가지로 장자에게도 죽음은 생명의 끝이다. 그는 죽음
에 앞서 한 점의 후회나 회한도 나타내지 않았다. 끝이 시작한 것
의 완성이라는 걸 알았기 때문이다. 그는 하늘과 땅, 해와 달, 별
과 별자리가 다 자신의 장례를 위한 선물이라고 말했다. 그의 삶
이 끝에 이르러 충만했기 때문에 다른 그 무엇도 욕심낼 필요가
없었다. 장자가 제자들이 치르려는 성대한 장례식을 물리친 것은
그가 삶과 죽음, 시작과 끝의 의미 분별 따위에서 초탈한 존재였
기 때문이다.

꽃이 시작이라면 열매는 끝이다. 봄꽃 진 자리마다 가을 열매들이
매달려 자라난다. 시작은 소년과 청년들의 것이고, 끝은 장년과
노년들의 것이다. 시작은 풋풋하고, 끝은 충만한 것이다. 인생은
수많은 크고 작은 시작으로 번성하고 화창해질 수 있다. 시작들이

인생을 풍요롭게 했다면, 잘 맺은 끝은 그 풍요에 명예와 존엄을 더하게 된다. 시작이 중요했다면 끝도 그만큼 중요하다. 모든 시작을 축복하라. 시작을 축복해야 한다면 마땅히 새로운 시작들을 품은 끝들도 축복해야 하리라. 끝과 시작은 맞물려 순환한다. 지혜로운 사람은 시작할 때 항상 끝을 염두에 두고, 끝날 때 새로운 시작을 준비한다.

독서에
대하여

독서는 정적이라는 텐트를 치고 그 안으로 들어가는 것이다.

어제보다 더 행복해지기를 원하는가? 그렇다면 지금 당장 책을 읽어라!

27

저 먼 곳에서 가을이 다가온다. 가을은 하늘과 대지를 물들이고, 길 위의 뒹구는 돌들과 지상의 나무들을 삼킨다. 하늘은 청량하고 공활한데, 대지는 무뚝뚝하다 싶을 정도로 고즈넉하다. 가을은 서늘함으로 도처에 유순한 그늘들을 기른다. 느티나무 아래에는 느티나무 그늘이, 국화꽃 아래에는 국화꽃 그늘이, 외딴집 아래에는 외딴집 그늘이, 막내 딸아이의 속눈썹 아래에는 속눈썹의 그늘이, 누군가의 무덤 아래에는 무덤의 그늘이, 심지어는 죽은 새와 함부로 뒹구는 돌들 아래에도 저마다의 그늘이 자란다. "시월, 파초는 제 그늘로도 시월을 늘이고서/시월을 외고 섰다"(장석남, '간송미술관 뒷뜰의 파초'). 이 그늘들은 동지 무렵 들이닥치는 추위와 함께 첫얼음이 오기까지 번성한다. 먼 곳에서 온 가을이 전면적으로 가을인 것은 이때가 가을의 일들을 도모하기에 마땅한 까닭이다. 가을의 일들로 꼽을 만한 것은 수확과 조락凋落이다. 가을의 청명한 날들은 우리나라의 천연자원이다. 우리는 날마다 그것을 써서 없앤다. 가을의 청명함 속에서 날마다 새로운 실패와 체념과 수심들이 들이닥친다. 그것이 번성하는 것도 가을이다.

새벽 혼자 깨어 있을 때, 숙고와 명상에 이르기 위해 이보다 더 좋은 조건은 없다. 가을의 새벽 시간은 무엇보다도 묵독默讀을 위한 최적의 시간이다. 묵독에 빠져들 때 그 주변에는 매우 의미심장한 정적이 날개를 접고 내려앉는다. 그 정적이 기르는 것은 사생활과 고독이다. 가을 새벽 묵독에 빠져든 자는 침묵과 침묵이 만나 펼치는 사색적인 삶의 어여쁨을 대내외에 과시한다. "책은 침묵하는 존재이며 따라서 독자가 자신을 읽어 줄 때까지 침묵"(알베르토 망구엘)하는 존재이기 때문이다. 책은 홀로 '있음'을 풍요롭게 만드는 벗이다.

독서는 어떻게 이루어지는가? "독서에 관한 이야기는 활자가 인쇄된 책장에서 반사된 광자가 망막으로 입사하면서 시작된다. 그런데 망막은 안와라고 불리는 기관의 중심에 빛에 민감하게 반응하는 고해상도의 세포들이 밀집되어 있다. 나머지 부분의 해상도는 변변치 않다. 시계의 대략 15도를 차지하는 안와는 책을 읽을 때 가장 유용하고 유일한 부분이다."(데하네, 「뇌의 독서」. 여기서는 앨런 제이콥스, 「유혹하는 책 읽기」쪽에서 재인용) 독서는 눈의 일이자 동시에 뇌의 일이다. 눈동자가 펼쳐진 책장을 이리저리 훑고, 눈을 통해 들어온 정보들은 뇌의 특정 부위에서 처리되는데, 그 부위가 바로 좌측 후두측두 열구이다. 망막을 자극한 이미지들이 좌측 후두측두 열구에 도달하면, 뇌는 이것들을 일일이 해독한다. 해독된 내용에 따라 마음은 다양한 반응을 보인다. 이 모든 과정은 분명 고도의 집중력이 요구되는 노동이다.

책을 읽을 때 필연적으로 숙고와 명상으로 이끌린다. 한 줄을 읽은 뒤 그것을 반추하는데, 이 행위는 소나 낙타들이 위에 있는 반쯤 소화된 풀들을 역류시켜 되새김질하는 것과 닮아 있다. 되새김질을 하지 않는 독서란 반쯤의 효과 이상을 기대할 수 없다. 책을 읽을 때는 온전히 몰입하라! 사실 이것은 쉬운 일이 아니다. 신체는 대체로 집중하고 몰입하는데 길들여지지 않은 상태이기 때문이다. 사람들은 몰입하고 집중하지 못할 때 불행을 느낀다. 그때 걱정이라는 사소한 불행들이 의식에 들러붙는다. 인터넷과 스마트폰 같은 문명의 이기들이 이것을 부추긴다. 전화벨, 문자 메시지 도착음, 트윗늘, 이메일 …… 따위들이 신경을 분산시키고 몰입을 방해한다. 다른 일을 하면서도 수시로 이메일을 확인하고, 트윗을 들여다보고, 페이스북에 들락거리는 것은 일종의 중독 증상이다. 이 일과 저 일을 동시에 처리하는 '멀티태스킹'은 사실 이 일도 저 일도 집중하지 못하는 것이다. 멀티태스킹은 '지속적인 불완전 집중' 상태에 있는 것이다. 반대로 책은 몰입을 이끌어 낸다. "몰입은 정신력을 모조리 요구하므로 몰입 상태에 빠진 사람은 완전히 몰두한다. 잡념이나 불필요한 감정이 끼어들 여지는 티끌만큼도 없다. 자의식은 사라지지만 자신감은 평소보다 커진다. 시간 감각에도 변화가 온다. 한 시간이 일 분처럼 금방 흘러간다. 자신의 몸과 마음을 여한 없이 쓸 때 사람은 어떤 일을 하고 있건 일 자체에서 가치를 발견한다. 삶을 스스로를 정당화하게 된다."(미하이 칙센트미하이, 「몰입의 즐거움」) 대개 자기가 좋아하는 일을 할 때 몰입한다. 한 시간이 일 분처럼 방금 흘러가버린 듯 몰입한다는 것은 그 일을 좋아한다는 증거다. 몰입은 자기가 하는 일을 정당화하는 방법이고, 자기 삶의 가치를 높이는 일이다.

몰입은 본능과 무의식이 능동적으로 참여하지 않는다면 불가능하다. 몰입은 타성이 주는 안일함을 끊어 내고 몰아의 상태, 무아경, 미적 황홀경에 드는 것이다.(미하이 칙센트미하이, 앞의 책) 몰입은 자기가 하고 싶은 일을 자발적인 의지로 할 때 나타난다. 몰입하는 사람은 시간 감각을 아예 잊을 정도로 그 일에 깊이 빠져드는데, 이때 몰입 경험이 잦을수록 삶이 고조되는 느낌과 더불어 행복감이 커지고 삶의 질이 더 높아진다. 독서가 자발적인 행위라면, 그것은 "책과 공명하면서 시간을 정복하는 행위"이고, 집중력을 흩트리는 일체의 것들로부터 "내면의 주도권"을 되돌려 받는 시간이 될 가능성이 크다.(앨런 제이콥스, 앞의 책) 바른 독서는 책장에 인쇄된 지식 내용을 스캔하는 것을 넘어서서 사생활과 고독을 온전히 내 것으로 되돌리는 투쟁이 되어야 마땅하다.

오랜 세월 동안 이런저런 책들을 읽어 왔다. 책이 내 인생에 영향을 미친 것은 사실이지만, 항상 좋은 쪽으로만 그랬다고 말할 수는 없다. 책은 인생의 어떤 부면들을 일그러뜨리고 망치기도 했을 것이다. 그것이 무엇인지 짐작하지만 구태여 얘기하지는 않겠다. 그럼에도 속절없이 책 읽기 속으로 인생을 우겨 넣은 것은 무엇 때문일까? 그것은 책 읽기가 '한 줌의 정적'을 얻는 일이고, 몰입을 통한 행복을 키우는 일이었기 때문이다. "독서는 오랫동안 가만히 앉아서 시간을 정면으로 직시하는 법을 가르치는 가장 뛰어난 도구다. 그 내면에는 활력이 가득하다. 우리는 고상하고 영적인 행위에 완전히 몰입해서 인생의 사소한 고통 따위는 물론, 시간과 숙명적인 죽음도 잊는다. 영원한 현재를 만끽하는 데 전념한다."(린 샤론 슈워츠, 「독서 때문에 망친 삶」, 여기서는 앨런 제이콥스, 앞의 책에서 재인용)

독서는 정적이라는 텐트를 치고 그 안으로 들어가는 것이다. 책에 몰입하면 어느 순간 정적이 날개를 접고 내 전 존재를 덮는다. 그때 나는 자연스럽게 망각을 향하여 도약한다. 인생의 도약은 고요 속에서 이루어진다. 고요의 밀도가 촘촘해지며 점점 더 몰입을 하는 가운데 몰입 대상 이외의 것을 배제하고 망각의 지평은 넓힌다. 그러면 사람은 바뀐다. 즉 순수 존재로 거듭나면서 영원한 현재와 접속한다. 나는 책 읽기를 통한 사소한 것들의 망각과 망각이 불러오는 찰나의 행복을 좋아한다. 더 의미 있는 삶을 살기를 원하는가? 어제보다 더 행복해지기를 원하는가? 그렇다면 지금 당장 책을 읽어라!

인생이
일장춘몽

자, 가을이야, 가을 스웨터를 입는 계절이 왔어.

스웨터를 입고 열심히 살아 봐야지. 우리가 탐할 것은 공명과 부귀가 아니다.

그저 우리 안에 있는 것들을 길러 기어코 무엇이라도 되어야만 한다.

28

가을이 들이닥치니 하늘은 광활하고 맑다. 위독한 자들도 날짜를 하루나 이틀쯤 늦춘 채 서두르지 않는다. 반대로 아기들은 푸르고 맑은 하늘을 더 빨리 보려고 하루나 이틀쯤 서둘러 태어난다. 과일가게에는 수박이 자취를 감추고, 그 자리에 파릇한 사과들이 쌓여 있다. 수박이나 토마토를 먹던 여름날들은 저 멀리 사라진다. 여름이 끝나면 물렁한 수밀도나 단단한 사과 과육을 깨물어 먹는 조촐한 날들이 온다. 은행나무들이 온통 노랗게 물들어 바람이라도 불라치면 길바닥에 노란 잎들이 마치 '삐라'를 뿌리듯 우수수 쏟아진다. 가을과 함께 기원을 알 수 없는 모호한 슬픔을 품은 무수한 저녁들이 온다. 불을 끄면 밤의 어둠 속에서 울어 대는 풀벌레들 소리의 데시벨이 갑자기 높아진다. 풀벌레들은 우는 것밖에는 할 줄 아는 것이 없는 곡비哭婢들이다. 당신의 고요한 고막 안에 맹렬하게 울어 대는 풀벌레들 소리가 쌓인다.

나는 떠난 사람들 이름 몇을 가만히 불러 보다가 만다. 문득 양모 ¥毛로 된 부드러운 스웨터를 하나 마련해야겠다고 생각한다. 낮에 필립 들레름의 산문을 읽은 탓이다. "아주 헐렁한 스웨터라야 한다. 몸이 털실들 속에 푹 싸여 사라져 버릴 만큼. 사람들은 그런 스웨터를 입으면 한 계절이 되어 버린다. 어깨가 헐렁헐렁한 스웨터. 몸에 꼭 맞지 않는, 무언가 기대치를 여분으로 남겨 놓은 스웨터. 자기 자신을 위해서도 비슷비슷한 톤으로 사물들의 마지막을 즐긴다는 것은 좋은 일이다. 멜랑콜리의 안온함을 선택하는 일. 나날의 빛깔들 안에 잠기는 일. 새 가을 스웨터를 사는 일."(필립 들레름, 「첫 맥주 한 모금 그리고 다른 잔잔한 기쁨들」) 자, 가을이야, 가을 스웨터를 입는 계절이 왔어. 스웨터를 입고 열심히 살아 봐야지. 우리가 탐할 것은 공명과 부귀가 아니다. 그저 우리 안에 있는 것들을 길러 기어코 무엇이라도 되어야만 한다. 하다못해 어린 자식 둘을 근근이 키우는 늙은 어버이가 되거나, 마른 풀들이 일제히 몸을 흔드는 너른 들판이 되거나, 냇가에 구르는 작고 단단한 돌멩이라도 되어야 한다.

들판에 서리가 내리고, 들판의 끝에 웅크리고 있는 시골의 집들은 추워진다. 새벽 무덤을 덮은 풀들마다 이슬이 맺힌다. 일찍 깨어나 거실을 서성이는데 하얀 입김이 나온다. 하얀 입김은 유령의 입에서 뱉어 낸 유령의 말이다. 푸른 하늘이 깊어질 때 감정의 밀물과 썰물 주기가 빨라지며 예지도 자라난다. 그 지혜로써 어떤 일들이 뜻대로 되지 않을 것임을 나는 예감한다. 나는 강에 나갔다 돌아온다. 강에 가는 이유는 도덕을 배우기 위함이 아니다. 가을의 강들은 햇빛 속에서 환하게 타오르는데, 햇빛을 안고 타오르는 강에서 내가 얻을 수 있는 것은 한 줌의 기쁨, 한 줌의 불꽃이다. 돌멩이는 설교하지 않고, 들이나 강도 마찬가지다. 자연은 아무것도 가르치지 않는 대신 직관과 예지를 선물로 준다. 해가 진 뒤 강을 등지고 집으로 돌아올 때 가슴은 벅찬 기쁨으로 충만하다. 잠을 자는 새들이여, 더욱 깊이 잠들라. 해 뜬 뒤 들판에 거둘 곡식이 있고 수확할 밭을 가진 자들이여, 별들이 밤하늘에서 그들의 일을 하게 놓아두고, 그대들은 내일을 위하여 잠들라. 자, 기운을 내자! 가을이니까!

조정이 당파 싸움에 휘말려 어지러운 시절 명문가에서 태어난 한 사내를 생각한다. 그는 태중에 아버지를 여의고 유복자로 태어났다. 어머니는 가난한 살림에도 끼니는 굶어도 어린 자식이 볼 책을 사는 일에는 돈을 아끼지 않았다. 아이가 열네 살이 되었을 때 어머니의 기대를 저버리지 않고 과거에 급제했다. 자신을 키운 어머니의 노고가 크다는 사실을 잘 알았기에 아들은 효심이 깊었다. 예학의 대가인 김장생의 증손으로 태어나 국문소설의 황금시대를 연 김만중(金萬重, 1637~1692)의 이야기다.

숙종이 인현왕후를 폐비시키고 희빈 장 씨를 중전으로 삼으려고 하자 김만중은 반대하다가 임금 눈 밖에 나서 남해로 귀양을 갔다. 그 유배지에서, 쓸쓸히 지내시는 어머니를 위로하려고 「구운몽九雲夢」을 지었다. 「구운몽」은 인간이 누리는 부귀와 영화가 뜬 구름 같고 하룻밤 꿈 같음을 일러 주는 몽자류 국문소설이다.

1689년경의 일이다. 어머니 윤 씨는 유배 간 아들을 걱정하다가 병을 얻어 세상을 뜬다. 김만중은 남해에서 어머니의 부고를 받았으나 나라의 법 때문에 유배지를 떠날 수 없어 장례식에 참석하지 못했다. 그는 멀리서 어머니의 죽음을 크게 슬퍼했다. 조선시대의 일급 소설가인 김만중은 결국 남해에서 어머니를 잃은 슬픔을 안고 제 처지를 비관하다가 쉰여섯을 일기로 세상을 떴다.

태초에는 하늘과 땅의 분별이 없었고, 다만 어슴푸레한 어둠만 가득 차 있었다. 그때에는 그 무엇도 형체를 갖지 않고 우주는 혼돈 속에 있었다. 이 혼돈 속에서 하늘이 열리고 땅이 생기고 바다가 나타났다. 공중에는 눈도 입도 없는 기이한 새들이 노래하며 날고, 바다에는 비늘은 없고 날개가 달린 물고기들이 살며, 땅에는 머리가 없는 짐승들이 돌아다녔다. 태초의 하늘과 땅에는 수많은 신이 살았고, 그들은 저마다의 이야기를 품고 있었다. 이윽고 땅에 사람이 나타나고, 세상의 이야기들은 더욱 풍성해졌다. 더러는 불멸이나 긴 삶을 꿈꾸는 사람들이 있었으니, 한무제라는 사람도 그중 하나다. 한무제는 신선에게 불사약을 간청했다. 그 간절함에 마음이 움직인 신선은 반도원蟠桃園이라는 복숭아나무 밭에서 딴 복숭아를 내주었다. 반도원의 복숭아나무들은 삼천 년 만에 꽃이 피고 다시 삼천 년 만에 열매를 맺는다. 이 복숭아 한 개를 먹을 때마다 수명이 일만팔천 년씩 늘어났다. 한무제 곁에 익살맞은 이야기로 황제를 즐겁게 하던 동방삭이라는 신하가 있었는데, 그는 반도원의 귀한 열매를 훔쳐 먹은 자다. 그의 나이를 아는 사람이 아무도 없었다. 어느 시대에나 이야기를 지어내는 이야기꾼들이 있었는데, 동방삭은 그 이야기꾼들의 시조始祖일 것이다. 오래된 시대의 이야기꾼들이 지어낸 이야기들은 신화가 되었다. 그 신화야말로 이야기의 곳간이라고 할 만하다. 김만중은 그 이야기꾼들의 계보를 잇는다. 그가 지어낸 이야기인 「구운몽」에도 한무제가 나타난다.

「구운몽」에서 아홉 '구'는 양소유와 여덟 처들을 아우르는 숫자이고, 구름 '운'은 인생이 구름처럼 생겨났다 덧없이 사라지는 것임을, 그리고 꿈 '몽'은 인생의 참된 이치를 꿈을 통해 깨닫는다는 뜻을 함축한다. 육관대사 밑에서 불도를 닦던 '성진'이 당나라의 회남 수주현에 사는 양처사 아들로 태어나 여덟 처자와 인연이 닿아 처와 첩으로 삼고, 나라에 공을 세우고 크게 출세하여 영화를 누렸는데, 그게 모두 한나절의 꿈이었음을 깨닫고 다시 '성진'으로 돌아간다.

양소유는 골격이 맑고 용모가 빼어난 아이였다. 그가 열 살쯤 되었을 때 얼굴이 옥 같고 눈이 샛별 같아 외모는 준수하고, 내면에 품은 지혜는 무궁했다. 그가 벼슬을 얻고 인연이 닿은 처자 여덟을 거느리며 영화를 누리었다. 오랜 세월이 지난 뒤 양소유가 생

일을 맞아 여덟 아내와 더불어 춤과 노래를 하며 즐기다가 문득 옛 영웅들의 황폐한 무덤을 보고 불현듯 큰 깨달음을 얻는다. "동쪽을 바라보니 진시황의 아방궁이 풀 속에 외롭게 서 있고, 서쪽을 바라보니 한무제의 무릉이 가을 풀 속에 쓸쓸하며, 북쪽을 바라보니 당명황의 화청궁에 빈 달빛뿐이라오. 이 세 임금은 천고의 영웅이어서 사해四海로 집을 삼고 억조창생으로 신첩을 삼아 해와 달과 별을 돌이켜 천세를 지내고자 하였지만 이제 어디 있는가?" 한 시대를 쥐고 흔들며 하늘의 해와 달과 별도 부릴 것 같은 권세를 누린 진시황도, 한무제도, 당명황도 덧없이 스러져 갔다. 천 년을 살 것처럼 지은 아방궁도, 무릉도, 화청궁도 삭고 무너져 풀 속에서 외롭게 빈 달빛만 받고 있을 뿐이다.

"연분이 있어 모이고 연분이 다하면·흩어지기는 천리로써 당연한 일이오. 우리 한 번 돌아가면 높은 누각과 굽은 연못과 노래하던 궁전과 춤추던 정자들이 거친 풀과 쓸쓸한 연기로 적막한 가운데 나무하는 아이와 풀 뜯어 마소 치는 아이들이 손가락질하여 이르되, '양 승상이 낭자와 함께 놀던 곳이다' 하리니 어찌 슬프지 아니하겠소." 양소유는 행복했으나 어느 날 문득 적막함 속에서 누리의 삶이 한낱 꿈이었음을 자각한다. 양소유로 환생했던 성진은 인생무상에 진저리를 치면서 여덟 처자를 데리고 다시 육관대사에게로 돌아간다.

하룻밤 꿈속 이야기를 담은 「구운몽」을 읽는 자들은 젊음은 빨리 지나가고, 맛있는 음식과 화려한 의복도 한 순간의 기쁨임을 깨닫는다. 이 세상에 영원한 것은 아무것도 없다. 한 생이 일장춘몽처럼 덧없다면 그 덧없음으로 지어진 인간은 "꿈꾸는 소 떼, 입김의 형상들"(존 그레이)에 지나지 않는다. 삼백여 년 전 사람은 예지로 그 사실을 짐작했다. 그 사실을 노승의 입을 빌어 다음과 같이 말한다. "모든 유위의 법은 꿈 같고, 환각 같고, 물방울 같고, 그림자 같으며, 이슬 같고, 번개 같으니 마땅히 이와 같이 볼 것이다." 꿈, 환각, 물방울, 그림자, 이슬, 번개는 빨리 왔다 빨리 가는 것들이다. 삶이 이와 같으니 잔치국수 몇 그릇이나 비우고 남이 두는 바둑이나 기웃거리며 세월을 허송하며 보낼 틈이 없다.

가을이 깊으면 빛과 양의 기운은 줄고 조락凋落과 죽음의 기운도 더 넓게 퍼지니, 여름내 푸르렀던 풀들은 누렇게 시들고 무르익은 열매들은 땅으로 떨어진다. 천지의 기운은 차져서 물과 바람이 차갑고, 어둡고 찬 음의 기운이 세상을 덮는다. 그 영향으로 우리 마음에도 그늘이 깃든다. 가을에 자주 슬퍼지고 근원을 알 수 없는 시름에 잠기는 것도 그 때문이다. 사람들은 눈이 더욱 밝아져서 만물이 나고 죽는 이치를 더 빨리 깨닫는다. 지혜로운 말 두어 마디쯤은 예사롭게 던질 줄 안다. 이 가을, 어머니를 잃은 슬픔으로 수척해진 몸을 이끌고 어머니가 계신 방향을 하염없이 바라본 사람을 생각한다. 그의 가늠할 수 없는 슬픔에 올봄 어머니를 잃은 내 엷은 슬픔을 슬그머니 겹쳐 보는 것이다.

'보다' 라는 것의
의미

사람은 사물과 그 세계를 봄으로써 비로소 실존에 참여한다.

누구나 인간은 자기 자신을 바라보는 우주다.

새벽에 깨어나 창밖에서 들려오는 초가을 빗소리에 귀를 기울인다. 빗소리는 새들이 지저귀는 맑은 소리 같고, 연립주택 지붕에서 홈통으로 흘러가는 빗소리는 고악기古樂器 연주 소리 같다. 지금 내 귀는 수천억 개의 천체 속에서 지구라는 우주의 구석진 곳에 떠 있는 작은 행성에서 빗소리를 듣고 있다. 사위를 가득 채운 빗소리 속에서 섬 같은 고립감이 밀려든다. 아, 나는 어디에서 와서 지금 이 순간 빗소리를 듣고 있는가? "인간은 빅뱅의 에너지와 소립자에서 태어난, 허다한 우연의 산물이다." (이브 파칼레, 「신은 아무것도 쓰지 않았다」) 빅뱅의 순간 나는 오늘 이 순간을 맞도록 예정되어 있었는지도 모른다. 시간이 나를 여기까지 데려온 것이다. 한때 나와 다정하게 지냈던 당신, 아침마다 함께 밥을 먹고 내 말에 자주 웃던 당신은 지금 여기에 없다. 당신과 함께하던 날들도 더는 존재하지 않는다. "소금기와 빗물, 이끼, 그리고 바람은 가장 깊이 새겨진 글자까지도 일이백 년이면 지워 버린다."(존 버거) 지나간 것은 지워지고, 지워진 것은 사라져 없어질 것이기에 일체의 기록도, 맹세도, 사랑도 다 덧없다.

누군가 이 시각 저 먼 곳 낯선 시간의 끝에 홀로 떨어져 있다. 당신은 어딘가에서 이 빗소리에 귀를 기울이고 있을까? 사는 동안 관계를 맺고 인연을 엮었지만, 지금 이 순간 나는 혼자다. 수많은 시작과 끝을 머금고 있는 시간 속에서 나는 덧없음으로 변전變轉을 거듭한다. 한때 당신과의 사랑이 영원하리라고 나는 믿었다. 그때는 사랑이 분리라는 존재의 조건을 벗어나지 못한다는 사실을 알지 못했다. 사랑은 두 존재 사이의 거리를 없애고자 하지만 분리라는 숙명에 굴복한다. "공간이 벌어지고 분리가 존재의 조건이 되자마자 사랑은 이 분리를 시험한다. 사랑은 모든 종류의 거리를 없애는 것을 목적한다. 죽음 역시 같다. 하지만 사랑은 반복할 수 없는 것, 유일한 것을 축하하는 데 비해, 죽음은 이런 것들을 파괴할 뿐이다."(존 버거, 「그리고 사진처럼 덧없는 우리들의 얼굴, 내 가슴」) 우리는 각자의 시간을 타고 흘러가며 분리된 채 이 우주를 여행한다. 산다는 것은 시간 여행이고, 시간은 차라리 실존이 겪는 사건이다. "시간은 죽음의 대리인이자 삶의 한 구성요소"(존 버거, 앞의 책)인 한에서 시간이란 존재와 분리할 수 없는 존재-사건이다. 시간이 존재에게 그다지 우호적인 것 같지는 않다. 시간이 모든 삶을 옥죄고 부서뜨릴 때, 시간의 폭력성을 견디고 살아남을 수 있는 것은 아무것도 없다. 결국 시간이 형벌의 선고宣告이자 처벌이 되는 것은 그런 까닭에서다. 나는 "수태되고 자라며 성숙하고 늙고 죽어 가는 시간"이라는 대롱이고, 그 대롱의 끝에서 '현재'라는 물방울이 떨어진다. 시간은 존재 바깥에 있지 않고 내 안에 있으며 내 존재 자체가 자명한 시간이다. 흘러가 과거가 되어 버린 시간은 등 뒤에 숨는다. "과거는 죽음을 낳기 위해 태반처럼 서서히 한 인간의 주위에서 자라난다."(존 버거, 앞의 책) 과거란 흘러간 시간이자 등 뒤에 숨은 시간이다. 시간은 사라져 없어지는 것이 아니라 점점 자라난다. 과거는 만질 수 없다. 만질 수 없고 두 번 다시 되돌릴 수 없기에 감미롭다.

여전히 비가 내리고 있다. 비는 멀리서 온다. 먼 곳에 있는 호수, 강, 늪지, 웅덩이, 하구들에서 증발해 하늘의 구름으로 응결되어 있다가 땅으로 내린다. 비들 중 일부는 지표면 아래로 스미고, 남은 것들은 다시 호수, 강, 늪지, 웅덩이, 하구 들로 흘러간다. 지표면의 물은 하늘로 증발하고 다시 비로 돌아온다. 물은 지구 안에서 끊임없이 순환한다. 물은 땅과 하늘 사이에서 증발, 응결, 산포라는 순환의 운명을 반복한다. 물은 천지간을 돌면서 만물을 기른다. 비가 강에게 수량을 보태고 강들을 키운다면, 비의 젖줄을 물고 자라난 강들은 식물들과 곡식, 꽃들에게 돌아가 그것들을 키운다. 물이 돌고, 사람의 운명도 돈다. 우리는 아무것도 아닌 곳에서 와서 아무것도 아닌 곳으로 돌아간다. 우리는 우연의 산물이지만 그 우연은 기적 같은 우연이다. 우주 과학자들은 태초의 무에서 빛과 복사에너지, 물질이 한꺼번에 밀려 나왔다고 말한다. 그때

원소들이 생겨나고, 수백만 개의 은하가 만들어졌다. 우주가 무에서 나왔듯, 인간 역시 무에서 태어난 우연의 존재이다. 생명을 번성으로 이끄는 힘은 무엇일까? 그것은 무를 근원으로 삼은 시간-에너지다. 우리는 시간을 따라 살며, 시간 속에서 산다. 시간은 우리를 살게 할 뿐만 아니라 동시에 파괴하는 힘이다. 삶이란 시간이 겨우 허락한 현전現前이다.

사람은 사물과 그 세계를 봄으로써 비로소 실존에 참여한다. 특히 작가들은 예민하게 '보는' 사람들이다. 소설을 쓰는 자나 읽는 자들은 "렌즈를 통해 보듯, 모든 것을 본다." 작가들은 덧없음과 영원 사이에서 소설을 쓸 때마다 이 렌즈를 끊임없이 연마한다. 그런 뜻에서 작가들은 "죽을 수밖에 없는 짧은 삶 속에서 이 렌즈를 연마하는 자들"(존 버거, 앞의 책)이다. 김영하 역시 이 렌즈를 연마하는 소설가다. 그는 "건달의 영혼과 빌딩 임대업자의 육체를 가진 소설가"(김영하, 『보다』)로, 부산에서 빈둥거리며, 틈틈이 소설을 쓰며 산다. 『보다』는 그가 보고, 듣고, 겪은 것들을 산문으로 풀어쓴 책이다. 김영하는 소설가라는 자유로운 직업을 누리고 있는 것처럼 보인다. 그는 많은 영화를 보고, 소설을 읽는다. 그것들을 종횡으로 휘저으며 얘기를 펼쳐나가는 그의 산문은 재치 있는 입담들로 가득 차 있다.

누구나 인간은 자기 자신을 바라보는 우주다. 사람은 살면서 많은 것들, 즉 물체와 현상들을 본다. 본다는 것은 세계를 이해하는 데 필요한 정보를 받아들이는 유력한 수단이다. "인간에게 시각視覺은 세상에 대한 중요한 정보원이 되어 왔고, 지금도 그렇다."(존 버거, 앞의 책) '보다'는 시지각視知覺의 사건일 뿐만 아니라 넓은 의미의 맥락에서 생의 한 본질을 이룬다. 사람은 세계를 봄으로써 세계로 나아간다. 세계를, 그 세계에서 일어나는 현상을 볼 수 없다면 삶은 없다. 본다는 것은 몸의 일이다. 메를로 퐁티는 몸이 존재하기 시작하는 때는 봄과 보임 사이에 "일종의 재교배(recroisement)가 일어나는 때"고, "느낌-느껴짐의 불꽃이 타오르는 때"(메를로 퐁티, 「눈과 마음」)라고 말한다.

사람은 볼 수 있는 것들은 물론이거니와 보이지 않는 것들까지 본다. 보는 것은 현상과 현재의 사물들이고, 볼 수 없는 것들은 과거의 현상과 과거의 사물들, 혹은 미래의 현상과 사물들이다. 사람들은 기억이라는 것을 통해 과거의 현상들과 사물들을 돌이켜 본다. 기억이라는 것은 지나간 것들을 현재화하는 능력이다. 아무도 볼 수 없고 알 수 없는 미래를 상상으로 본다. "미래는 아무도 모른다. 그러나 미래의 시점에서 현재의 파국을 상상해 보는 것은 지금의 삶을 더 각별하게 만든다. 그게 바로 카르페 디엠이다. 메멘토 모리와 카르페 디엠은 그렇게 결합돼 있다."(김영하, 앞의 책) 상상이란 볼 수 없는 것들을 통찰하는 능력이다. 소설이란 현재 일어나는 현상들을 보고 아직 오지 않은 미래를 보는 일이 아닐까? 김영하의 어법으로 말하자면 소설은 '카르페 디엠'(현재)과 '메멘토 모리'(미래)를 하나로 꿰어 보는 게 아닐까?

누이의 수틀
속의
꽃밭을 보듯

바람은 소슬하고 풀벌레 소리는 드높다.

고향집 외양간의 소도 잠들지 못하고 서성거리다가

워낭 소리로 적막을 깬다.

30

음력 팔월 하늘은 옥색이고 물은 시리도록 맑다. 새벽 푸서릿길을 덮은 찬 이슬은 이내 마른다. 양명한 햇빛은 대춧빛으로 물들어 상품上品이다. 밤은 아람이 굵고 대추들은 붉다. 벼멸구와 이화명충을 물리치고 비바람을 잘 견딘 벼들은 가을 햇살 아래 황금물결을 이룬다. 배롱나무 붉은 꽃들이 한창이고, 뜰에는 달리아와 국화와 맨드라미가 흐드러졌다. 추석은 주춤거리는 기색도 없이 바로 온다. 아아, 추석이다! 추석의 유래는 깊다. 한반도를 거점으로 부흥한 옛 나라들, 즉 부여와 고구려와 마한 등에서 추수에 감사하는 뜻으로 영고와 동맹과 무천 따위 종교 의례가 있었다. 달이 밝고 둥글어지는 때를 기려 조상님께 제사를 올리고, 산 자들은 음식을 골고루 나누고 가무를 즐겼다. 이것이 추석의 시작이었을 테다.

추석 즈음 벌초와 성묘를 하고 조상님께 차례를 올리려고 고향을 찾는 민족 대이동에 나선다. 나라 안에서 으뜸 큰길인 경부고속도로는 물론이거니와 호남고속도로와 중부고속도로와 영동고속도로는 몰려든 차들이 길게 꼬리를 물고, 국도들도 고향을 찾는 이들의 차들로 붐빈다. 올 추석에도 회귀하는 연어 떼와 같이 귀향하는 이들이 삼천만이라고 한다. 너도나도 바리바리 선물들을 안고 고향을 찾고, 안방 구들을 짊어지고 누웠던 노인도 새 옷을 입고 척추를 곧추세운다. 이날은 아이 어른은 물론이거니와 까치도 강아지도 즐겁다. 추석빔을 받지 못한 채 솔기 터진 옷을 꿰매 입어도 아이는 입이 귀에 걸린다. 떡을 찌고 송편을 빚어라! 생선을 굽고 탕국을 끓여라! 크고 둥근 달 아래서는 손에 손을 잡고 강강술래를 돌아라! 푸성귀 일색이던 밥상에는 탕국과 튀김들, 별미 음식들을 올려라! 그런 날은 과식으로 탈이 나서 배앓이를 하고 화장실을 밤새 드나드는 사람도 생긴다.

식구가 한자리에 모인 한가위! 팔월 상달 하늘의 달은 둥글고, 어둠 낭자한 밤하늘에서 노숙하는 별들은 저마다 제자리에서 빛난다. 바람은 소슬하고 풀벌레 소리는 드높다. 고향집 외양간의 소도 밤늦도록 잠들지 못하고 서성거리다가 워낭 소리로 적막을 깬다. 늙은 아버지는 늦은 밤까지 불 밝힌 환한 거실에서 흘러나오는 자식들의 웃음소리만으로도 배가 부르다. 어버이들은 타관에 나가 사는 자식들의 몸에 탈이 없는 것만으로도 큰 보람으로 여긴다. 그 뿌듯함으로 주름을 펴고 사는 것의 버거움을 덜어 낸다.

추석 한가위는 농경사회가 만든 맑고 아름다운, 겨레의 큰 명절이다. 곡식과 열매를 거둬들인 뒤 그 첫물들을 챙겨 조상들께 바치는 차례 상을 차렸다. 추석은 그런 갸륵한 뜻 말고도 산 자들을 위한 날이다. 농사일은 선일과 앉은일, 마른일과 진일의 연속이다. 힘깨나 쓴다는 장정도 뼈가 휘는 농사일에 고개를 절레절레 내두른다. 영욕榮辱 없이 늘 고단하기만한 노동에 보상이 없다면 삶이 얼마나 팍팍하겠는가? 그래서 조상들이 머리를 맞대 추석을 만들었을 것이다. 물산들을 곳간에 그득히 쌓고, 이녁과 그 핏줄들이 한자리에 모여 회포를 풀고 고단한 마음을 어루만지는 게 마땅하다. 들에서 거둔 것들과 바다에서 건져 낸 것들을 굽고 찌고 기름에 지져 내놓은 음식들을 친지들과 나누고 한 해의 수고를 눅이고 푸는 일은 슬기롭다. 추석은 그토록 오래된 곡진한 마음이 녹아 있는 날이다.

언제부터인가 환호작약하며 손꼽아 기다리던 추식이 시들해졌다. 실렘과 기쁨을 잃은 것은 따져 보니, 이른이 되어 객지를 떠돌며 지친 탓이다. 고향 상실은 세계 안에서 겪는 상실과 결핍 중에서 가장 보편적인 경험이다. 어느덧 어버이는 다 돌아가시고, 나는 고향을 떠나 멀리 살며, 품을 떠난 자식들은 태평양 건너 이국에서 제 둥지를 틀었다. 나는 올 추석도 혼자 쓸쓸함을 안고 둥근 보름달을 바라보며 지낼 것이다. 아아, 그러면 안 된다. 따뜻한 시 한 줄이라도 되뇌며 추석을 혼자 보내는 마음을 어루만지고 달래야 한다.

보라, 옥빛, 꼭두서니,
보라, 옥빛, 꼭두서니,
누이의 수틀을 보듯
세상은 보자.

누이의 어깨 너머
누이의 수틀 속의 꽃밭을 보듯
세상은 보자.

― 서정주, '학'

어린 시절 누이의 어깨 너머로 바라보던 "수틀 속의 꽃밭"은 얼마나 영롱했던가! 이 향기롭고 풍성한 계절에 쓸쓸하고 우울한 것은 억울한 일이다. 문득 세상의 눈부시고 영롱한 일면을 보자. 올 추석에는 가까운 마트에 가서 송편을 사고, 먹음직한 녹두지짐 몇 장과 잘 익은 홍옥 몇 알도 사자. 맑은 소고기 무국을 끓이고 햅쌀로 밥을 짓자. 혼자 지내는 이가 있으면 그를 불러 훈훈하게 추석을 맞자. 이 가을을 수놓는 보라, 옥빛, 꼭두서니를 늠름하게 외며 저 어린 시절의 설렘과 기쁨을 되살려 음미해 볼 일이다!

가족은
무릉도원이다

오늘이 당신 삶의 마지막 날이라면 당신은 무엇을 할 것인가?

31

어린 시절 어머니와 아버지가 일을 나가고 나면 어린 오 남매가 알아서 밥을 챙겨 먹고 학교에 가야만 했다. 나는 어린 새같이 시끄럽게 재잘대는 오 남매의 장남이었다. 어머니와 아버지는 어린 자식들 밥 굶기지 않고 학교에 보내려고 험하고 고달픈 일들을 마다하지 않았다. 늘 사는 게 누추하고 먹을 것은 부족했지만, 그 고난을 이겨 낸 게 대견하다. 두 분은 이미 이 세상에 안 계시지만 오 남매는 나름대로 잘 성장해서 제 밥벌이를 하고 산다. 제각각 시난고난하는 세월과 만났다면 그 시련과 굴곡들을 어찌 다 이겨 낼 수 있었으랴. 하지만 어려울 때 기댈 수 있는 가족이 있었다. 가족이 있었기에 서로를 이끌고 품으며 비바람 찬 세월을 용케도 잘 건너온 것이다.

김현승 시인은 '아버지의 마음' 이란 시에서 이렇게 노래한다. "바쁜 사람들도 군센 사람들도/바람과 같던 사람들도/집에 돌아오면 아버지가 된다//어린것들을 위하여 난로에 불을 피우고/그네에 작은 못을 박는 아버지가 된다." 아버지는 목수이셨다. 여기저기로 일 다니면서도 틈틈이 우리 식구가 살 집을 짓고, 가구도 만들었다. 아버지의 희생과 헌신, 그리고 따뜻한 보살핌이 있었기에 우리는 잘 먹고 잘 살았다. 정작 아버지는 제 외로움을 달래고 기댈 사람이 없었다. 그래서 시인은 "아버지의 눈에는 눈물이 보이지 않으나/아버지가 마시는 술잔에는 항상/보이지 않는 눈물이 절반이다/아버지는 가장 외로운 사람이다"라고 썼을 것이다.

아버지는 생명의 씨앗을 주고, 어머니는 살과 피를 주고 태어나게 한다. 어디 그뿐이랴. 자랄 때까지 젖을 먹이고 애정으로 키워 준다. 형제는 서로를 염려하고 어려움에 닥칠 때 기꺼이 버팀목이 된다. 가족은 존재의 뿌리, 실존의 기초적 토대이니, 다른 어떤 가치보다 우선해야 할 가치다. 위기에 직면해서 급박한 처지에 빠질 때 먼저 가족을 떠올리는 것은 자연스럽다. 가족은 좋을 때나 나쁠 때를 가리지 않고 항상 환대를 베푼다. 삶이 서럽고 고단할 때 먼저 나서서 보듬고 위로하는 것도 가족이다. 자연이 종달새 한 마리를 품듯, 가족은 못나고 잘나고를 가림 없이 서로를 품는다. 우리는 가족이란 한 배(船)를 타고 세상이라는 바다를 항해한다. 그러므로 가족이 없나넌 는는한 막후이자 응원군이 없는 외톨이일 테다.

독일의 작가이자 도서관원으로 일한 루트비히 베히슈타인(1801~1860)은 "저녁 무렵 자연스럽게 가정을 생각하는 사람은 가정의 행복을 맛보고 인생의 햇볕을 쬐는 사람이다. 그는 그 빛으로 아름다운 꽃을 피운다"라는 말을 남겼다. 부모와 자식과 형제로 이루어지는 가족은 서로의 필요에 응답하고 배려하며 사랑한다. 이 사랑은 무상이고 조건도 없다. 가족 안에 있으면 편안함을 느끼는 것은 그 때문이다. 사랑과 우애가 넘치는 가정에서는 큰 기쁨과 조용한 갈망이 배양된다. 그런 가정 안에 머물 때 누구나 영혼의 고단함과 외로움에서 벗어날 수 있다. 그런 뜻에서 따뜻한 가정을 미리 누리는 천국이라고 말하는지도 모른다.

만일 오늘이 당신 삶의 마지막 날이라면 당신은 무엇을 할 것인가? 많은 사람이 만사를 제쳐 두고 가족과 함께 시간을 보내겠다고 대답한다. 프랑스 소설가 알베르 카뮈는 노벨문학상을 받은 뒤 "정의와 어머니 중에서 하나를 택하라면 어떻게 하겠느냐?"는 기자의 질문에 한 치의 망설임도 없이 어머니를 선택할 것이라고 대답한다. 어머니는 정의나 도덕보다 앞서는 가족의 상징이다. 삶이 팍팍하고 힘들수록 가족은 힘이 된다. 가족은 비바람 몰아치는 이 세상의 풍파를 막아 주는 언덕이고, 우리가 누려 마땅한 세상의 유일한 무릉도원이다.

니체는
철학의
준봉이다

니체는 그 자체로 철학의 실험실이었다. 니체는 평생 동안
두통과 끝없는 구토와 신경쇠약을 달고 살았지만, 그 병든 몸을 품고
다독이면서 '위대한 건강' 이라는 철학을 향하여 나아갔다.

32

니체(Friedrich Nietzsche, 1884~1900)는 문제적 철학자다. 철학이 곧 철학을 만드는 것이라면 니체는 자기 철학을 만든 철학자, "힘에의 의지의 전도사, 심연의 가장자리를 넘나들다 미쳐 버린 '망치의 철학자'"(야니스 콩스탕티니데스)로 기억될 것이다. 니체를 더 알고자 하는 노력과 그의 철학서들을 탐독하는 것은, 삶의 창조자가 되는 것이 제 삶에서 가장 중요한 것임을 알고 자기 삶을 사랑하고 이해하려는 모든 이의 철학적 의무다. 니체는 그 자체로 철학의 실험실이었다. 평생 동안 두통과 끝없는 구토와 신경쇠약을 달고 살았지만, 그 병든 몸을 품고 다독이면서 '위대한 건강'이라는 철학을 향하여 나아갔다. 생 자체가 온통 끔찍한 고통이었지만, 그 고통의 체액을 한 방울씩 찍어, 동일한 것의 영원회귀, 위버멘쉬, 힘에의 의지와 같은 철학을 써 나갔다. 니체는 바타유, 하이데거, 푸코, 들뢰즈 같은 20세기의 위대한 철학자들이 끊임없이 오르기를 시도한 철학사에서 우뚝 솟은 준봉峻峰이다. 니체의 철학은 준봉들과 고지高地의 철학이다. 높은 산이 품고 있는 고독은 니체 철학과 잘 어울린다. 니체는 "내 글들의 공기를 호흡할 줄 아는 사람은 누구든 그것이 높은 곳의 강렬한 공기라는 것을 안다. (중략) 내가 지금껏 이해하고 따라온 철학은 얼음과 높은 산들에서 자유의지를 지니고 살아가는 것이다"라고 썼다.

이 위대한 철학자도 그의 어머니 눈에는 실패한 문헌학 교수, 병든 방랑자, 결혼도 못한 아들, 나이가 들어서도 양말과 소시지를 챙겨야 주어야만 하는 안쓰러운 자식이었다. 어쨌든 나는 마흔 해 동안 무수히 많은 니체 책을 읽어 왔다. 그것으로 아직 불충분한가? 그렇다. 니체의 철학은 여전히 어렵고 불가해한 부분을 품고 있다. 니체는 아무리 읽어도 또 다른 니체가 나온다. 그래서 나는 끊임없이 니체와 그의 책들에 관해 쓴 책들을 구해 읽는다. 지금 책상 위에는 방금 읽기를 끝낸, 니체에 관한 책 두 권이 놓여 있다. 고병권의 「언더그라운드 니체」(천년의상상)와 데이비드 크렐·도널드 베이츠의 「좋은 유럽인 니체」(글항아리)가 그것이다. 먼저 읽은 「언더그라운드 니체」는 앞서 같은 저자의 책 「니체의 위험한 철학, 차라투스트라는 이렇게 말했다」를 흥미 있게 읽었던 터라, 기대가 컸다.

니체 자신은 「서광」(「아침놀」)에 대해 이중적인 태도를 보였다. 「서광」을 두고 "지금까지 인간이 쓴 것 중에서 가장 용감하고, 가장 고상하고, 가장 깊이가 있는 책"이라는 것과 "저 형편없는 조각난 철학"이라는 것이 바로 그 극단이다. 니체를 좋아하는 사람들조차 「서광」에 특별한 관심을 두는 사람은 드물다. 그만큼 「서광」이 니체 철학에서 차지하는 위상이 크지 않다. 그런 까닭에 고병권이 「서광」에 대해 뭔가를 썼다고 했을 때 궁금하고 기대가 되었다. '서광'이라는 제목을 요즘은 '아침놀'로 옮긴다. 고병권은 여전히 '서광'을 고집하는데, 그것은 "'황혼'과 대비되는 '새벽'의 뜻이 들어 있을 뿐만 아니라, 무언가 새로운 것이 도래하고 있음"을 보여주기 때문이라고 한다. 「서광」은 유럽 문명의 굳건한 도덕에 대한 전투, 더 정확하게는 도덕적 지층에 대한 철학적 탐사 보고서다.

니체는 지층을 뚫어 갱도를 만들고 그 아래를 탐사한 광부 철학자다. 니체는 지층으로 "뚫고 들어가고, 파내며, 밑을 파고들어 뒤집어엎는 사람"인데, 땅속에 있으면서 "오랫동안 빛과 공기를 맛보지 못하면서도 한마디 고통도 호소하지 않"고 묵묵히 그 일을 수행해 낸다. 니체가 목표했던 것은 "시대를 지배하는 가치들에 대한 철저한 비판, 사람들이 오랫동안 숭배해 온 낡은 믿음, 철학자들이 자기 철학을 구축하는 지반으로 삼아 온 근본 믿음에 대한 철저한 공격"이었다. 늙은 유럽을 지배하는 낡은 신념, 낡은 도덕, 낡은 형이상학이 파고 들어가야 할 지층이었다. 니체는 신성한 것들의 수치스러운 기원에 대해 밝히고, 도덕적인 것의 동기에 스민

이기심, 허영심, 체념, 생각 없음, 절망 등을 까발린다. 니체의 도덕 비판에 대해 고병권은 "모든 신성한 것, 신비화된 우상들을 햇볕 아래 드러내는 것, 그것이 계보학적 비판의 첫걸음"이라고 말한다. 니체가 철학적 광부의 일을 기꺼이 떠맡은 것은 위대한 것의 도래를 기대했기 때문이다. 니체는 「아침놀」의 3권에서 그런 기대를 숨기지 않고 드러낸다. "미래가 어둠을 뚫고 그 모습을 나타내야만 한다"거나, "우리가 타고 있고 타기를 원하는 진정으로 위대한 조류", 그리고 "현재 도래하려는 시대"가 그런 것들이다. 니체는 「즐거운 학문」에서 "나는 너무 일찍 왔다. 나의 때는 아직 오지 않았다"고 썼다. 니체는 먼저 온 자로 도래하려는 것들을 선취하고 있었던 것이다. 어쨌든 고병권의 책은 내게 「아침놀」에 대한 새로운 관심을 일으키는 계기를 주었다.

「좋은 유럽인 니체」는 지금까지 읽었던 것과는 다른 형태의 니체 전기로 읽힌다. 저자들은 방랑자 니체가 떠돌아다녔던 장소에 집중한다. 그 장소들을 중심으로 니체의 삶과 철학을 재구성하는 방식을 취한다. 풍부한 사진들이 니체 철학의 중요한 맥락들을 환기하는 효과가 아주 컸다. 책을 읽는 동안 니체 철학의 모호한 부분들이 구체화되고 명확해지는 느낌을 여러 번 받았다. 니체는 자신이 좋은 유럽인이라고 생각했다. 니체의 생애는 오로지 철학자로서의 치열한 사유와 집필을 향한 질주였는데, 좋은 철학 책을 쓰는 게 좋은 유럽인이 되는 길이라고 생각했던 것이다. 머리끝에서 발끝까지 온갖 병을 달고 살았던 니체는 건강에 영향을 미치는 식사, 기후, 지역, 교류에 대해 민감할 수밖에 없었다. 특히 장소와 기후에 대해 더 예민하게 반응했다. 「이 사람을 보라」에서 "기후는 신진대사에 영향을 미쳐 신진대사를 저해하거나 활발하게 하기 때문에 장소와 기후를 잘못 선택하면 자신의 임무에서 멀어질 뿐 아니라 그것을 완전히 잃어버려 그 임무와 대면하지도 못하게 될 수 있다"고 썼다. 그는 독일의 기후가 강한 내면과 영웅적인 내면을 낙담시키기에 충분하다고 생각했다. 니체는 나움부르크, 슐포르타, 튀링겐 일대, 라이프치히, 바젤, 베네치아 등이 자신의 "생리와는 상극인 장소들"이었다고 회상한다. 그가 건강이 나빠질 조짐이 보일 때마다 독일을 떠나 이 도시에서 저 도시로 옮겨간 것은 살려는 몸부림이었다.

바젤 대학의 문헌학 교수직을 그만둔 뒤 철학자로 활발한 집필 활동을 하던 10년 동안 니체는 더 나은 기후와 장소를 찾아 떠도는 방랑자였다. '정신' 자체를 신진대사로 인식한 니체는 「이 사람을 보라」에서 "영양 섭취, 장소와 풍토, 휴양의 선택"을 취향이나 기분 전환을 위한 것이 아니라 더 근본적인 것, 즉 "자기 보존 본능"이 내리는 명령이라고 말한다. 니체는 1879년에 머물렀던 고지 엥가딘을 친구 프란츠 오버베크에게 보내는 편지에서 "아주 놀랍도록 내게 꼭 맞는 곳"이라고 적었다. 숲, 호수, 최상의 산책로가 있고, 유럽에서 가장 상쾌한 공기가 있는 그 장소에 만족하면서 "매일매일, 날씨가 좋든 나쁘든 상관없어"라고 말했다. 고지 엥가딘의 실바플라나 호숫가에서 여름을 보내며 '동일한 것의 영원회귀'라는 니체 철학의 중요한 주제에 대해 구상하며「즐거운 지식」
을 썼다. 나중에 니체는「차라투스트라는 이렇게 말했다」의 상당
부분을 질스마리아에서 쓰고 난 뒤 1881년 10월 1일 질스마리아
를 떠나 제노바로 가는데, 제노바에서 겨울을 나기 위해 숙소를
세 번이나 옮겼다. 여기서「아침놀」과「즐거운 지식」을 썼다. 이듬
해 제노바를 떠나 니스로 간다. 니스에서「차라투스트라는 이렇
게 말했다」의 3부를 썼다. 니스와 더불어 제노바는 니체가 사랑한
장소 가운데 하나였다. 니체가 제노바와 니스에서 일곱 해 겨울을
보내며 옮긴 거처가 무려 스물한 곳이나 된다.

잘 알다시피 니체는 1889년 1월 3일, 토리노의 광장에서 마부가
휘두르는 채찍을 고스란히 맞고 있는 말을 끌어안고 있다가 정신
을 잃었다. 그 뒤 십여 년은 니체의 생애에서 잃어버린 시기다. 철
학 책의 집필도, 방랑도 끝나 버린 십 년 동안 니체는 정신병원을
드나들며 거의 식물인간같이 지내다가 1900년 8월 25일 세상을
떠난다. 이리저리 옮겨 다니며 살았던 니체의 거처와 그 장소들을
따라가며, 장소와 니체 철학의 상관관계를 더듬는「좋은 유럽인
니체」를 읽는 일은 아주 특별하고 즐거운 독서 경험이다.

번역은
차이의
글쓰기다

번역은 원전을 동일성과 반복의 원리에 따라 기계적으로 옮기는 일이 아니라

서로 다름 속에서 울려나오는 원곡의 새로운 연주演奏고,

원전과는 또 다른 글쓰기다.

날마다 쏟아지는 번역본을 읽으면서도 단 한 번도 번역가들이 번역에 대해 어떤 생각을 하는지 궁금한 적이 없었다. 번역에 대해 사유하는 책 두 권을 겹쳐 읽으며, 번역의 불행과 영광을 더듬어 볼 수 있는 기회를 가졌다. 번역, 이것은 생각보다 복잡한 일이다. 번역이 내재화하는 윤리적 소명은 생각보다 훨씬 더 심내하다. 이것은 원전을 다른 언어로 옮기는 일을 넘어서서, 강한 파급력으로 이쪽 문화를 저쪽으로 전달하고, 다른 두 언어가 일군 두 문화 사이의 소통을 트고, 결과적으로 문명 발달의 촉매가 되고 삶의 지평을 넓히는 데 힘을 보탠다. 사람들은 착한 번역자들의 노고 덕분에 시간을 절약하고 언어 장벽을 넘어서서 "다른 사회, 다른 시대 사람들의 생각과 감정을 탐구하는 능력을 키"우고, "낯선 것을 익숙한 것으로 바꾸어 그것을 음미"(이디스 그로스먼, 「번역 예찬」)한다. 그러나 번역이 흠모나 경탄의 대상이 되거나 진지한 문화적 성찰의 대상이 되는 일은 드물다. 그간 번역은 그 문화 가치와 윤리적 소명, 번역자가 뿌린 땀방울과 수고에 걸맞은 대접을 받지 못한 채 의붓자식 취급을 당해 왔다. 그럴 만한 까닭이 없지 않았다. 나쁜 번역들이 버젓이 활개를 치며 번역에 대한 불신과 의구심을 키운 탓이다. 그 때문에 사람들은 번역을 길바닥에 구르는 개똥만큼이나 흔한 것으로 업신여기고 번역에 대한 낮은 처우를 당연하게 여겼다. 번역은 불가능한 일이거나 배반이며, 모국어 이외의 다른 언어 해독자라면 누구나 할 수 있는 범속한 일이라는 편견과 불신은, 짐작하셨겠지만, 다 틀렸다.

번역을 '말의 무게를 다는 것'이라고 정의한 것은 발레리 라르보다. 그는 번역을 "저울의 한쪽에 저자의 말을 얹고 한쪽에 번역어를 올려놓는 일"이라고 말했다지만, 번역이 다른 언어로 된 원전을 번역자의 언어로 옮기는 일이라고만 말할 수는 없다. 원작의 언어와 번역의 언어가 포개지지 않는다는 점, 즉 두 언어 사이의 불일치가 엄연하고, 이는 문화와 인식의 다름과 불일치까지를 포괄한다. 이 불일치가 번역 불가능성을 주장하는 근거이겠지만 이것은 번역이 주체적으로 자리 잡을 수 있는 틈이기도 하다.

번역은 원전을 동일성과 반복의 원리에 따라 기계적으로 옮기는 일이 아니라 다름 속에서 울려나오는 원곡의 새로운 연주演奏고, 원전과는 또 다른 글쓰기다. 번역은 "원작에 담긴 모든 특징, 예측할 수 없는 변화, 작가 특유의 표현, 문체상의 특색 등을 이질적인 언어 체계 안에서 최대한 재현(re-create)"(그로스먼)한 것이거나, "번역 주체가 자신을 둘러싼 번역 지평과의 상호작용 속에서 주체적으로 텍스트를 읽어 내고 그 텍스트를 모국어로 다시 쓰는"(정혜용, 「번역 논쟁」) 것이다.

번역의 역사에서 직역과 의역의 대립, 충실성과 전달력의 충돌은 오래전부터 있어 왔던 일이다. 움베르토 에코의 「장미의 이름」과 니코스 카잔차키스의 「그리스인 조르바」를 번역한 이윤기의 경우, 한쪽에서는 최고의 번역가라는 평가를, 또 다른 쪽에서는 오역의 주범이라는 평가를 받는다. 이렇듯 엇갈리는 극단의 평가가 동시에 나오는 것은 직역과 의역의 해묵은 대립을 보여주는 사례일 것이다. 직역을 떠받드는 이들은 의역이 원전을 훼손한다고 말하지만 언어는 그렇게 단순하지가 않다.

한 언어가 갖는 복잡함과 모호힘을 생각한다면 직역은 번역이 의미의 맥락을 전달하는 일이고, 원전과의 대화라는 점을 간과한다는 점에서 한계에 닿는다. 번역어건 원전어건 언어는 다 같이 복잡하고 변화무쌍하며 다루기 까다롭다. 그런 "두 언어 사이를 오가며 의미를 전달하고, 동시에 두 언어의 효과와 리듬과 예술성을 들으려고 하며, 그 가운데 두 언어 사이에서 소용돌이치고 비등沸騰하는 기호와 의미의 혼돈 속으로 뛰어드는 경험은 환각"에 가까운 일인데, 그런 사정을 무시한 "직역은 어설프고 도움이 되지 않는 개념으로, 번역과 원본의 복잡한 관계를 심히 왜곡하고 지나치게 단순화"(그로스먼)할 수 있다. 번역자는 원전의 출발-어를 번역자의 모국어인 도착-어로 바꿔 단순하게 재현하는 것이 아니라 "이쪽 언어와 저쪽 언어의, 이쪽 문화와 저쪽 문화의 차이로부터, 원저자와 번역자라는 서로 다른 글쓰기의 주체의 차이로부터 생겨나는 차이의 글쓰기"이고, "시공간의 다름을, 언어와 문화의 다름을 타고 넘나들며 자신의 글을 한 올 한 올 짜나 가"(레몽 크노)는 일인 것이다.

다시 한 번 번역은 원전 언어를 번역자 모국어의 언어로 전사轉寫하는 일이 아니다. 그것은 의미 구조의 옮김이고, 즉 텍스트마다 "독특한 방식으로 작동하고 있는 의미 산출 체계를 번역하는 것"(정혜용)이다. 모든 번역자는 필연적으로 '인비저블invisible' 이냐 '비저블visible' 번역이냐라는 선택의 기로에 선다. 이 선택은 좁게는 단어와 자구의 번역이냐 의미의 번역이냐 하는 해묵은 논쟁과 넓게는 번역의 윤리에 대한 고뇌를 드러낸다.

앞서의 것은 번역자가 드러나지 않는, 외국의 이질성을 뺀 번역자의 모국어에 충실한 번역이라면, 후자는 원저자의 언어와 문화가 가진 외래성을 드러내는 번역을 뜻한다. 전자가 번역을 자의적字意的 옮김보다는 '젖어미 대지' 인 모국어로의 매끄러운 변용이 액티비스트의 입장이라면, 후자는 원문의 단어나 구문을 충실하게 되살려 내는 오리지널리스트의 입장이라고 할 수 있다. 번역의 충실성이란 무엇이냐 하는 데서 차이가 드러나며, 그 차이에 따라

입장이 갈라진다. 충실성은 "서로 동떨어진 두 언어 체계를 오가며 개별적인 요소들을 일대일로 맞추는 기계적이고 단순한"(그로스먼) 행위에서 얻어지는 게 아니다. 그것은 '번역 주체가 하나의 텍스트를 현동화現動化하여 그 텍스트를 다른 언어로 생산해 내는 작업"(정혜용)을 통해 구현되는 것이다.

「번역 예찬」과 「번역 논쟁」의 저자들은 두 입으로 번역의 어려움과 복잡함을 짚고, 그럼에도 번역이 가치 있는 일이라는 한목소리를 낸다. 두 저자는 번역이 원작과는 또 다른 글쓰기이며 새로운 의미의 생산이라는 것에 동의하면서도, "원작자의 그늘에 가려 늘 그 존재가 희미하기만 하던 번역 주체"(정혜용)를 양지로 끌어내 그 존재를 확연하게 내세우면서도, 책 제목에서 드러내고 있듯 번역이라는 하나의 화두를 두고 그 초점이 '예찬'과 '논쟁'으로 갈라진다. 스페인 걸작 문학을 영어로 옮기는 일을 해 온 그로스먼은 윌리엄 포크너와 가브리엘 가르시아 마르케스의 예를 들면서 번역 덕분에 얼마나 많은 "언어 간의 생산적인 교환"이 이루어졌는가를 말할 때, '단일 민족이나 단일 언어의 전통에선 있을 수 없는 문학의 세계로 들어가게 해 주"었다는 사실을 강조할 때, 번역이 얼마나 값진 일인가를 일깨운다.

번역이 "여러 언어를 서로 교배시켜 문학의 지평을 넓히는 독보적이며 필수적인 역할"을 해 왔음을 말하는 것은 바로 번역의 가치와 그 위상을 새삼스럽게 따져 묻고, 예찬하는 일이다. 프랑스

문학을 우리말로 옮기는 일을 하는 정혜용은 문학 번역과 그 번역 평가에 대한 "근본적인 인식의 차이"가 있음을 지적하고, 그간의 번역을 둘러싸고 벌어진 여러 '논쟁'들을 검토하며 생산적인 번역 논쟁에 대한 기대를 펼쳐 놓는다. 정혜용은 번역학 박사답게 베르만의 '글·몸 번역론'과 메소닉의 '번역 시학'론에 기대어 번역을 '사유'하고, 그간에 있었던 '번역 논쟁'들을 더듬으며, 번역 비평의 윤리와 방법론을 세우고자 궁구한다.

지금으로부터 오백여 년 전 킹 제임스 판 성경을 번역한 이들은 번역을 두고 "창문을 열어 빛을 들이는 일이요, 껍질을 깨 알맹이를 먹이는 일이며, 휘장을 거두어 지성소를 들여다보게 해 주는 일이요, 우물의 덮개를 거두어 물을 긷게 해 주는 일"(그로스먼, 재인용)이라고 예찬했다. 서로 다른 문화적 배경과 다른 입장에서 나온 두 책들, 하지만 번역이 근사하고 영예로운 일이라는 것에 한목소리를 내는 「번역 예찬」과 「번역 논쟁」을 겹쳐 읽는 일은 번역의 가치에 대해, 그리고 번역자들의 숨은 수고에 대해 새삼 되새기는 기회였다.

고독을
거머쥐고
향유하라!

고독이 내면생활을 황폐하게 만든다고 생각하지는 않는다.

오히려 고독 때문에 나는 풍요로워졌다.

고독이란 혼자 있을 수 있는 능력의 표상이다.

34

봄에 어머니가 세상을 뜬 뒤 어머니와 함께 살던 시골집에는 드문드문 내려왔다. 사람이 살지 않으니 집은 금세 퇴락했다. 연못은 웃자란 부들로 덮여 늪으로 변하고, 풀이 무성한 마당은 곧 뱀이라도 기어 나올 듯 음산했다. 몇 달 동안 자란 풀은 시골집을 에워싸고, 시골집은 공가空家의 쓸쓸함이 역력했다. 얼마 전 매제가 식구들을 데리고 시골집에 와서 사흘간 머물며 풀을 깎았다. 여동생은 주인 없는 주방에서 밥을 짓고, 매제는 예초기를 어깨에 메고 새벽부터 저녁까지 말끔하게 벌초를 했다.

시인은 이렇게 노래하지 않는가? "손은 움직이고 또 움직"이며, "매일, 손들은 세계를 창조하고"(파블로 네루다, 「다림질을 기리는 노래」), 쓰러진 것들에 생명을 불어넣어 일으켜 세운다. 나는 하루 늦게 도착했는데, 매제 식구들이 북적인 탓에 썰렁하던 시골집에 온기가 돌았다. 빈집은 죽은 집이다. 쓸쓸하고 창백하던 시골집이 아연 활기로 넘치는 것을 보며, 그 말을 실감했다.

이 시골집에서 열네 해를 살았다. 아래에 농지가 있고, 농지 끝에는 버드나무 군락지가 이어진다. 버드나무 군락지에 잇대어 큰 호수가 있다. 호수와 산이 어우러진 수려한 풍광에 반해 마련한 집이었지만, 고요한 곳에서 사색하는 삶을 살리라는 낭만적 환상은 이내 깨졌다. 마루야마 겐지가 말했듯, 어딜 가든 복잡한 삶은 따라오고 시골은 고요해서 더 시끄럽다. "이윽고 시골이 고요하리라는 믿음부터가 환상이었음을 절감합니다. 전원 지대가 조용할 때는 농한기뿐이고 그 외 계절은 온갖 농기계가 내는 엔진 소리로 시끄럽습니다. 아침부터 해가 질 때까지 떠들썩한 굉음으로 가득하고 쌀 건조기가 내는 소음 등은 밤새도록 이어지기도 합니다."

(마루야마 겐지, 「시골은 그런 것이 아니다」)

마루야마 겐시는 낭만적인 기대를 안고 귀촌하는 사람들의 "망상에 가까운 환상"들을 조목조목 반박한다. 시골 생활은 크고 작은 난관과 불편의 연속이다. "유유자적하며 조용히 살고 싶다"는 건 망상에 지나지 않는다. 시골 사람들의 인심은 팍팍하고, 경치는 아름다울지 모르지만 생활 환경으로는 가혹하고, 자연의 위협도 만만치 않다. 시골은 치안이 취약할 뿐만 아니라 의외로 범죄가 잦은 곳이다. 범죄 발생률이 해마다 늘고 있다는 것이 그 증거다. 마루야마 겐지는 시골이 갖가지 위험과 불편과 난관이 널려 있는 곳이니, 그동안 부모, 학력, 직장, 사회, 국가, 가정, 술, 경제적 번영의 시대에 적당히 기대어 살아온 사람이라면, 그리고 시골 생활을 녹록하게 여겨 "세상으로부터 도피하고 또 도피해 온 것"이라면, 크게 낭패를 당할 게 뻔하다고 단언한다.

시골 생활은 전쟁의 연속이다. 무성하게 자라는 풀과의 전쟁, 배타적인 시골 원주민의 심술궂은 골탕 먹이기와의 전쟁! 그 전쟁에 지면 시골 생활은 지옥으로 변한다. 나는 지옥까지는 가지 않았다. 해마다 부지런히 나무들을 구해다 심고, 연못을 파서 수련을 기르며, 영산홍과 작약꽃이 피기를 기다리며 서재에 틀어박혀 책을 읽었다. 노자와 장자, 니체와 들뢰즈의 책들을 지치지 않고 읽었다.

모란과 작약은 봄마다 탐스런 꽃을 피우고, 감나무와 단풍나무들과 벚나무들과 느티나무는 보기 좋게 잘 자랐으며, 대나무와 목백일홍은 겨울 추위에 뿌리가 얼어 시들시들하다가 죽었다. 시골집에서 한동안 혼자 살았고, 그 뒤 아버지가 돌아가시고 서울에서 홀로 사시는 노모를 모셔와 함께 살았다. 노모는 텃밭을 일구는 재미에 푹 빠졌었는데, 이제 그 노모는 이 세상에 없다.

뭇별 뜬 밤이 아픈 것은
내가 세상과의 싸움에 진 탓이다
한밤중 아궁이에 불을 지피고

나는 저 오래된 고요에 마음을 빼앗겼다
후회가 물 빠진 저수지보다 먼저 가서
바닥을 드러낸 탓이다

앞뒤를 차근차근 살피고 나면
밤을 새운 후회는 때로 근력이 되기도 하니
벽촌의 한 뙈기 땅에 노각나무 묘목을
종일 심기도 하는 것이다

세상과의 싸움에 진 자가 가는 길이라고
왜 무궁이 없었겠는가
미처 보지 못하고 지나쳤을 뿐

재 남은 화덕에서 청노새 한 마리가
꾸역꾸역 나온다
지난 겨울 뿌리가 언 삼나무 아래를 지나
잘 닦인 저 무궁의 놋쇠 하늘길을
청노새 가고 있다
— 졸시, '버드나무여 나를 위해 울어다오'

나는 세상과의 싸움에 졌다고 선언했다. 패배와 불편을 기꺼이 받
아들이고 땅에 엎드렸더니, 세상과 나 사이에 있던 불화가 사라졌
다. 시골에서 사는 동안 좋은 일과 나쁜 일을 고루 겪었다. 세상은

크게 달라지지 않은 채 진부한 악들이 번성하고, 봄마다 모란과 작약은 붉은 꽃을 피우고, 나는 나이를 더 먹었다.

"입자가 원자를 분해하고, 천체물리학이 우주를 열어젖히고, 유전정보가 삶의 비밀을 밝혀냈다 하더라도"(미셸 세르, 「인류의 시대: 창조적 진화에서 진화의 창조자로」) 나는 여전히 고독과 마주하고 있다. 그렇다고 고독이 내면 생활을 황폐하게 만든다고 생각하지는 않는다. 오히려 고독 때문에 나는 풍요로워졌다. 고독이란 홀로서기이고, 충만한 힘이며, 혼자 있을 수 있는 능력의 표상이다. "타인의 존재에 대한 인식이 없다면 홀로서기 역시 아무런 의미가 없다."(윌리엄 파워스, 「속도에서 깊이로」) 나는 고독에 굴복해 무릎을 꿇었지만 고독에 지는 것이 곧 이기는 것이다. 고독에 의해 삶의 속도를 늦추고 내면을 돌아보는 기회를 얻은 것은 얼마나 고마운 일이었던가! 자신을 있는 그대로 받아들였더니, 고독이 내 삶을 보듬고 부양했다. 시골집에서 보낸 지난 세월 동안 가장 좋았던 일은 고독의 정수를 맛보고, 그 경험을 통해 세속화한 운명을 정화하며 내면이 굳건해진 것이다.

현대인은 고독이라는 '강철 외투'를 입고 살지만, 고독을 온전하게 누리지는 못한다. 고독은 디지털 네트워크에 의해 끊임없이 방해를 받는다. 디지털 네트워크는 우리에게 끊임없이 접속하고 연결하라고 명령한다. 이를테면 "이메일과 문자 메시지, 음성 메시지, 포크와 프로드와 트윗, 알림과 댓글, 링크와 태그와 포스트,

사진과 동영상, 블로그와 비디오로그, 검색과 다운로드, 업로드, 파일과 폴더, 피드와 필드, 담벼락과 위젯, 태그와 태그 구름, 아이디와 비밀번호, 단축키, 팝업과 배너, 신호음과 진동."(윌리엄 파워스, 앞의 책) 같은 것들이 뻔질나게 우리 눈과 손을 바쁘게 만든다.

전자 문명에 휘둘려 바쁜 것이야말로 게으름이고, 이런 것들의 속박에서 벗어나 한가로움을 누리는 것이야말로 부지런함이다. 사람, 사물, 장소 들이 '참을 수 없는 디지털의 분주함' 속에 잠겨 있고, 그런 탓에 현대인에게는 고독할 틈이 없다. 우리는 경험의 깊이를 만들기도 전에 디지털의 분주함 위로 미끄러져 간다. 아울러 내적인 삶과 외적인 삶은 커다란 불균형 상태에서 심하게 요동을 친다.

우리는 고독하지만 고독의 실체는 잘 모른다. 많은 사람이 고독과 대면하기를 두려워하며 한사코 피하기 때문이다. 오로지 헨리 데이비드 소로 같은 이만이 고독을 안다고 할 수 있다. 누가 "고독만큼 다정한 벗을 결코 알지 못한다"고 말할 수 있는가. 소로는 다음과 같이 썼다. "나는 숲으로 갔다. 천천히 살며 오직 삶의 본질만 마주하고 삶이 내게 가르쳐 준 것 중에서 배우지 못한 것은 없는지 살펴보기 위해서, 마침내 죽게 되었을 때에야 제대로 살지 않았다는 것을 깨닫지 않기 위해서 나는 숲으로 갔다. (중략) 나는 삶의 정수를 빨아들이며 깊이 있는 삶을 살고 싶었다."(헨리 데이비드 소로, 여기서는 윌리엄 파워스, 「속노에서 깊이로」에서 재인용)

숲으로 가라! 외부 자극에 대한 반응으로 만든 삶에서 벗어나 자신에게 집중하는 삶은 고독 속에서 있을 때만 가능해진다. 휴대전화를 끄고, 컴퓨터 전원을 꺼라! 세상으로 연결된 네트워크를 단절할 때 자신에게로 돌아갈 수 있다. 숲은 접속과 연결을 낳는 네크워크에서 단절된 세상이다. 소로는 그 단절 속에서 삶의 정수를 빨아들이고 비로소 깊이 있는 삶과 만났다. 목적 없는 삶의 질주에서 벗어나라! 기회가 있다면, 기꺼이 고독에 처하라! 삶은 고독에 의해 고동쳤으니, 고독을 거머쥐고 향유하라! 찬란한 태양빛 아래에서 노래하고 춤추며 웃어라!

부드러움을
예찬함

사람들은 강한 것이 세상을 지배한다고 생각한다.

정말 그럴까?

굳센 것은 더 큰 굳센 것과 맞부딪칠 때 꺾이고 부러진다.

강한 것이 오래 가지 못하는 이유가 거기에 있다.

2013년 10월 하순경, 체코의 프라하를 거쳐 헝가리의 부다페스트로 이어지는 여행을 다녀왔다. 프라하에서 며칠을 보낸 뒤 기차로 일곱 시간 동안 달려 부다페스트로 넘어갔다. 기차 바깥으로 펼쳐지는 빈 들판과 노랗게 물든 활엽의 나무들, 자작나무 숲들, 작은 농촌 마을들로 이어지는 동구의 늦가을 풍경은 여행 정취를 느끼기에 부족함이 없었다. 여행의 즐거움은 부다페스트 기차역에서 곧 깨져 버렸다. 기차역에서 호텔까지 가는 대중교통 수단을 알아보러 안내소에 들렀다. 몇 마디 말을 건네자 안내소 여직원이 다짜고짜 소리를 지르며 화를 냈다. 안내소 밖으로 나오며 황당하고 어처구니가 없었다. 뭔가 벽에 쿵하고 부딪친 느낌이었다. 그녀는 왜 그렇게 불같이 화를 냈을까? 아마도 자기 업무와 상관없는 것들을 물어보는 여행자들에 넌더리가 났을는지도 모른다. 평소에 그런 일들을 귀찮다고 여겼을 수도 있다. 무엇보다도 그녀는 자질구레한 업무에 지쳐 있고, 삭막한 대도시의 삶에서 오는 염증 때문에 친절과 부드러움을 베풀 한 점의 여유가 없을 수도 있다. 낯선 부다페스트에서 겪은 그 황당한 경험으로 인해 내 기억에 부다페스트는 삭막하고 거친 느낌으로 남았다.

동구 여행 바로 직전 터키 여행 중에 쉬린제라는 작은 마을에서 겪은 친절은 얼마나 감동적인가! 이스탄불에서 마르마리스로 이어지는 에게 해 내륙 여행길에 들른 쉬린제는 터키의 작고 소박한 마을이다. 한 방송사의 다큐멘터리 프로그램을 찍기 위해 토산품점과 작은 상점들이 늘어서 있는 쉬린제 골목을 걷고 있을 때, 교장직에서 은퇴했다는 노신사가 선뜻 우리 일행의 안내를 맡아 주겠다고 나섰다. 그는 친절하게 흥미를 느낄 만한 마을 이곳저곳을 안내하면서 그곳에 얽힌 역사에 대해 이야기했다. 그가 터키 전통 음식을 파는 곳으로 안내했는데, 주인이 빵과 과일, 터키 전통 혼례 음식들을 풍성하게 차려 냈다.

그 순간 그가 베푼 친절은 이 전통 음식점으로 일행을 이끌기 위한 호객 수단일 뿐이라고 짐작했다. 여행지에서 흔한 바가지를 쓰는 게 아닌가 염려했지만 반전이 일어났다. 음식값을 계산하려고 했을 때 주인이 한사코 손을 내저으며 멀리서 온 손님들에게 돈을 받을 수 없다고 했다. 노신사의 순수한 호의와 친절을 나쁜 쪽으로 곡해한 것이 부끄러워졌다. 노신사는 친절한 사람이었다. 아무 대가도 바라지 않고 친절을 베풀었던 것이다. 쉬린제와 같은 작은 마을이 아직 사람과 사람 사이의 도타운 정이 흐르는 공동체라면, 부다페스트와 같은 대도시는 온정과 친절 따위는 다 사라져 버린 메마른 힘의 각축장이고, 무한경쟁의 장일 것이다.

부드러움의 바탕은 타자에 대한 이해와 배려이고, 그 사회적 형식은 친절이고 관용이며, 관계의 친밀성으로 나타난다. 부드러움은 인간적 체험의 성숙에서만 나올 수 있다. 어쩌면 미성숙한 인격일수록 부드러움에서 멀어지는 것인지도 모른다. 부드러운 사람은 생각이나 이념이 다른 남을 윽박지르지 않는다. 작은 마을일수록 인심이 좋고 친절한 것은 사람들이 남들을 경쟁자가 아니라 친구나 이웃으로 받아들이기 때문이다.

부드러움은 공존을 추구하는 농경사회의 특징이다. 농경사회 구성원들은 서로를 잘 알고 대개는 정으로 맺어진 관계를 이어간다. 하지만 익명화된 사람들이 사는 대도시에서는 정보다는 이해타산으로 얽힌 관계로 바뀐다. 속도와 수량과 효율성이 지배하는 곳에서 부드러움은 잉여적 가치일 것이다. 타자들은 경쟁 상대이고, 친절은 자신에게 이익이 될 때만 나타난다. 서로 이익을 다투고 경쟁해야만 하는 도시에서 사람과 사람의 관계가 각박해지는 것은 당연한 일이다. 항상 고향에서의 삶보다 타향에서의 삶이 고달프고 힘든 것은 그 때문이다.

분명한 것은 우리는 딱딱함보다는 부드러움을 더 좋아한다는 사실이다. 부드러움은 생명의 특성이다. 약하고 부드러운 것은 탄력을 갖고 있고 끊임없이 자란다. 아기 피부, 버드나무 가지를 흔드는 봄바람, 노래하는 시냇물, 어머니의 품속은 다 부드럽다. 부드러움은 이롭고 이롭지 않음을 떠나 모든 것을 품고 쓰다듬는 자애慈愛에서 나온다. 동물들의 새끼는 부드러움에 극단적인 반응을 보이기도 한다. 고양이는 태어난 순간 어미가 충분히 핥아 주지 않으면 새끼가 죽고 만다고 한다. 촉각적 부드러움을 통해 신경 말단이 깨어나는 자극을 얻는데, 그런 촉각의 흥분이 충분치 않으면 새끼 고양이는 혼수에 빠진 채 살아나지 못한다고 한다. 생명을 가진 것들은 부드러움을 갈망하고 그것은 생명의 한 불가결한 요소이기도 하다. 새끼 고양이가 그렇듯이 인간의 골수, 신경, 뇌도 부드러움에 더욱 적극적으로 반응한다. 그것은 존재의 시원에 각인된 부드러운 촉각에 대한 기억 때문이다.

양수로 가득 찬 어머니의 자궁은 따뜻하고 부느럽다. 그 부드러움으로 가득 찬 세세에서 태아는 모체의 자양분을 공급받고 심장을 펄떡이며 살과 뼈의 부피를 늘이고 뇌를 키운다. 아기의 출생이란 비좁은 자궁에서 더 너른 새로운 세계로의 진입이다. 세상은 또 다른 자궁이다. 아버지와 타인들로 이루어진 세계가 갓난아이의 새로운 자궁이다. 갓난아이가 처음 하는 일은 울음을 터뜨리는 것인데, 탄생이 곧 부드러운 모태 세계와의 이별이고 박탈이기 때문이다. 갓난아이는 본능으로 세상과 첫 대면하는 순간에 이미 세상에서 살아 내는 일이 녹록치 않다는 사실을 깨닫는다.

철학자 중에서 부드러움의 힘을 가장 많이 말한 것은 노자老子일 것이다. 노자의 '무위자연' 철학은 도道를 근본으로 하는데, 그 도를 이루는 실체는 비움(虛)과 부드러움(柔)이다. 노자는 「도덕경」 36장에서 "부드럽고 약한 것이 굳세고 강한 것을 이긴다"고 단호하게 말한다. 굳세고 강한 것은 제 명대로 살 수 없고, 부드러움을 지키는 것이 강하다. 그러므로 「도덕경」 76장에서 "강하고 큰 것은 아래에 거처하고, 부드럽고 연약한 것은 위에 거처한다"고 말했을 것이다. 부드러움은 유약하나 꺾이거나 끊이지 않고 연속성을 이어갈 수 있다. 그렇기 때문에 노자는 「도덕경」 78장에서 "천하에 물만큼 부드럽고 약한 것은 없다. 그러나 단단하고 굳센 것으로 힘써도 이길 수가 없다"고 했을 것이다.

물은 부드럽고 약하지만 바위를 뚫고 천 길 땅속을 헤집는다. 물만큼 외유내강한 것도 드물다. 약해 보이지만 단단하고 굳센 것이 물을 이길 수 없는 까닭이 거기에 있다. 노자는 이어서 "약한 것이 굳센 것을 이기고 부드러운 것이 단단한 것을 이긴다"고 말한다. 물의 성질을 품는 자는 부드러운 태도를 갖는다. 이런 태도는 여유와 느긋함 없이는 나올 수 없다. 부드러움은 겸손과 유연함의 결과이다. 무릇 생명은 딱딱하고 거친 것보다 부드러운 것을 더 좋아한다. 생명을 부드러움으로 대하는 자세에는 생명 존중의 마음이 깃든다.

사람들은 강한 것이 세상을 지배한다고 생각한다. 정말 그럴까?

세상을 지배하는 것은 굳세고 단단하다. 굳센 것은 더 큰 굳센 것과 맞부딪칠 때 꺾이고 부러진다. 강한 것이 오래 가지 못하는 이유가 거기에 있다. 강성해진 것은 언젠가 꺾이기 마련이다. 반면 부드러운 것은 약하다. 약한 까닭에 잘 휘어지고 부러지지 않는다. 물은 장애물을 만나면 에돌고 천천히 휘감아 나간다. 부드럽고 약하니 그를 애써 힘으로 이기려 들지 않는다. 이게 물의 덕성이다.

노자는 이런 물의 성질을 일컬어 부드럽다고 말했을 것이다. 물과 마찬가지로 풀은 얼마나 유약한가? 풀은 약하지만 거센 바람이 휘몰아쳐도 부러지는 법은 없다. 태풍에 부러지는 것은 단단하고 큰 나무들이다. 풀은 태풍에도 끄떡없는데, 그것은 풀이 태풍에 맞서지 않는 까닭이다. 강풍이 불면 약한 풀은 조용히 몸을 낮게 숙인다. 모든 부드러운 것들은 만물을 제압하는 강한 힘에도 꺾이는 법이 없다. 어머니의 지에가 그렇듯이 부느러움이야말로 진짜 강함이다.

마음의
생태학

사람을 사람답게 만드는 것은 깊은 마음 안에 바로 '이성' 이

자리하고 있는 까닭이다. 한 인간이 스스로의 자유와 자율성을

세계와의 관련 속에서 돌아보고 조정하는 것,

그리고 상황에 맞는 도덕적 판단을 하고 결정을 내리는 것도

마음이 이성의 통제를 받기에 가능하다.

수학여행을 가던 안산의 단원고등학생 350여 명을 태운 여객선
이 진도 앞바다에서 침몰했다. 선장과 항해사는 일찌감치 뒤집힌
채 가라앉는 배에서 탈출했지만, 학생들은 다른 승객들과 함께 여
객선 안에 갇혔다. 배의 선실에 갇힌 채 그들은 끝내 구조되지 못
했다. 거센 조류와 악조건으로 여객선 내부에 접근하는 것조차 불
가능하다고 했다. 수학여행을 간다는 기쁨에 들떠 있다가 참변을
당한 학생들을 떠올리면 솟구치는 분노와 참담함을 견디기가 어
렵다. 가까스로 마음을 진정시키며 읽는 책의 한 대목에 오래 눈
길이 머문다.

"의관을 바르게 하며, 그 보는 눈매를 존엄하게 하라. 마음을 침잠
하게 하여 상제를 대하듯 하여라. 발은 반드시 무겁게 놓을 것이
며, 손은 반드시 공손하게 쓸 것이다. 문을 나설 때는 큰 손님을

뵈옵는 것같이 공손히 하며, 일을 할 때는 제사를 지내는 것같이 조심조심하여서 혹시라도 안이하게 처리하지 마라. 입을 다물기를 병과 같이 하고, 뜻을 방비하기는 성城과 같이 하라. 성실하게 하여 혹시라도 가벼이 하지 마라. 서쪽으로 간다 하고 남쪽으로 가지 마라. 일을 당하면 오직 한 곳에만 마음을 두고 다른 데로 쫓지 않게 하라. 마음을 두 갈래로 내지 말고 세 갈래로 내지 마라. 마음을 오로지 하나로 하여 만 가지 변화를 살펴볼 것이다. 여기에 종사하는 것을 지경持敬이라고 한다."

퇴계가 「성학십도」에 인용한 주자의 「경제잠」에 나오는 대목이다. 김우창의 「깊은 마음의 생태학」(김영사)에서 재인용한 것이다. 과연 오늘을 사는 우리는 마음을 침잠하게 하고, 문을 나설 때 공손히 하고, 일을 할 때 조심하는가? 여객선 전복 사고는 마땅히 지켜야 할 규범들을 제대로 지키지 못한 탓은 아닌가? 이 재난은 깊은 마음을 잃어버린 자들의 방만함과 도덕적 해이에서 빚어진 인재이다.

여객선의 운행과 승객의 생명을 돌보고 책임져야 할 선장과 선원들이 배가 전복되자 가장 먼저 배를 버리고 도망친다. 이 행위는 한마디로 공분을 살 만한 무책임이고 이기주의의 극치이다. 이 재난으로 말미암아 우리 속에 숨어 있던 얕은 마음이 만천하에 드러나고, 얕은 이기주의와 탐욕, 안전 불감증과 생명 경시로 차 있었음을 알게 되었다. 끔찍한 사실은, 그들이 우리 중에서 특별히 더 나쁜 사람이 아니라면, 이 사회가 얕은 마음을 가진 사람들로 이루어진 공동체라면 이런 재난은 끊이지 않고 이어질 것이라는 점이다.

우리는 여전히 역사의 진보와 유토피아를 꿈꾸지만, 그저 꿈일 뿐, 그 꿈에서 깨어날 때 현실은 늘 악몽이기 십상이다. 재난과 전쟁, 그리고 비명횡사의 가능성 속에서 현실은 유토피아는커녕 악몽의 자리로 뒤바뀌어 버린다. 악몽들은 인간의 탐욕과 악덕들을 집어삼키며 점점 더 자라난다. 중요한 것은 참혹함에 맞닥뜨릴 때 오래된 책이 말하는 대로 "마음을 하나로 하여 만 가지 변화를 살펴볼" 수 있는 침착함을 잃지 않아야 한다는 것이다. 가슴이 무너지는 참담함을 다독이며 내가 묵묵히 책을 손에 붙들고 있는 것도 그런 까닭에서다.

우연히 비슷한 시기에 겹쳐 읽은 김우창의 「깊은 마음의 생태학」과 존 그레이의 「동물들의 침묵」(이후)은 사람과 현실에 대한 진지한 성찰이라는 점은 닮았지만, 도달하는 결론은 사뭇 다르다. 김우창은 흔히 심미적 이성주의자라고 불린다. 그의 사유가 합리적 이성의 진전과 과학 기술의 발전에 가져온 개별적 자유의 확장과 개인의 가능성의 확대라는 점에서 긍정한다면, 존 그레이의 사유는 이성과 자아가 하나의 신화에 지나지 않는다는 지독한 회의주의로 귀착한다. 김우창에게 인간 이성은 사실이나 경험적인 것을 바탕으로 세계를 이해하려는 태도의 핵심적 기반이다. 이성은

"도덕 안에 보이지 않게 움직이는 원리"이고, "고정된 형식이 아니라 끊임없이 새로운 형식화의 에너지로 스스로를 드러"내는 것이다. 이것으로 삶과 세계를 이해하려는 태도는 "삶 전체의 교양적 수련에서 생겨날 수 있는 전인격의 소산"이다.

사람을 사람답게 만드는 것은 깊은 마음 안에 바로 '이성'이 자리하고 있는 까닭이다. 한 인간이 스스로의 자유와 자율성을 세계와의 관련 속에서 돌아보고 조정하는 것, 그리고 상황에 맞는 도덕적 판단을 하고 결정을 내리는 것도 마음이 이성의 통제를 받기에 가능하다. 인류가 미덕으로 간주해 온 용기, 중용, 명예, 우의, 정의 따위도 마음 안에서 작동하는 이성의 산물들이라고 할 수 있다.

"사람의 마음에 대응하는 물질세계와 사회세계는 거대하고 복잡하고 끊임없이 유동적인 상태에 있다. 마음은 하나 깨우침에 이르면서 동시에 이 세계의 만 가지 움직임과 함께 있어야 한다. 움직임의 마음을 갖는 것, 밖으로부터 오는 것에 대응하여 움직이면서 그것에 끊임없이 흔들리는 것이 아니라 그것을 하나로 엮어 내는 마음을 갖는다는 것은 쉽지 않은 일이다. 연마된 마음은 대상 세계에 민감함을 유지하면서도, 거기에서 오는 압력 또 안으로부터 오는 강박에 대하여 초연하다. 그리고 가까이 있는 것을 생각하면서, 그것을 넘어가는 넓은 사물의 진상을 살필 수 있다."

김우창에 따르면 이성은 대상 세계의 만 가지 변화를 살피고 그 거친 파고波高를 넘어갈 수 있는 가능성의 기반이다. '깊은 마음의 생태학'에 대한 진지한 성찰은 마음과 이성의 가능성을 살피고 타진한다. 이것은 전 지구적 자본주의의 부박함과 또 널리 퍼져 있는 인간중심주의 이데올로기를 넘어서서 더 깊이 인간다운 삶의 실현 가능성을 따져 보기 위함이다.

존 그레이의 책은 문명의 진보를 당연시하는 사람들에게는 충격적인 내용이다. 그는 쇼펜하우어와 니체에서 에밀 시오랑으로 이어지는 비관적 허무주의자의 계보를 잇는 사람인 듯싶다. 인간들은 진보, 계몽, 정치, 종교의 영역 속에서 수많은 신화와 허구를 창조하고, 그것에 기대어 낙관주의적인 입장을 취한다. 하지만 인간은 혼란—홀로코스트, 숙정 정치, 학살과 고문—에 부딪치면 곧바로 야만으로 퇴보한다. 그 야만 속에서 이성의 신화, 만물의 영장이라는 허구적 믿음은 여지없이 깨진다. 인간의 위대함을 이루는 요소들인 진보, 문명, 미덕 따위는 전쟁의 폐허나 극한 환경에서 인육을 먹는 인간의 야만적인 모습 앞에서 하나의 허상이요 기만이었음이 폭로된다. 존 그레이는 진보의 환상을 깨면서 인간이 만물의 영장이 아니라 그저 평범함 동물종에 지나지 않음을 보여 준다. 아서 쾨슬러, 조지프 콘래드, 노먼 루이스, 말라파르테, 스테판 츠바이크, 조지 오웰 등의 소설과 기록들을 살피면서, 인간이 전쟁, 기근, 공황 따위의 혼란에 처할 때 닥치는 대로 훔치고, 약탈하고, 인육 먹기를 망설이지 않는 존재임을 고발한다.

존 그레이는 이 '오래된 혼란'을 검토하면서 인간의 야만성을 꿰뚫어 드러내면서, 진보의 신화들을 손아귀에서 휴지처럼 일그러뜨린다. "신화 안에 살고 있는 사람에게는 그 신화가 자명한 사실로 여겨진다. '인류의 진보'는 이런 종류의 사실이다. 그것을 받아들이는 사람은 인류 진보의 위대한 행진 안에 존재하게 된다. 물론 인류는 어디로도 행진하고 있지 않다." 진보, 휴머니즘, 이성, 유토피아와 관련되는 신화들은 현실이 아니라 허상이다. 존 그레이에 따르면 인간 이성, 혹은 이성을 기반으로 하는 언어와 사유는 그다지 대단한 게 아니다. 그것은 보편적인 특성 중의 하나일 따름이다. 언어와 사유는 더러는 내면에 혼란과 분열을 일으키는 원인이기도 하다.

존 그레이는 인간과 동물에게 나타나는 침묵이라는 현상을 검토하면서 이렇게 지적한다. "동물에게는 침묵이 자연적인 휴식의 상태이지만 인간에게는 내면의 소동에서 벗어나기 위한 노력이다. 변덕스러운 데다 정신없고 조화를 이루지 못하는 속성을 가진 인간 동물은 자신의 속성대로 존재하는 데서 놓여 나기 위해 침묵에 기대려 한다. 하지만 다른 동물들은 일종의 타고난 권리로 침묵을 즐긴다. 인간은 자기 자신으로부터 구원되기를 바라는 마음에 침묵을 추구하지만 동물은 구원을 필요로 하지 않기에 침묵 속에서 살아간다."

동물의 침묵은 자연 그 자체의 현상이다. 인간에게는 내면의 소음들에서 벗어나기 위한 방법적 도구이다. 사람이 추구하는 침묵이 동물의 침묵보다 더 우월한 것은 아니라는 통찰은 충분히 공감할 만하다.

존 그레이는 송골매 연구자를 끌어들여 땅에 속박되어 사는 인간과는 다른 "어디에도 매여 있지 않은 세계"에 사는 동물의 자유로움을 대조하며 말한다. 사람에게 장소들은 움직이지 않는 것이지만, 매에게 장소는 "표면이 솟아오르고, 기울고, 가라앉는 세계"이다. 존 그레이는 매의 시야가 가진 자유를 사람은 상상조차 할수가 없는 것이고, 동물은 사람과는 다른 방식으로 세계를 지각하고 다른 삶을 산다는 사실을 깨닫는다. "숲과 들판과 정원은 끊임없이 찌르고, 베고, 짓밟고, 난타하는 장소"라는 것, 즉 '자연 상태'는 동물들이 더 작은 개체들을 찢고 삼키는 잔혹한 살육의 자리인 것이다. 피비린내가 진동하는 세계라 할지라도 찢고 삼키는 행위들은 생명 개체가 "삶을 지탱하기 위해 필요한 살육"이라는 것이다. 사람이 제가 매인 굴레에서 벗어나 자신의 바깥을 관조할 수만 있다면, 인간 중심적인 사고에서 벗어나 '자연 상태'에 대한 새로운 생태적인 인식에 도달할 수도 있을 것이다.

불행한 가정은
나름 나름으로
불행하다

계절이 생명의 번성을 부추기고 응원할 때,

나무와 나무 사이는 드러나지 않았다. 조락이 이루어지니, 비로소

그 헐벗음 속에서 안 보이던 '사이'가 홀연히 모습을 나타낸다.

가을은 어느 순간 갑자기 몰락한다. 어느 새벽 첫 얼음이 얼고, 찬 기운을 품은 북풍은 거세다. 시골집들은 외풍이 세다. 서둘러 몸을 덮을 담요와 발을 감싸 줄 덧신을 마련하고 추운 실내 생활자로 적응해야 한다. 활엽의 나무들이 단풍 든 잎을 떨구고 빈 가지로 서 있다. 날이 치기워지니 나무들은 내법을 하며 겨울을 날 채비를 하는 것이다. 잎들이 무성할 때 보이지 않던 나무와 나무 사이가 처연하고, 빈 곳으로 청명한 하늘이 나타난다. 계절이 생명의 번성을 부추기고 응원할 때, 나무와 나무 사이는 드러나지 않는다. 조락이 이루어지니, 비로소 그 헐벗음 속에서 안 보이던 '사이'가 홀연히 나타난다. 봄과 여름이 몸 가진 것들이 번성하는 계절이었다면, 가을과 겨울은 몸의 헐벗음으로 정신의 견고한 형체를 드러내는 계절이다.

날마다 낮이 짧아진다. 낮은 조락과 죽음을 품고, 밤은 얼음과 서리의 기척을 품는다. 일주일마다 긴 손톱을 깎고, 한 달 간격으로 이발소를 찾아가 머리카락을 잘랐다. 도덕과 기율들을 바꿀 만한 큰 불행은 없었고, 나날의 삶은 갈등과 파란이 없이 평탄했다. 평탄하다고 해서 봄마다 진해 벚꽃 축제를 찾거나 가을 내장산 단풍놀이에 나선 적은 없다. 겨우 서재에서 웅크린 채 서책들을 꾸역꾸역 읽거나, 봄가을 서울 외곽의 동물원을 찾아가 호랑이 우리 앞에 우두커니 서 있다가 돌아왔다. 겨울에는 동물원을 찾는 일마저 그만둔다. 겨울은 낮은 짧고 밤은 기니, 일조량이 줄고 어둠 속에 머물 시간이 길어진다. 밤이 길어질 때 불면의 등불이 한 번도 살아보지 못한 미지의 나라로 인도해 주길 기대한다. 그러니 긴 밤을 함께 날 긴 소설을 찾아보는 것이다.

도스토옙스키에게서 예술 작품으로써 완전무결하다는 평가를 받은 긴 소설 「안나 카레니나」를 썼을 때, 톨스토이는 마흔아홉 살이었다. 이 시기 톨스토이는 왕성한 창작 활동을 펼치는데, 대작 「전쟁과 평화」와 「안나 카레니나」 두 편을 거푸 완성해 낼 정도로 작가 인생에서 절정기였다. 문학적으로는 활화산 같은 시기였지만, 다른 한편으로 결혼생활에 대한 환멸과 깊은 회의에 시달렸다. 구도자의 금욕적인 삶을 꿈꾸었지만 제 안에 본성으로 들끓는 성적 욕망의 휘둘림에 속수무책이었다. 청빈한 삶을 바랐지만 엄청난 재물과 물질의 풍요 속에서 갈피를 잃기 일쑤였다. 그는 절제와 자기희생을 바탕으로 하는 훌륭한 삶에 대한 뜨거운 이상주의와 먹고 마시는 낭비로 얼룩진 사치스런 현실적 삶 사이에서 기진氣盡한다. 톨스토이는 러시아 상류사회의 '대식가'와 유약한 인간과 게으른 색정광'들이 누리는 가정생활과 조금도 다를 바 없는 제 가정생활에 흥미를 잃은 채 무미함 속에서 표류했던 것이다. 사람들은 사치스런 삶과 훌륭한 삶이 동시에 함께할 수 없다는 사실을 잘 알면서도 실컷 배불리 먹고, 게으름을 피우며, 솟구치는 성욕을 발산하는 제 삶을 바꾸지 못한다. 그리고 그 삶에 대한 염증과 회의를 멈추지 않는다. 삶의 이런 모순들에 대한 성찰이 농노제 붕괴에서 혁명에 이르는, 변화의 격동으로 출렁대는 러시아 배경으로 한 위대한 연애소설 「안나 카레니나」를 낳은 계기가 되었다.

인류의 도덕 교사로 꼽히는 톨스토이는 "행복한 가정은 모두 고만고만하지만 무릇 불행한 가정은 나름 나름으로 불행하다"라는 인상적인 첫줄로 「안나 카레니나」를 시작하며, 이 소설이 '행복한 가정'과 '불행한 가정'에 대한 탐구가 될 것임을 암시한다. 이 소설의 축은 안나 카레니나와 레빈의 결혼생활이다. 큰 축은 유부녀인 '안나'와 젊은 장교 '브론스키'가 사랑에 빠지면서 벌어지는 우여곡절 많은 애정사와 더불어 한 가정이 파탄에 이르는 이야기이다. 영혼이 빠져나간 결혼생활의 메마름, 그 메마름 안에서 갈등과 불행을 겪는 부부와 어린 딸과 아들들! 고위 관리인 남편은 젊은 장교와 바람난 제 아내에게 분개하며 그 불륜의 응징으로 이혼을 거부한다. 그로 인해 안나와 브론스키의 관계는 교착상태에 빠진다. 안나와 남편 카레닌, 그리고 어린 딸과 아들이 감당하는 것은 바로 이 가정이 만든 음습한 불행의 세목들이다.

「안나 카레니나」는 '불행한 가정생활' 이야기이면서 동시에 '행복한 가정생활' 이야기이기도 하다. 레빈은 러시아 민중에게 애정을 느끼고 "그들이 인생에 부여하는 의미를 깨우치고자" 했던 톨스토이와 같이 민중의 삶에서 '자기희생의 비범한 긴장감'을 느낀다. 톨스토이는 부와 사회계급, 물질적 풍요를 다 떨치고 훌륭한 삶으로 나아가고 싶어 했던 만큼 제 신앙과 전통, 생활 조건에서 벗어나고자 했다. 레빈은 일하는 농부에게서 그 '훌륭한 삶'의 원형질을 발견하고, 그것을 지향하는 제 마음을 돌아본다. "그리고 삶의 모든 순간은 이전처럼 무의미하지 않을 뿐만 아니라, 내가 나의 삶에 부여하는 의심할 나위 없는 선의 의미를 지니게 되리라"는 술회에서 암시되듯 톨스토이의 정신적 분신임을 느낀다. 그렇다면 육체의 정욕이 이끄는 대로 나아간 안나가 톨스토이의 육체적 삶을, 그리고 삶에 대한 형이상학적 의문에 빠져 방황하는 레빈은 톨스토이의 숭고한 정신의 삶을 표상하는 것은 아닐까?

바깥으로
내쳐진
자들

서울 한복판에 내재화된 국경이 존재한다. 세월호 유가족들은 바로

코앞에 있는 청와대로 진입할 수 없는 것은 그 앞에 편재된 국경이 배치되고,

그 국경을 감시하고 진입을 가로막는 경찰들이 있기 때문이다.

38

2014년 4월 16일 오전 8시 48분경 전라남도 진도군 조도면 부근 해상에서 청해진해운 소속 인천발 제주행 연안 여객선 세월호가 바다 속으로 가라앉으며 3백여 명이 사망한다. 그리고 한 해가 훌쩍 흘렀다. 지금도 자식을 잃은 유가족들이 청와대 인근 청운동 동사무소 앞 길바닥에서 이 어처구니없는 재난의 진상규명을 위한 특별법 제정을 요구하며 농성 중이다.

청운동은 1960년대 중반 시골에서 올라와 내가 어린 시절을 보낸 동네다. 그 한적한 동네가 뉴스에 오르내리는 것은 드문 일이다. 노상에서 비닐로 몸을 감싼 채 웅크리고 잠이 든 세월호 유가족들은 내 가슴을 쓰리게 한다. 그들은 왜 집이 아닌 길에서 한뎃잠을 자는 것일까? 그들은 왜 대통령 면담을 거부당하는 걸까? 특별법 제정과 대통령 면담을 요구하며 노상에서 잠을 자고, 노상에서 농성을 하고 있다. 안온한 삶의 '바깥'으로 내쳐진 자들, 이들은 누구일까?

보르도 몽테뉴 대학의 철학과 교수인 기욤 르 블랑은 '국경의 편재'에 대한 의미 있는 설명을 내놓는다. "국경들은 더 이상 국가의 변방에서 행해지는 감시 체계에만 머무는 것이 아니라, 국가 안정장치의 영역에 속한다. 이 '국경의 편재'는, 필연적으로 영토 내에 금을 긋고, 주체들의 위험성 정도에 따라서 또 다양한 삶의 형식들(바이러스 혹은 또 다른 삶의 형식들)에 따라서 사회적 공간을 분할하는 새로운 안정장치의 편재에 일치한다."(기욤 르 블랑, 「안과 밖—외국인의 조건」) 기욤 르 블랑에 따르면, 세월호 유가족들이 머무는 서울 한복판에 내재화된 국경이 존재한다. 세월호 유가족들은 바로 코앞에 있는 청와대로 진입할 수 없는 것은 그 앞에 편재된 국경이 배치되고, 그 국경을 감시하고 진입을 가로막는 경찰들이 있기 때문이다.

유가족이 항의하고 농성하는 곳, 단식하고 한뎃잠을 자는 거기가 국경이다. "국경은 더 이상 지리적, 법적 의미의 국경에 자리하는 것이 아니라 다른 곳에, 선택적인 통제가 행해지는 어디에나 존재한다."(기욤 르 블랑, 앞의 책) 국가 표준에서 벗어나 추방과 불확실한 통과라는 절차에 갇혀 있는 한 그들은 우리 안의 낯선 외국인들이다. "외국인은 우선 누군가이기 이전에 한 이름이다. 그 이름은 한 장르를, 더 정확히 국가라는 공간 안에 위치할 수도, 전적으로 그 안에 한정될 수도 없는 삶들의 장르를 지시한다. 따라서 외국인은 단독적인 얼굴로, 역사에 의해 둘러싸인 한 신체로 나타나는 대신에 공허한 형식, 즉 미리 모든 경험을 중성화하고 비워서 다만 결함이나 결핍으로만 존재하는 불순한 기표다."(기욤 르 블랑, 앞의 책) 우리 역시 국적과는 상관없이 '잠재적 소환'에 의해 언제라도 외국인으로 지시되고, 감시와 처벌의 대상으로 바뀔 수 있다. 외국인은 안온한 삶에서 추방된 자들, 다시 예전의 삶으로 돌아갈 수 없다. 자신들이 원하건 원하지 않건 간에 이미 회귀불가능성에 빠진 채 존재한다. 왜냐하면, "되돌아갈 수 없는 불가능성 안에서 이중적으로 비인간화된 존재"(기욤 르 블랑, 앞의 책)들로 존재하는 것은 그들이 "아무 곳에도 존재하지 않는 것이며 일정한 거처 없이 머무는 것"이고, "국가에의 소속과 참여의 결핍에서 산출된 거의 지각되지 않는 일종의 중간지대 즉 이차적인 영역의 정체성"(기욤 르 블랑, 앞의 책)만을 갖기 때문이다.

세월호 유가족들은 "국가에의 소속과 참여의 결핍에서 산출된, 거의 지각되지 않는 일종의 중간지대 즉 이차적인 영역의 정체성만을 가질"(기욤 르 블랑, 앞의 책) 뿐이라는 점에서 외국인이고, 내재적 국경 밖에 위치한다는 점에서 낯설고 잠재적인 적들, 그리고 위험집단으로 지시된다는 점에서 이방인이다. 이방인은 낯선 자, 모르는 자, 위험한 자들이다. 그들을 낯선 자로 규정하는 것은 그들을 낯선 시선으로 바라보고 타자화해 버리는 시선 때문이다. 그들의 낯섦은 이질적 성분 때문이 아니라 타자의 시선의 규정에서 비롯한다. 낯설고 소외된 자들은 역설적으로 그 소외 때문에 자유를 얻는다. 그들은 정착민의 제도와 규범에 매이지 않을뿐더러 책임과 의무를 면제받는 한에서 자유를 누린다. "소외가 있는 곳에는 그만큼의 자유가 존재한다."(김광기, 「이방인의 사회학」) 이방인들은 '저기'에서 '이곳'으로 흘러 들어온 자들이다. 이들 유가족들은 고아, 외국인, 성소수자, 이주 노동자, 여행자들과 같은 위치에 있다. 그들은 '저기'에서도 '이곳'에서도 뿌리를 내리지 못하고, 뿌리가 없기 때문에 정착하지 못한다. 이방인들은 '사이'의 존재들이다. 그들은 '집'과 '거리' 사이, 즉 소요逍遙와 정착定着 사이에 머문다. 그 '사이'에서 끊임없이 이동하는데, 그들의 움직임은 이동이 아니라 흐름이라고 말해야 할 것이다.

무엇보다도 이방인은 고향을 잃은 자, "특정 세계로부터 이탈한 자"(김광기, 앞의 책)들이다. 루카치에 따르면, 현대는 "선험적으로 고향을 상실한 시대"이고, 현대인은 어디에서 태어났든 어디에서 살고 있는 이방인이다. 고향이란 영원한 거처, 경이로운 지복의 쉼터, 존재의 중심이다. 한번 그곳에서 내쳐진 자들은 영원히 돌아갈 수 없다. 이방인들은 저마다 점으로 응축된 고향이다. 어느 쪽에도 편입되지 못한 채 '사이'에 머문다는 점에서 국외자이고 경계인이다. '사이'에서 움직이는 자, 이동하는 자가 곧 이방인이다. 그들이 어딘가에 소속되고자 하는 욕망이 아예 없다고 말하는 것은 잘못된 것이다. 그들의 장점은 세계 속에서 함몰되지 않고 그 바깥에서 꿋꿋이 서서 세계를 본다는 점이다. 정착민들과 다른 눈으로 다른 세계를 본다. 그들의 시선은 초연하게 열려 있어서 정착민들이 보지 못하는 징후와 전조前兆들에 먼저 반응한다.

바깥으로 내쳐진 자들을 어떻게 이해해야 하는가? 그들을 위해 우리는 무엇을 할 수 있는가? "한 삶이 낯선 삶으로 부정적으로 지시될 때, 삶들을 합법적인 틀 밖으로 소외시키는 이 지시의 절차를 비판적 방식으로 분석해야 한다."(기욤 르 블랑, 앞의 책) 그들을 '타자'로 지시하고 배제하며 모욕하는 것은 다름아닌 우리의 존엄성을 깨는 행위이다. 왜냐하면 우리 모두는 잠재적인 '외국인'이기 때문이다. 이 말은 육화된 친밀성에서 추방되어 억압과 배제의 굴레에 갇힌 '외국인'들을 이웃으로 환대하고, 고통에 공감하며 연대하는 것의 도덕적 당위성을 드러낸다. 그래야만 '외국인'이라는 이름에서 새로운 존재 가치와 당위성들을 솟아나게 하는 데 기여할 수 있다.

갈매
나무

나무는 여전히 인류와 밀월 관계를 유지하는 벗이요 연인이고,

물질을 지원하는 후원자이고 정신을 고양시키는 스승이다.

39

겨울 밤나무숲은 고적하다. 해가 진 뒤 어둠 속에서 밤나무들은 북풍에 허우적이며 날카로운 비명을 내지른다. 밤의 한가운데에서 밤나무들이 울부짖는 외침에 가만히 귀를 기울인다. 해가 뜨고 바람 잔 뒤 밤나무들은 잠잠해진다. 밤나무 같은 활엽수들은 잎을 모조리 떨구고 벌거벗은 채 혹한을 견딘다. 나무들은 이 최저생존의 계절에 한껏 웅크리고 제 목숨을 부지하는 것이다. 밤나무의 수피樹皮는 거칠고 볼품이 없다. 나는 간간이 밤나무 숲에 들어가서 봄을 기다리는 나무의 거친 수피에 귀를 갖다 댄다. 공생과 포용의 존재인 나무가 그 메마른 가지 안에서 잎과 꽃, 열매가 어떻게 만들어 내는지를, 생명과 죽음의 순환 속에서 어떻게 꿋꿋하게 제 삶을 이어가는지를 살피는 것이다. 밤나무 숲속 산책에서 돌아오는 길에 나는 백석의 시 한 편을 읊조린다.

외로운 생각만이 드는 때쯤 해서는,

더러 나줏손에 쌀랑쌀랑 싸락눈이 와서 문창을 치기도 하는

때도 있는데,

나는 이런 저녁에는 화로를 더욱 다가끼며, 무릎을 꿇어보며,

어느 먼 산 뒷옆에 바우섶에 따로 외로이 서서

어두어 오는데 하이야니 눈을 맞을, 그 마른 잎새에는

쌀랑쌀랑 소리도 나며 눈을 맞을,

그 드물다는 굳고 정한 갈매나무라는 나무를 생각하는 것이었다.

― 백석, '남신의주 유동 박시봉방' 중에서

나무는 가지를 하늘을 향해 뻗고 뿌리는 땅으로 뻗는다. 가지에
돋은 잎들은 햇빛을 빨아들이고, 뿌리는 땅속으로 뻗어 물을 빨아
들인다. 나무는 수평보다는 수직으로 자라는 속도가 훨씬 빠르다.
하늘에 떠 있는 태양을 향해 목본식물들이 보여주는 생존의 향일
성(向日性)은 의간되고 꿋꿋히다. 이 목본식물이 수직으로 자라는 높
이 생장에는 한세가 있다. 목본식물은 어느 시점에서 성장을 멈추
지만 옆으로 자라나는 부피 생장은 죽을 때까지 계속한다고 한다.

인간도 나무도 하나의 생명이다. 생명이란 "지구와 공기와 물, 그
리고 태양이 한데 얼려 세포 속으로 잦아드는 천문학적인 전환"(린
마걸리스, 도리언 세이건, 「물질, 생명, 인간」)그 자체이다. 각각의 생명은 한
점으로 고립되어 있는 그 무엇이 아니라 뭇 생명들과 세포 단위에
서 연결, 접속된 채 화학적 교환 과정 수준의 상호작용을 끊임없

이 하는 동사적 과정 일체를 가리키는 것이다. 나무가 자라는 곳에서는 뭇 생명들이 번성한다. 책상 위에 우석영의 「수목인간」(책세상)과 마틴 슐레스케의 「가문비나무의 노래」(니케북스)가 놓여 있다. 전 지구적 생태 위기 속에서 나무의 가치와 중요성을 새겨보는 책을 읽는 일은 매우 뜻 깊은 행위일 것이다.

인류가 나무에게 "물질 문화적, 생화학적, 영적 생존"(우석영)을 빚진 것은 나무가 흔하고 다루기 쉬운 까닭이다. 나무는 집을 짓는 재료가 되고, 불을 피워 음식을 익히거나 몸을 따뜻하게 만드는 땔감이 되었다. 나무는 이산화탄소를 빨아들이고 산소를 내뱉음으로써 인류에게 오랫동안 "생명 부양 서비스"(우석영)를 제공하고 정신적 지주支柱의 몫도 기꺼이 감당했다. 더욱 놀라운 것은 나무들의 광합성이다. 광합성은 지구 생물계를 건강하게 지탱하는 식물의 기적이다.

광합성이란 태양 에너지를 지상의 생명에 풀어놓는 매개 활동이다. 나무들의 광합성 작용으로 인해 지구 생명체들은 햇빛 형태로 된 막대한 양의 에너지를 손쉽게 포획해서 제 생체 에너지로 바꾼다. 이 기적이 일어나는 데 걸리는 시간은 불과 몇 초밖에 소요되지 않는다. 약 8분에 걸쳐 1억5천 킬로미터를 달려온 태양 광자가 녹엽식물에 닿아, 녹엽식물의 식물세포의 셀룰로오스의 벽 안, 엽록체 내 엽록소에 의해 흡수, 처리, 저장하는 데 걸리는 시간은 단 몇 초다.

「수목인간」은 나무가 이 지구에 뿌리를 내리고 살게 되는 이력을 더듬고, 나무의 생태를 조목조목 언급하며 나무와 더불어 산다는 것의 의미를 짚어 내고, 나무가 이 지구 생물계에 일으키는 기적의 에콜로지를 더듬는다. 나무와 인간의 관계는 생존을 유지하는 데 없어서는 안 될 불가분의 관계다. 나무는 지구 생태계를 인간이 살기에 최적화된 상태로 만드는 데 기체 순환과 기후 환경 조성, 물 순환, 양토 생산의 측면에서 크게 기여한다. 인류는 그 시작에서부터 나무들과의 연접 속에서 생물학, 물질적, 정신적 생존을 이어왔다.

사람도 실은 한 그루 나무가 아니던가? "우리는 무의식과 어린 시절이라는 뿌리를 존재의 심층에 내린 채, 나무가 몸속에서 물을 회전시키듯 피를 회전시키며, 태양과도 같은 이상을 향해 살아" 가는 존재다. 오랫동안 나무와 맺어 온 무분리성과 연접성과 공생성에 비추어 볼 때 인간은 수목-인간이다. 나무가 "문명의 탄생과 그 지속에도 막대한 기여"하고, "나무의 자연사는 문명사와도 일정 부분 포개"짐을 누가 부정하겠는가? 나무는 언덕과 평지에 뿌리를 내리고, 시인들의 상상력에도 뿌리를 내렸다. 「수목인간」에는 나무 시들이 많이 인용된다. 비스와바 쉼보르스카, 로셀 매스, 랜들 재럴, 제인 허시필드, 주디스 라이트, 파블로 네루다, 토마스 트란스트뢰메르, 프랑시스 퐁주, 백석, 정현종, 오규원, 허만하, 이성선, 조정권, 이준관…… 시인들이 보여주는 나무의 공생과 포용성, 생장과 불변성을 예찬하는 시들은 이 책의 풍요로운 인문학적 사유를 만드는 촉매제다. 어느 의미에서 이 책은 시의 향연이다. 「가문비나무의 노래」는 독일에서 바이올린 장인으로 살아온 저자가 가문비나무를 통해 얻은 영적인 성찰들을 들려준다. 나무를 영성靈性의 인도자로 받아들이는 자의 문장은 사색적이고, 명상적이다. 장인들은 악기의 재료를 고를 때 수목 한계선 바로 아래의 척박한 환경에서 자란 가문비나무를 선택한다. 척박한 풍토에서 수난과 시련을 견뎌 낸 나무의 세포가 단단하고 좋은 울림을 갖기 때문이다. 고도, 방위, 풍향, 기후, 토질 들이 나무 생존에 불리할수록 나무는 "저항력을 기르고, 세포들은 진동하는 법을 익"힌다고 말한다. "나무는 내게 언제나 사무치는 설교자였다. 나무와 이야기할 줄 아는 사람, 나무에 귀 기울일 줄 아는 사람은 진리를 경험한다"라고 말한 사람은 헤르만 헤세다. 슐레스케는 헤르만 헤세를 인용하며 나무가 삶의 원리를 보여 줄 뿐만 아니라 진리의 전달자임을 깨달았다고 고백한다. 악기로 거듭나려면 나무는 죽어야 한다. "나무는 바람에 부러지거나 인간의 손에 베"이고, "낭떠러지와 거센 물살"을 겪어야 한다. 그 다음 장인의 손에서 악기로 거듭나 새 생명을 얻는다. 척박하고 추운 곳에서 더디게 생장한 나무일수록 단단하고 좋은 울림을 갖는다. 마찬가지로 고난과 역경을 통해 성장통을 묵묵히 견뎌 낸 사람들이 삶의 새로운 깊이를 얻고 내적 성숙에 이르게 될 가능성이 높다.

나무가 그렇듯이 사람 역시 뭇 생명들에 기대어 공생하는 열린 복잡생태계다. 나무와 사람은 닮았다. 나무는 감정을 지닌 존재요 살아 숨 쉬는 존재이고(우석영), 한편으로 신의 뜻을 드러내는 계시적 존재이고, 울림의 소명을 받은 존재(마틴 슐레스케)다. 나무는 인류에게 항상 베푸는 존재였다. 나무는 인간에게 잎, 가지, 줄기, 껍질, 과실, 뿌리, 꽃, 수액, 꿀을 주고, 제 몸통을 종이, 악기, 무기, 선박, 가구, 크고 작은 도구들의 재료로 내준다.

이렇듯 나무는 인류의 생존에 힘을 보태고 문명 발달을 이끈다. 인류는 나무의 자원에 의존해서 생물학적 생명의 번영을 이루었을 뿐만 아니라 나무와 정서적으로 감응하며 생명을 이어왔다. "나무는 자족, 무악업의 삶의 경지, 평화의 경지에 올라가 있는 생물인 듯하고, 바로 이런 이유로 그 두 삶의 경지를 모색하는 정신, 평화를 갈망하는 정신을 매혹"(우석영)한다. 녹엽식물의 출현과 진화가 없었더라면 지구상의 동물들의 생존과 진화가 이어질 수 있었을까? 아마도 불가능했을 것이다. 인류는 거의 모든 시대를 제 명줄을 줜 나무에 기대어 살아왔으니, 나노 테크놀로지와 인공지능의 시대에도 나무는 여전히 인류와 밀월 관계를 유지하는 벗이요 연인이고, 물질을 지원하는 후원자이고 정신을 고양시키는 스승이다.

웃어라,
행복해질
때까지!

웃어라, 행복해질 때까지!

행복해서 웃는 게 아니라 웃기 때문에 행복한 것이다.

40

'개그콘서트'를 즐겨 보는가? 개그콘서트는 한국방송공사에서 일요일 밤에 내보내는 코미디 프로그램이다. 1999년 9월에 첫 방송을 내보냈으니, 벌써 열여섯 해째 방송을 이어가고 있다. '리얼 버라이어티'가 대세인 요즘에 개그콘서트는 방청객 앞에서 세태 풍자와 말장난과 해학을 펼치는 스탠드 업(stand-up) 코미디로 그 입지를 유지하고 있는 셈이다. 나는 개그콘서트 본방송을 '사수' 하는 '열혈' 시청자는 아니다. 개그콘서트가 주르륵 펼쳐내는 열두 개에서 열다섯 개나 되는 코너가 다 웃음을 주는 것은 아니다. 개그콘서트는 코너들이 지나치게 많아 산만하다. 더러는 식상하고 더러는 불편하며 더러는 억지스럽다. 그럼에도 나를 낄낄거리게 하고, 일요일 밤을 나른한 행복에 젖게 한다. 개그콘서트를 보는 시간은 몸과 마음을 게으름 속에 한껏 방치한 채 순수한 놀이와 멈춤(休止)을 누리는 향락의 시간이다. "놀이는 자기 자신 외에 다른 목적을 갖지 않는 활동"(호이징하), 즉 그 자체가 목적인 향락이라면 말이다. 개그콘서트는 굴욕과 수모를 안기는 극한 현실에서 살아남으려고 몸부림치는 사람들에게 꼭 필요하다. 웃음은 현실의 번뇌를 희석시키는 세레토닌의 분비를 촉진시키고, 현실의 강령과 의무들로 인해 쓸데없이 높아진 혈압을 낮추고 맥동을 안정시키는 기제니까. 삶이 힘들고 팍팍할수록 개그콘서트는 더 독하게 웃길 숭고한 책임이 커진다.

개그콘서트 중 '용감한 녀석들'과 '생활의 발견' 코너에서 웃음이 팡팡 터진다. 용감한 발언과 행동으로 웃음을 이끌어 내는 신개념 음악 개그라는 '용감한 녀석들'에는 박성광, 신보라, 정태호, 양선일 등이 나온다. 신보라는 여자지만 성의 차이를 지우고 '녀석들'로 균질화하면서, 세상에 군림하는 권위과 관습의 권력을 랩으로 풍자한다. "그놈의 돈 때문에 어딜 가나 돈 때문에/사람 인생 하나 바뀌는 건 시간 문제/그놈의 돈 때문에 어딜 가나 돈 때문에/사람은 물고 뜯고 싸움을 즐기며 살아가지 돈 때문에", 바보가 되는 세상을 꼬집는다.

택시비가 부족해 어머니에게 전화를 걸지만, 어머니는 아들의 곤경을 외면한다. 마찬가지로 애인의 반응 역시 다르지 않다. 돈이 없어서 "발바닥에 땀나도록 쉴 새 없이 달려온 나"는 바보가 되고 무너지게 만드는 세태에 대한 풍자다(「아이I 돈 케어care」). '용감한 녀석들'은 "한숨 대신 함성으로 걱정 대신 열정으로 포기 대신 죽기 살기로"라고 외친다. 이렇듯 팍팍한 현실에서 기죽은 청춘들에게 기죽지 말라고 응원한다. 아울러 사자와 같이 힘 있는 자들과 주류 풍속을 뒤틀며, 우리 안의 비열함과 속물성을 폭로하고 조롱한다. 용감함은 2퍼센트쯤 부족한 테스토스테론에 의해 솟구치는데, 이것이 무모함에 더 가까울수록 마음은 애잔해진다.

용감함이 존재론적 도약의 결과라면, 그 이면은 두려움과 비겁이다. 약자는 자신 안의 두려움과 비겁함에도 불구하고 세상을 향해 '진실'을 내지르며 도발한다. 박성광이 편집권을 쥔 프로듀서를 향해 발칙하게 들이댈 때마다 애틋해지는 것도 권력자에 대한 약자의 소심함과 두려움과 비겁함이 가려지지 않는 까닭이다.

'용감한 녀석들'에서 신보라의 연기는 돋보인다. 신보라는 연약함과 독함, 발랄함과 소심함, 영리함과 어수룩함, 의연함과 소심함이라는 모순적 요소를 내면화하고 있는 캐릭터다. 신보라는 '국민아이돌'로 꼽히는 아이유에서 세계적인 가수인 레이디가가에 이르기까지 상대를 가리지 않고 독설을 날린다. 독설과 분노로 무장했지만 신보라는 그 본질에서 상처받기 쉬운 연약한 여성이다. 정체성의 측면에서 연약함과 독설은 부조화를 이룬다. 그 부조화가 비극과 유머 사이에서 별처럼 반짝거린다. 신보라는 '용감한 녀석들'에 활력과 신명을 불어넣는 중요한 축이다. 신보라가 없는 '용감한 녀석들'은 상상하기 어렵다.

'생활의 발견'은 진지한 상황에서도 깨알같이 작은 일상으로 살아야 하는 이야기를 반전 코미디로 보여준다. 이 코너에서 신보라와 송준근은 오래된 연인을 연기한다. 연애는 관습이 되어 버린 채 답보상태다. 연애에 권태라는 지방질이 두꺼워지고 지루함이라는 동맥경화가 진행되고 있는 셈이다. "나 여자 생겼어, 우리 헤어지자." 그 다음에 송준근의 새 연인으로 깜짝 게스트가 등장하는데, 이때 신보라는 연적에게 독설을 날린다. 가수 백지영에게는 '연하남 킬러'니 '성형미인'이니 하면서 흠집을 낸다. 때로는 나도 화나게 만드는 현실과 대상을 향해 분노하며 독설을 날리고 싶어진다.

'막장'의 황당함과 무규범성이 도에 지나칠 때, 개그콘서트의 개그 코드는 무용지물이 되고 웃음 대상으로 삼는 소재들은 지리멸렬해진다. '막장' 현실이 개그콘서트보다 더 웃기기 때문이다. 악이 부흥하고 악인들이 활개를 치는 '막장' 현실이 주는 웃음은 쓰디쓰다. '막장' 현실은 미래 시제가 아니라 현재진행형이다. 나는 이 '막장' 현실에서 쓴웃음을 짓다가 괴물로 변할까 봐 두렵다. 내 무의식의 공포가 나를 개그콘서트의 웃음에 매달리게 하는 것은 아닐까. 개그콘서트를 보는 것은 그저 웃고 싶기 때문이다. '삘짓'하는 정치에 실망하고, 무기력한 경제에 낙담하면서 나는 의기소침하고 침울하다. 침울과 불행에 잠식된 사람에게 웃음은 일종의 보상이다. 나는 웃기 위해서, 일상의 권태와 누추함에서 벗어나려고 개그콘서트를 본다.

웃음이란 무엇인가. 웃음은 다양하다. 보들레르는 웃음을 "단지 하나의 표현, 하나의 전조, 하나의 징후"(보들레르, 「화장 예찬」)라고 말한다. 가장 천진난만한 웃음은 어린아이의 웃음이다. "어린아이의 웃음은 꽃의 개화와 같다. 그것은 받아들이는 기쁨, 호흡하는 기쁨, 열리는 기쁨, 바라보는 기쁨, 사는 기쁨, 성장하는 기쁨이다. 그것은 식물적인 기쁨이다."(보들레르, 앞의 책) 더러는 어린아이들의 웃음이라도 심술 맞고 짓궂을 때도 있다. 그렇다 하더라도 그 웃음은 "풋내기 사탄들"의 정도는 넘어서지 않는다.

어른들의 웃음은 어떤가. 어른들의 웃음은 악마적인 동시에 인간적이다. 어른들의 웃음은 단순한 기쁨의 표시가 아니다. 코미디나 개그를 보며 웃는 웃음은 자기 우월성의 표시라 해도 남에게 해롭지 않다. 웃음의 대상은 비천하고, 웃는 자는 우월성을 확인하면서 웃는다. "웃음과 눈물은 환희의 천국에서 모습을 드러낼 수 없다. 그것들은 또한 고통의 자녀들이며 인간의 무기력한 육체가 그것들을 억누를 힘이 부족했기 때문에 나타났다."(보들레르, 앞의 책) 오, 웃음은 고통의 자녀들이다! 웃음은 눈과 입의 경련이고, 기쁨이기보다는 내면에 깃든 모순의 폭발이며, 간헐적으로는 사악함의 방출이다. "근본주의자의 관점에서 본다면 인간의 웃음은 오래된 타락이라는 육체적, 정신적 쇠퇴라는 사건과 밀접하게 연결되어 있음이 확실하다. 웃음과 고통은 선이나 악의 계율과 지혜가 존재하는 신체 기관들에 의해 표현된다. 바로 눈과 입이다."(보들레르, 앞의 책) 코미디나 개그는 순진하지 않다. 그것은 본질에서 약자를 향한 짓궂음의 표현이고 괴롭힘이다. 타자를 바보로 만들고 우스꽝스러운 대상으로 비하함으로써 이미 "비난받을 요소이며 악마적인 기원"(보들레르, 앞의 책)을 갖고 있다.

웃음은 흔히 사람들의 정상에서 벗어난 몸짓, 말, 행위들과 관련된다. 더 구체적으로 일탈, 과장, 가장假裝, 비틀린 몸짓, 의도하지 않은 실수, 말장난, 엉뚱함이 웃음을 유발한다. 보들레르는 웃음이 대상을 비꼬고 조롱하는 사악한 의식과 결부된다는 사실을 깨달았다. 그는 "나는 도무지 겸손한 광인을 본 적이 없다. 광기의 표현 가운데 웃음이 가장 빈번하며 가장 다양한 표현 중 하나임에 주목"(보들레르, 앞의 책)한다고 쓴다.

웃음은 징벌적 요소를 품는다. 철학자 앙리 베르그송은 사회는 신체나 정신, 성격이 품은 경직성을 제거하고 그 대신에 사회성이나 유연성으로 대체하고자 하는데, 이때 "경직성〔은〕 웃음거리이며, 웃음은 이에 대한 징벌"(「웃음」)이라고 말한다. 강자와 약자, 선인과 악인, 진보와 보수 모두가 웃음의 대상이 될 수가 있다. 웃음은 굳이 도덕과 윤리의 편일 필요도 없고, 실제 그렇게 하지도 않는다. 웃음은 도덕의 측면에서 중립의 자리에 있다. 더러는 웃음은 매우 신랄해서 그 대상에 대해 무자비하고 공격적이다. 딱딱한 것, 엄숙한 것, 기계적인 적, 형식적인 것, 즉 모든 경직성과 타성들은 웃음을 발화시키는 불쏘시개다. 웃음이 공동체의 필요에 부응하는 것은 맞지만, 늘 공평하거나 정의롭거나 착한 것만은 아니다.

나아가 웃음이 항상 다수의 이익을 도모하거나 사회의 공익성 실현에 기여하는 것은 아니다. 웃음은 약자를 곤경에 몰아넣는 끔찍한 무기가 되기도 한다.

웃음이 있는 사회와 그것이 없는 사회에는 실로 큰 차이가 있다. 웃음의 사회적 유용성은 사회에 해악을 끼치는 인물들의 뻔뻔함과 추악함을 까발릴 때 두드러진다. 웃음은 긴장과 억압의 해소에 기여하고, 내면의 해방과 자유로의 도약을 실현한다. 나는 증오로 미치거나 혹은 분노로 폭발하지 않으려고 웃고, 웃기 위해 개그콘서트를 본다. 웃어라, 행복해질 때까지! 행복해서 웃는 게 아니라 웃기 때문에 행복한 것이다.

여행을
권함

햇빛, 햇빛, 햇빛들,

바람, 인연, 늦은 저녁, 새벽에 수영하기, 배 안에서의 일박,

종일 책을 읽고 바다를 보다…….

41

11월 하순으로 접어들자 바람은 스산하고 기온은 영하로 뚝 떨어진다. 노랗게 물든 은행나무 잎들이 다 졌다. 서울 서교동 거리에는 헐벗은 은행나무들이 을씨년스럽게 서 있다. 어제는 여기저기 눈발까지 날렸다. 어느덧 겨울 초입으로 들어선 것이니, 동내의를 찾아 입고 겨울 코트를 걸쳐도 이상하지 않은 계절이다. 올해 2013년에는 여행을 자주 했다. 비행기를 타고 기차를 타고 여객선을 타고. 배낭을 메고 바퀴 달린 여행 가방을 끌며. 이스탄불 공항에서 방콕 공항으로, 방콕 공항에서 모스크바 공항으로. 이 공항에서 저 공항으로, 이 도시에서 저 도시에로.

2013년 6월, 인천공항에서 카타르 도하 공항을 경유해서 이스탄불에 도착한다. 터키 마르마리스에서 그리스 로도스 섬으로 이동할 때는 배를 타고, 로도스에서 크레타로 이동할 때는 비행기를 탄다. 산토리니 섬에서 자정에 출발하는 여객선을 타고 아테네에 닿았을 때는 아침나절이다. 아테네에서 돌아올 때 다시 도하 공항을 경유해서 인천공항으로 오는 경로를 이용한다. 한 달여 동안 이어진 터키 내륙과 그리스의 섬들, 그리고 본토를 잇는 여행은 2천여 킬로미터가 넘는 대장정이다.

그 여행에서 돌아온 뒤 얼마 되지 않은 10월, 인천공항에서 프라하로 가기 위해 모스크바 공항을 거치고, 프라하에서 부다페스트를 경유한다. 동유럽에서의 짧은 여행을 마친 뒤 부다페스트 공항에서 모스크바 공항을 거쳐 인천공항으로 돌아온다. 나를 여행으로 이끈 것은 길 그 자체다. 발자크는 "달아날 때 쫓아갈 가치가 있는 유일한 애인은 오직 길뿐"이라고 했다. 그 길이 나를 불렀고 나는 그 부름에 응했을 뿐이다.

늘 여기가 아니면 더 잘 살 것 같은 설렘은 여행이 얹어 주는 덤이다. 여행이 끝나면 설렘도 끝난다! 여행이 끝나면 평상시 심장박동으로 돌아온다. 여행은 우리 내면에 도사린 "노여움과 천박한 욕망"의 날카로움을 다소나마 무디게 만든다.(알랭 드 보통, 「여행의 기술」) 내가 타인들에 대해 약간이나마 더 관대해진 것은 여행 덕분이다. 그밖에 여행이 남긴 것은 몇 장의 사진, 희미한 장소의 기억들 그리고 여행지에서 수첩에 적은 메모들이다. 가끔 잠 안 오는 밤에 여행지에서 끼적인 것들을 읽으려고 검은 수첩을 열어 본다.

수첩의 어떤 페이지는 젖은 자국이 있고, 어떤 페이지는 구겨져 있다. 여행지들과 날짜들…… 날씨와 기분들, 여행은 인생이다라는 평범한 메모, 나는 누구인가라는 돌연한 물음들, 히잡을 쓴 이슬람 여인들의 눈빛, 낯선 이방인, 느림의 행복, 밤의 외로운 여행객, 우수, 길은 어디론가 이어진다, 햇빛, 햇빛, 햇빛들, 바람, 인연, 늦은 저녁, 새벽에 수영하기, 배 안에서의 일박, 종일 책을 읽고 바다를 보다…….

여행의 선물 가운데 하나는 사물을 보게 하고, 새로운 생각을 낳는다는 점이다. 일상의 제약과 습관에서 벗어나면 사람은 이전과는 다른 새로운 시점을 갖는다. 그 시점에서 사물과 풍경은 새로운 질서로 재편된다. 거꾸로 낯선 풍경은 바라보는 자의 내면 질서를 바꾼다. 여행자가 여행 이전에 하지 않던 새로운 생각들의 연쇄 속에 있게 되는 것은 그 때문이다. 알랭 드 보통은 그 사실을 이렇게 말한다.

"여행은 생각의 산파다. 움직이는 비행기나 배나 기차보다 내적인 대화를 쉽게 이끌어 내는 장소는 찾기 힘들다. 우리 눈앞에 보이는 것과 우리 머릿속에서 떠오르는 생각 사이에는 기묘하다고 말할 수 있는 상관관계가 있다. 때때로 큰 생각은 큰 광경을 요구하고, 새로운 생각은 새로운 장소를 요구한다."(알랭 드 보통, 앞의 책)

여행이 생각의 산파다! 이 생각이 맞다면, 참신한 생각은 새로운 장소를 요구한다는 말은 곧 참신한 장소가 새로운 생각을 요구한다는 뜻과 같다.

삶이 하나의 여행, 하나의 여정이라는 생각은 새롭거나 특이한 게 아니다. 우리는 시간의 여행자들이다. 시간은 흘러서 어느 사이엔가 무의 심연으로 사라진다. 우리는 살아 있는 동안 저마다의 방식으로 이곳에서 저곳으로, 이 도시에서 저 도시에로 여행을 하는 것은 "서로 다른 풍경 속을 사람들은 저마다의 방식으로 건너"(크리스티안 생제르, 「우리 모두는 시간의 여행자이다」)가는 것이다. 여행지들이 우리 경험적 일상을 제약하고 일상의 의미들을 규정한다. 이 여행에서 깨닫는 진실 하나는 "세상의 모든 아침은 다시 오지 않는다"(파스칼 키냐르, 「세상의 모든 아침」)는 것이다. 날마다 돌아오는 아침은 어제의 그것이 아니다. 계절도 해마다 다시 돌아오나, 지난해의 그것이 아니다.

여러분의 인생 같고 흔해빠진 기적 같은 여행지에서의 시간이 조각조각 떠오른다. 지난여름 수많은 사람이 기차역, 항구, 공항 터미널에 북적거리고, 면세점들마다 넘치는 것을 보고 놀랐다. 인천공항의 항공사 창구마다 탑승 절차를 밟는 사람들이 길게 늘어 서 있었다. 사람들은 왜 그렇게 여행을 떠나는가?

"기분 전환은 여행의 궁극 목표이고, 신 나게 즐기는 것은 의식의 일부일 수 있다. 풍경을 감상하는 나른한 즐거움도 그렇다. 모든 것은 적절한 배합의 문제인데, 그 적절함은 사람마다 다르다." (장 피에르 나디르·드미니크 외드, 「여행정신」)

낯선 풍경과 시간은 우리의 기분을 바꾼다. 붕 뜬 듯한 나른한 즐거움! 여행의 궁극 목표는 바로 한가로움 속에서 겪는 기분 전환이다. 기분의 청정한 전환은 더 나은 삶, 세계에 대한 새로운 인식의 전환을 만든다.

떠나라, 여행! 더 무수한 삶을 위하여, 더 생생한 삶을 살기 위하여! 당신이 품은 다른 장소에의 열망은 다른 방식의 삶에 대한 열망이었음을 깨닫게 되리라. 몽테뉴는 여행의 목적을 "자신의 생각을 타인의 두뇌에 문질러 다듬기 위해서"라고 했고, 폴 모랑은 "떠나는 것, 그것은 습관에 대한 소송에 이기는 것"이라고 했다. 여행을 떠나는 이유와 목적은 여럿이겠지만, 가장 큰 목적은 기쁨을 얻기 위함이다. 낯선 풍물과 만나는 설렘과 기쁨 말이다.

호모 노마드:
떠도는
인류의 시대

길이 일렁이는 바다라면 삶은 오디세우스의 항해다.

새벽하늘에 하얀 눈들이 난분분 날린다. 쇳빛 공중에서 반짝이는 눈들. 지금 천지간은 지척을 분간할 수 없을 정도로 어둡고, 눈송이들은 무모하게도 유리창에 와 이마를 부딪친다. 눈송이들은 강철 추위에 떠는 저주받은 혼령들처럼 창문을 열어 달라고 애원한다. 저 눈을 품은 구름 너머 천공에는 수천억 개의 별이 반짝이리라. 제 탐욕으로 부패한 자들도, 치가운 바나 속으로 들어가는 심해 잠수부들도 모두 잠든 새벽이다. 밤샘을 하는 근로자들, 홀로 술잔을 기울이는 알코올 중독자들, 중환자를 돌보는 간병인들은 깨어 있을는지도 모른다. 이 어둠 속에서 헐벗은 듯 마음을 떨며 공중에 날리는 눈발들을 바라본다. 유난히 흉보凶報가 많은 한 해였다. 나라가 슬픔에 잠기는 재난이 남쪽 바다에서 터지고, 개인적으로는 어머니를 잃었다. 내 오장육부도 그 불행들에 단련되느라 조금은 헐거워졌으리라. 이 새벽, 먼 이국 시인의 시집을 읽는다. 「일곱 번째 사람」, 헝가리 시인 아틸라 요제프의 시집이다.

노동자 아버지와 세탁부 어머니 사이에서 태어난 아틸라 요제프
는 가난한 집안 형편으로 다섯 살 때 다른 가족에게 입양되었다가
그 뒤 고아원에 맡겨진다. 아홉 살 때 1차세계대전이 일어났다. 겨
우 초등학교를 졸업하고 중고등학교를 다녔다. 나중에 부다페스
트 대학교에서 두 학기를 마친 뒤 이런저런 노동을 했다. 그는 평
생을 몸이 부서지도록 일하는 사람으로 살았다. 노동을 쉰 것은 우
울증과 신경쇠약으로 정신과병원을 들락거릴 때뿐이었다. 부다페
스트를 떠나 비엔나로, 파리로 떠돌아다녔다. 나중에 펴낸 시집은
정치 선동과 외설 혐의로 압수당하고 그는 당국의 처벌을 받는다.

그가 죽은 것은 서른두 살 때 일이다. 그가 헝가리 남서부의 작은
마을에서 화물열차에 몸을 날려 자살한 1937년은 한국의 시인 이
상과 소설가 김유정이 죽은 해이기도 하다. 전전한 직업들에서 알
수 있듯 그는 가난과 노동이라는 고문으로 목이 죄어드는 고통 속
에서 허덕이다가 죽었다. 그의 시들은 땅의 포효다. "끔찍할지도,
찬란할지도 모르지만/그것은 내가 외치는 소리가 아니다, 땅의 포
효다."(「그것은 내가 외치는 소리가 아니다」) 명성은 죽은 뒤 얻은 면류관이다.
그는 죽은 뒤 비로소 헝가리의 '국민시인'이라는 면류관을 썼다.

세상은 두 부류로 나뉘어 있다. 속수무책으로 불행한 자들과 불행
을 제조하고 유포하는 자들. 불행을 제조하는 자들은 대개 탐욕스

럽고 더 많은 돈과 권력을 쥐고 있다. 그들은 그 돈과 권력으로 사람들을 누르고 부리며 감시한다. "그들은 내가 누구와 언제 왜 통화하는지/내 전화통화 내역을 추적한다/내 꿈의 사본을 가지고 있다/그 꿈이 무엇을 의미하는지/누구에 의한 꿈인지 기록하고 있다."(숨 쉬게 하라!) 선량한 자들이 이 불행을 다 감당하려면 한 번의 생으로는 어림도 없다. 요제프는 적어도 일곱 번쯤은 다시 태어나야 한다고 말한다.

이 세상에 나오면
일곱 번은 다시 태어나세요—
불난 집에서 한 번,
눈보라 치는 병원에서 한 번,
광란의 정신병원에서 한 번,
바람이 몰아치는 밀밭에서 한 번,
종이 울리는 수도원에서 한 번,
비명을 지르는 돼지들 가운데서 한 번,
여섯 아이가 올지만 충분하지 않아요—
당신 자신이 일곱 번째여야 해요!

— '일곱 번째 사람' 중에서

인류는 더 나은 삶을 위해 끊임없이 다시 태어나야 한다. 할 수 있다면 일곱 번이라도 다시 태어나야 한다. 인간 종에게 떠돌이의 속성은 본질이다. 생명의 역사 자체가 떠돌이, 이주, 도약의 역사로 이루어져 있다. "인간이라는 종을 탄생시킨, 생물체들의 그 엄청난 뒤얽힘은 이동성, 미끄러짐, 이주, 도약, 여행으로 이루어졌다. 인간의 역사가 노마드적인 것이 되기 훨씬 전에, 아메바에서 꽃으로, 물고기에서 새로, 말에서 원숭이로 진화한 생명의 역사 자체가 이미 노마드적이었다." (자크 아탈리, 「호모 노마드—유목하는 인간」)

자크 아탈리 그리고 질 들뢰즈와 펠릭스 가타리는 인류가 노마드의 시대, 국가를 해체하는 혁신과 변화의 시대로 들어섰다고 말한다. 해마다 10억 넘는 사람들이 해외여행에 나서고, 5억 넘는 사람들이 새로운 일과 직업을 구하려고 이 나라에서 저 나라로 국경을 넘어간다. 도시는 노마드들의 플랫폼이 되고, 국가들은 노마드 행렬이 쉬어 가는 오아시스로 변해 간다. 이런 사태는 지구적 자본이 꾀하는 '세계화', 그리고 노동의 유동성과 이동성의 증가로 인해 일어나는 현상이다.

2010년 3월 10일, 서울의 한 명문 사립대학교 교정에 대자보가 붙었다. '오늘 나는 대학을 그만둔다. 아니, 거부한다!'는 대자보에서 당시 고려대학교 경영학과 재학생인 김예슬은 "25년 동안 경주마처럼 길고 긴 트랙을 질주해 왔다"고 고백한다. 이 고백은 자기 성찰을 끝내고 나온 고백이고, 이것은 젊은이들을 노동-기계로 훈련하고 길러 내는 국가의 포획 장치인 대학에서의 탈주하겠다는 자기 다짐으로 이어진다. 대학은 고작해야 글로벌 자본과 대기업의 요구에 따라 '인간 부품'을 내놓는 하청업체로 전락한다. '김예슬 선언'은 더는 함께 트랙을 질주하는 친구들을 제치고 넘어뜨린 것을 기뻐하는 경주마로 살지 않겠다는 인간 선언이다. 무한경쟁의 무대가 되어 버린 대학에 지층화된 삶의 트랙에서 벗어나겠다는 탈영토화 선언이고, 정주성에의 반란이며, 관습에 거부하는 호모 노마드의 저항 선언이다. 어디로? 이곳에서 '저곳'으로, 사육에서 방목으로, 정착민에서 노마드로, 국가-기계의 포획에서 질료-운동의 흐름으로! 18세기 프랑스 철학자 장 자크 루소는「고백록」에서 이렇게 썼다.

"나는 내 편한 대로 걷고 내 맘에 드는 곳에서 멈춰 서고 싶다. 돌아다니는 삶이 내게 필요한 삶이다. 화창한 날씨에 아름다운 고장에서 서두르지 않고 맨발로 길을 나서서 한참 가다가 마침내 기분 좋은 것을 얻게 되는 것, 이것이 바로 모든 삶의 방식 중에서 내 취향에 가장 맞는 것이다."

돌아다니는 삶이란 무엇인가? 정착민의 관습에 저항하며 이곳에서 저곳으로 떠도는 삶이다. 좋아서 유목민이 되는 게 아니다. 사라져 버리는 것에 저항하다 보니, 몸과 자아에 꼭 들어맞는 삶의 방식을 찾다 보니, 노마드의 길로 들어서는 것이다. 발터 벤야민은 독특한 유형의 지식인이다. 프루스트와 보들레르의 책들을 번역했지만 번역가는 아니고, 서평을 쓰고 작가들에 관한 숱한 평론을 썼지만 문학평론가는 아니었다. 프랑크푸르트학파나 사회과학 연구소의 호르크하이머나 아도르노와 가까운 사이였지만 그 어디에도 소속되지 않았다. 지식을 위해 한평생을 바쳤지만 학자는 아니고, 철학에 조예가 있었지만 철학자도 아니었다. 그렇지만 그는 누구보다도 많은 책을 읽고 자료를 모으고 글들을 쉬지 않고 써서 실로 방대한 분량의 원고를 남겼다.

왜 그 많은 지식을 갈망하고, 사유하며, 공부에 매진했을까? 그가 목표한 것은 권용선에 따르면, "모든 사물 속에 들어 있는 어떤 최고의 생生"을 찾는 것이었다.(권용선, 『발터 벤야민의 공부법』) 그는 약간의 수입, 어쩌다 들어오는 연구비와 인세와 원고료에 의지해 살았기에 늘 번듯한 노트나 종이를 살 수가 없었다. 그래서 명함 뒷면이나 광고지의 여백에 글을 썼다. "망명지에서 경제적인 문제 때문에 그는 모든 것을 손수 해야만 했고 물자들을 재활용해야만 했다. 편지지의 이면을 사용했고, 우편엽서나 초대장, 도서관 용지, 여행 티켓, 각종 증명서 종이들, 심지어는 산 펠레그리노 생수의 광고지 여백, 의사나 조제사로부터 받은 처방전 용지 같은 것들도 활용했다."(『발터 벤야민의 아카이브』, 권용선, 앞의 책에서 재인용)

벤야민은 베를린의 유대인 집안에서 태어나고 베를린에서 어린 시절을 보냈지만, 성년이 된 뒤로는 모스크바, 나폴리, 파리 등을 망명객의 신분으로 떠돌며 살았다. 그는 나치가 점령한 파리에서 마지막으로 미국 망명을 실행한다. "브레히트가 덴마크에 은둔해 있던 때로부터 2년 전, 벤야민은 '테디' 아드로노에게 브레히트 아들의 침실 벽에 붙어 있는 지도를 갖고 맨해튼 거리 구석구석을 공부하고 있다는 편지를 보냈다. 벤야민은 뉴욕에 있는 자신의 동료에게 '자네의 집이 있는 허드슨 강의 긴 거리를 오르내리고 있네'라고 말했다.(「매혹의 도시, 맑스주의를 만나다」, 권용선, 앞의 책에서 재인용)

1940년 9월 26일에서 27일로 이어지던 밤, 스페인 국경 부근의 포르부라는 작은 마을에서 발터 벤야민은 죽을 만큼 많은 모르핀을 입에 털어 넣고 자살한다. 자살하던 날 밤 아도르노에게 보내는 마지막 편지에서 "출구가 보이지 않는 이 상황을 끝내려면 다른 선택의 여지가 없소"라고 썼다. 노마드 지식인인 발터 벤야민은 발가벗은 자아를 방어할 수 없는 지점에서 탈주하려고 월경越境을 시도하지만, 실패로 돌아가자 자살을 선택한다. 벤야민은 일곱 겹의 삶으로 이 세상의 불행들을 다 감당하며 살다 간 것일까?

사회의 규준들과 권력의 표준에 저항하며 영토의 경계선 너머로 떠나는 자들은 국가 권력의 관점에서 체제의 잠재적 전복자이거나 까끄지들이다. 발터 벤야민은 유목 지식인, 즉 호모 노마드로 살다 죽었다. 고향을 떠나 길 위를 떠돌다 죽은 것은 호모 노마드답다. 길이 우리를 어딘가로 데려다준다는 사실을 새기고 사는 이들은 길 위에서 사유한다. 살고 죽는 일은 길 위에서 일어나는 사건이다. 길이 일렁이는 바다라면 삶은 오디세우스의 항해다. 세계를 떠도는 이들을 망명자, 이주자, 전향자, 외국인이라고 부르지만, '호모 노마드'는 이 모두를 포괄하는 명칭일 것이다.

'꿈'과
'불가능'에
대하여

인류는 평화스러운 잠을 잃은 뒤

문명의 저 지옥과도 같은 악몽 속으로 떨어진다.

43

겨울의 끝자락에서 갑자기 한파가 몰아치고, 한반도 동부 지역에는 눈 폭탄이 쏟아졌다. 입춘에 많은 눈이 내려 온 세상을 하얗게 뒤덮었다. 길이 끊겼다. 집들은 고립되었다. 사람들은 끝도 없이 내리는 눈 속에 갇혀 두려움마저 느꼈을 테다. 아름드리 가로수를 뒤흔들고 뽑아 낼 듯한 태풍, 세상을 집어삼킬 듯 포효하는 바다, 범람하는 강물, 무시무시한 격류와 한번이라도 마주친 경험이 있는 사람들은 두려움과 함께 자연이 인간에게 우호적이지 않음을 깨닫는다.

일찍이 노자는 자연이 인자하지 않다고 말했다. 야성성이 고갈된 인간에게 자연은 인자하기는커녕 잔혹하고 무자비하다. 자연은 불가사의하고 인간이 통제할 수 없는 신의 영역에 있는 듯 보인다. 인간은 고작해야 "섬광 같은 지능과 웅성거리는 성욕, 사회적 갈망과 고집불통으로 솟아오르는 울화"(게리 스나이더, 「야성의 삶」) 속에서 머문다. 문명화된 세계의 편리와 안락에 길들여진 인간에게 분노하는 자연은 거대하고 무서운 존재다. 사람들은 문명세계로부터 쉽게 물질적 혜택을 얻는 까닭에 자연의 무섭고 경이로운 능력과 조화 앞에서 놀랄 줄도, 감사할 줄도 모른 채 표피적 안락과 편리에 취해 산다.

올림포스의 신들로 가득한 세상에 살던 호메로스의 시대에 견줘 인간은 분명 오만하고 방자해졌다. 자연은 가끔 그런 인간 사회를 엄청난 눈과 비와 바람으로 곤경에 빠뜨리고 두려움을 준다. 그런 방식으로 문명의 미망에 취해 방자해진 인간에게 경고한다. 오디세우스는 배가 난파당한 뒤 험한 바다에서 이틀 밤낮 동안 널빤지를 타고 표류한다. 사실 인류는 실존이라는 가장 무거운 고난의 짐을 등에 진 채 허무주의가 소용돌이치는 혼돈의 바다에서 허우적이다가 겨우 널빤지를 붙잡고 표류하는 것은 아닌가!

단테는 서른다섯 살이 되던 해에 「신곡」을 썼다. 그 첫 줄을 이렇게 쓴다. "인생길의 한 고비에서/나는 올바른 길을 잃어버렸기에/어두운 숲속을 헤매고 있었네." 배가 난파된 뒤, 오디세우스가 바다 위를 떠돌 듯, 우리 역시 길을 잃고 어둠 속을 헤매는 것은 아닌가? 큰 너울이 바위투성이의 해안으로 오디세우스를 날랐을 때, 살갗이 찢기고 뼈가 부러진 오디세우스는 양손으로 큰 바위를 잡고 큰 너울이 지나갈 때까지 신음하며 위기를 넘긴다. 이 죽음

의 바다에서 우리가 붙잡고 기댈 수 있는 널빤지란 무엇인가? 그
것은 특출하고 영감과 지혜로 가득 찬 '책'이다. 내가 헛되이 쓰
는 시간과 잠을 줄이면서 책을 찾아 읽는 이유는 분명하다. 책에
서 기쁨과 위로, 삶과 세계에 대한 통찰과 지혜를 얻기 위함이다.
더 나아가 책이 표류하는 삶에서 붙잡고 의지할 수 있는 구명보트
와 같기 때문이다.

요즘 쓰는 「글쓰기는 스타일이다」의 작업에 참조하고자 「작가란
무엇인가」(파리 리뷰 인터뷰, 다른)와 「불멸의 작가들」(프란시스 아말피, 월컴퍼
니)을 읽었는데, 잔상에 오래 남는다. 작가의 삶을 동경하고 문학
을 애호하는 사람들에게 이 책들은 잘 차려진 밥상과 같을 것이
다. 식욕을 돋우고 다 먹고 난 뒤에는 느긋한 포만의 황홀경을 느
낄 만하다. 「작가란 무엇인가」에는 움베르트 에코, 오르한 파묵,
무라카미 하루키, 폴 오스터, 이언 매큐언, 필립 로스, 밀란 쿤데
라, 레이먼드 카버, 가브리엘 가르시아 마르케스, 어니스트 헤밍
웨이, 윌리엄 포크너, E.M. 포스터와의 심도 있는 인터뷰가 수록
되어 있다. 작가들은 자신의 내면, 창작 심리, 글쓰기의 의미, 일
하는 방식에 대한 물음에 성실하게 대답한다.

폴 오스터는 오랫동안 타자기로 글을 쓴다. 아버지가 에디슨의 회
사에서 일했는데 반유태주의자인 에디슨에 의해 퇴사 당했다고
고백한다. 무라카미 하루키는 새벽 네 시에 일어나서 대여섯 시간

일한다. 오후에는 10킬로미터를 달리거나 1.5킬로미터 수영을 한다고 말한다. 에코는 이미 5만 권의 장서가 있는데, 날마다 엄청난 양의 책을 받는다고 한다. 새로 출판된 소설이나 책의 새로운 판본들. 그것들을 매주 여러 개의 책으로 채워서 자신이 일하는 대학으로 보내 학생들이 집어 가도록 한다.

작가 주변부의 애기들을 그들의 목소리를 통해 듣는 것은 즐겁다. 「불멸의 작가들」은 "위대한 작가 125인의 삶, 사랑, 그리고 문학"에 대한 필요한 정보들, 짧은 일대기, 주요 작품, 작가가 남긴 명구들을 간략하게 정리한다. 작가 사전처럼 쓸 수 있는 책이다. 책을 뒤적이며 무엇이 그들을 불멸의 작가로 이끌었을까를 상상하고, 더불어 "인생은 침대를 바꾸고 싶은 마음이 간절한 병자들이 누워 있는 병원이다."(보들레르), "습관은 좋은 방음벽이다."(베케트), "거저 얻었고 잠시 스쳐갈 뿐인 젊음을 가졌다고 왜 우쭐대는가?"(하이네), "야망이란 게으름을 피울 능력이 없다며 사람들이 늘어놓은 변명이다."(밀란 쿤데라), "천재가 100년을 앞서 있는 것이 아니라, 인류가 100년을 뒤처져 있는 것이다."(로베르트 무질) 따위의 아포리즘을 읽는다. 재미가 쏠쏠하다.

오후 네 시 모자를 눌러쓰고 겨울 외투를 입고 산책에 나선다. 미지근한 햇빛이 이마에 닿고, 찬바람은 코끝에서 맴돌 때 기분이 상쾌해진다. 실내 생활자에게 하루 일과 중 이런 기분 전환은 빼놓을 수 없는 중요한 일이다. 산책길에 들르는 서교동의 서점 '땡스 북스'에서 워크룸 프레스의 '제안들' 총서 두 권을 샀다. 프란츠 카프카의 「꿈」과 조르쥬 바타유의 「불가능」이 그것이다. 토머스 드 퀸시의 「예술 분과로서의 살인」까지 포함해서 세 권이 매대에 보기 좋게 진열되어 있는데, 처음 보는 순간, 한 손에 쥘 수 있도록 만든 작고 아담한 판형, 제목과 저자 이름만 노출해서 절제된 디자인이 세련된 책 표지, 기획자의 참신한 안목이 마음에 쏙 든다. 잘 만들어진 책을 보는 것은 늘 즐겁다. 카페에 가서 읽을 요량으로 먼저 두 권을 샀다.

「불가능」은 에로티즘과 죽음이라는 프리즘을 통해 바라본 인간 본질에 대해 즐겨 썼던 바타유의 자전적 단편인 '쥐의 이야기'와 '디아누스', '오레스테이아'를 함께 묶은 책이다. 바타유에 따르면 인류에게는 두 가지의 선택지가 있다. 하나는 대다수 사람들이 가는 과학에 뒷받침되고 유용성을 기반으로 삼는 현실 세계, 다른 하나는 오로지 쾌감, 공포, 죽음을 통해 삶의 질망과 환멸을 넘어서려는 시적 진리의 길이 그것이나.

시란 무엇인가? 바타유는 다가갈수록 시는 "결핍의 대상"이었다고 말한다. 그는 항상 극단으로 치닫는다. 시도 무의미에 이르기까지 진격해야 직성이 풀린다. 그렇지 않은 시란 "시의 공허, 그저 아름다운 시"에 지나지 않는다. 무의미는 시의 무덤이고, 시의 한 극단이다. 바타유는 생을 담보로 삼고 극단으로 가서 "무의미란, 그 자체로, 어떤 의미에론가 스며"듦이란 걸 깨닫는다. "재와 광기의 뒷맛"을 보고 얼굴을 찡그린다. 그는 바라본다. "나는 거울 속의 나를 바라본다. 패배한 눈빛, 꺼진 담배꽁초 같은 몰골"을. 이 책은 요령부득의 시적 단상들과 현혹과 신경증상, 그 모호하면 서도 격렬한 사유의 모음이다. 바타유는 항상 가능과 공허, 가사상태假死狀態를 넘어간다. 아마도 이것은 관습을 비웃고, 성性과 죽음과 시 따위의 '불가능'에 제 존재를 투신하는 자의 쓰디쓴 불안과 절망으로 얼룩진 퇴폐적인 노래일 것이다.

「꿈」은 카프카가 한 권의 책으로 쓴 것이 아니다. 이탈리아의 한 편집자가 "꿈에 관한 카프카의 모든 기록을 연도별로 정리"하고, "카프카 자신이 꿈과 꿈꾸기의 현상에 대해 언급한 주석들"을 모아 만든 책이다. 꿈들에 관한 부분들만 따로 모을 생각을 하다니! 그것 참 참신하다. 이탈리아의 셸레리오 출판사에서 1990년에 처음 출간된 것을, "마치 하나의 독자적 작품처럼, 새로운 특성과 질을 가진 작품처럼 읽히는" 것에 주목한 독일 출판사가 판권을 사들여 번역해서 펴낸 것을 소설가 배수아가 다시 우리말로 번역한 것이다. 아마도 카프카는 불면에 시달렸나 보다. 일기에서 이렇게 쓴다. "잠 없는 밤. 벌써 사흘째나 이어지는 중이다."(1911. 10. 2.) "잠을 잘 수가 없다. 잠을 자는 것이 아니라 꿈을 꿀 뿐이다."(1913. 7. 21.)

카프카는 밤마다 침대 위에서 잠들지 못하고 찾아오는 꿈과 백일 몽들을 영접한다. 꿈은 아무 환상도 없이 피상적으로, 혹은 격앙

된 형태로 반복되고 재현된다. 누구에게나 그렇듯이 꿈에는 맥락이 없다. 어떤 사람은 꿈에 미래 예지가 깃들어 있다고 믿지만 카프카는 꿈에 어떤 "내면의 계명"이 있다고 믿지 않았다. 카프카는 「여덟 권의 노트」에서 "전후 관계도 없고, 피할 수도 없고, 일회적이며, 아무런 이유도 없이 행복감을 주는가 하면 반대로 공포심을 자아내는 것, 온전한 전달이 불가능하면서도 전달을 강요하는 것이라고 본단 말입니까?"라고 묻는다. 그는 꿈이 일회적으로 우연히 왔다가 사라지는, 무의미한 것으로 여겼다.

꿈으로 가득 찬 잠이란 무엇일까? 카프카는 "잠에서 깨어나면 모든 꿈이 내 주변에 모여 있다. 그러나 나는 그 꿈들을 기억해 내지 않으려 애쓴다"고 쓴다. 그는 밀레나 예젠스카에게 보낸 편지에서 잠 없는 꿈에 대해 고백하는데, "고통, 그것은 밤새도록 잠을 파헤치는 쟁기질"(1920. 11. M 301)이라고 썼다. 밤은 잠을 위한 시간이다. 그 시간에 어떤 사람들은 불면와 싸운다. 밤마다 잠 대신에 찾아오는 꿈은 투쟁의 대상이고, 고통 그 자체다. 잠을 잃은 것은 인류의 삶에서 신들이 남김없이 사라지고 세계가 속속들이 세속화된 탓일지도 모른다.

카프카는 잠을 잃고 메마른 꿈속에서 방황하는 현대인의 한 표상이다. 인류는 평화스러운 잠을 잃은 뒤 문명의 저 지옥과도 같은 악몽 속으로 떨어진다. 그걸 상징적으로 쓴 게 카프카의 「변신」이다. 잠에서 깬 뒤 흉측한 갑충으로 바뀐 주인공은 밤마다 잠들지 못하고 악몽 속에서 고통을 당하는 카프카의 분신이다. 호메로스의 「일리아스」에서 잠은 하나의 신이거나 신이 인간에게 주는 선물이다. 사람들은 "자기 실존의 핵심을 통제하기에 불충분한 존재"이고, 잠도 통제할 수 없는 목록 중의 하나다. 호메로스는 사랑하는 남편 오디세우스를 위해 우는 페넬로페의 눈꺼풀 위에 빛나는 눈의 아테네가 달콤한 잠을 내려주었다고 썼다. 현대의 해석자는 졸린 사람을 지배하고 사로잡는 달콤한 잠에 관한 호메로스의 문장을 이렇게 해석한다.

"잠은 졸음에 겨운 이에게 다가와 그들을 이완시키고 붙잡고, 그들을 뛰어올라 제압하고, 그런 다음 그들을 저버린다. 눈썹 위로 떨어졌다가 이내 거기에서 도망친다." (휴버트 드레이퍼스·숀 켈리, 「모든 것은 빛난다」)

꿈 없는 잠을 알지 못하고, 평생 잠 없는 꿈을 끌어안고 살았던 가없은 카프카! 불면의 메마른 고통과 그 고통 위에 메마른 무늬를 찍는 꿈들을 적은 카프카의 책을 읽는 동안 아주 깊고 달콤한 잠을 자고 싶다는 욕망을 품는다.

금서란
무엇인가

금서禁書들은 대개 인류의 정신적 자산을 담은 책들이다.

금서는 읽어서는 안 될 책이 아니라 반드시 읽어야 될 책이다.

44

1758년 11월 18일 독일 프랑크푸르트의 뢰머 지역에서 한 무더기의 책들을 불태우는 의식이 벌어졌다. 공공의 불만을 선동하려던 작가들의 책을 불태우는 현장에 훗날 독일 문학의 거장이 된 어린 괴테가 있었다. 괴테는 자신의 회고록에서 이렇게 썼다.

"생명이 없는 대상에 처벌을 가하는 행위를 보는 게 왠지 참으로 끔찍했다. 책더미가 던져진 불 속을 부지깽이로 헤집으며 불이 더 잘 붙게 했다. 오래 지나지 않아 다 타버린 종이들이 재가 되어 공중에 날리자 많은 이들이 재를 잡아채려고 야단법석이었다."(베르너 풀트, 「금서의 역사」)

군중이 모인 가운데 책들이 불구덩이에 던져지고, 화염이 거침없이 삼키자 이내 재가 되었다. 금서들은 읽기는 물론이거니와 소지나 보존이 금지되고, 결국 불태워지고 학살당하는 운명을 피할 길이 없다. 이런 책의 처형식은 인류 역사에서 수도 없이 저질러진 일이다. 왜 이런 소동이 그토록 자주 일어났을까? 금서들은 어떤 이유에서 금서가 되었던 것일까? 누가 금서를 정하고, 책을 학살하는가?

「레미제라블」, 「젊은 베르테르의 슬픔」, 「1984」, 「율리시스」, 「바람과 함께 사라지다」, 「양철북」, 「채털리부인의 사랑」, 「파우스트」, 「아메리카의 비극」, 「악의 꽃」, 「보바리부인」, 「롤리타」, 「호밀밭의 파수꾼」. 여기 나열된 책들의 공통점은 무엇일까? 오늘날 '세계 명작'이나 '고전' 반열에 올라 널리 읽히도록 권장되는 이 책들이 한때 '금서禁書'였다는 점이다. 지금 독자들은 도대체 이 책들이 왜 금서가 되었을까 하고 고개를 갸우뚱거릴지 모르지만 이는 사실이다.

책은 생각의 촉매제이자 확장하는 도구이다. 책을 읽는 이들은 다른 사람의 생각과 접속하며 이해와 공감을 키우고, 더러는 제 생각을 바꾼다. 책은 생각을 바꾸고 삶을 바꾼다. 이런 변화와 혁신의 동력으로 사회와 나라를 바꾼다. 책은 지식·지식인과 한 몸이고, 읽기는 혁명의 단초점이다. 권력자들에게 책은 골칫거리다. 권력자들은 읽기를 금하는 것을 넘어서서 책을 찢고 불태우고, 저작자들을 감옥에 처넣고 죽이는 일마저 서슴지 않았다. 하지만 권력자들의 비위를 거스르는 금서禁書들은 대개 인류의 정신적 자산을 담은 책들이다. 금서는 읽어서는 안 될 책이 아니라 반드시 읽어야 될 책이다.

책은 사람의 본성을 움직이고 변화시키는 것이기에 위험하다. 금서들은 검열 과정을 거쳐 위험하다는 딱지가 붙은 책이다. 검열 권력이 금서를 판단하는데, 이때 검열 권력과 금서 지정 권력은 동일체다. 금서를 정하는 권력들은 독재와 부도덕, 무지와 편견에 감염된다. 권력들은 사적 이익을 지키기 위해, 즉 잠재적 위험이 되는 것들을 제거하기 위해 금서들을 만든다. 금서와 금서 아닌 것을 분리해 냄으로써 정신의 지배를 강화한다. 권력자들은 그것이 공공의 안전과 질서를 위한 것, 한 사회의 건전한 도덕과 풍속을 지키기 위한 것이라고 둘러댄다.

하지만 금서는 인류의 어떤 기억과 지식을 봉인하는 행위이고, 기억에 내장된 진실과 비밀을 말살하고 영구히 없애려는 음모를 드러낸다. 책을 태우거나 폐기하는 것은 물질적 존재를 없앰으로써 인류의 기억을 영구적으로 지우려는 행동이다. 많은 책이 종교적이거나 정치적인 이유에서, 혹은 당대의 도덕 감정을 거스른다는 이유에서 금서로 정해졌다. 금서의 역사는 엄연하고도 유구한 책 역사의 한 부분이다.

책은 인간의 어리석음을 깨우치고 지식과 지혜의 단비를 내리는 기적의 도구지만, 한편으로 어리석음과 편견을 새기고 주입하는 세뇌를 위한 도구이기도 하다. 책의 역사는 기억과 지식, 더불어 인류 도약과 지성에 보탬이 되는 덧셈의 역사이자 동시에 그것들을 없애고 지우는 뺄셈의 역사이기도 하다. 이 뺄셈의 흑역사에서 진시황(기원전259~210) 시대에 일어난 분서갱유는 최악의 수치스런 책의 학살이다.

기원전 221년 중국 천하를 통일한 시황제는 법가法家인 이사李斯를 내세워 봉건제를 없애고 군현제郡縣制를 시행한다. 법가사상에 기반을 둔 이사의 통일정책에 유가를 중심으로 여러 학파가 반대했다. 이사는 시황제에게 진秦의 기록, 박사관博士官의 장서, 의약, 복서卜筮, 농업 서적 들을 빼고 그밖에 책들을 거둬들여 불태울 것을 진언한다. 책들이 수거되어 불타는데, 바로 '분서' 사건이다. 이 금령을 위반하는 자, 유교 경전을 읽고 의논하는 자, 시황제의 통치를 비난하는 자들을 붙잡아 들여 극형에 처한다. 금령을 어기고 요언을 퍼뜨렸다는 구실로 460여 명을 구덩이를 파고 생매장하는데, 바로 '갱유' 사건이다. 이 두 사건을 합해 '분서갱유'라고 부르는데, 이는 법가주의를 제외한 학문과 사상 일체에 대한 압제고, 고서와 고기록의 소실로 인한 과거의 흔적과 기억의 말살행위이다. 또 다른 분서 사건이 이어진다. 아랍이 이집트를 점령한 뒤, 오마르는 640년에 알렉산드리아도서관의 적어도 1,400만 개나 되는 필사본과 두루마리를 없애라는 명령을 내린다. 그것들을 그 도시에 있는 목욕탕 4,000군데에서 여섯 달 동안이나 물을 데우는 연료로 썼다.

현대판 '분서갱유'는 나치 권력에 의해 저질러진 끔찍한 사건이다. 나치 권력은 어마어마한 양의 책을 쌓아 놓고 불을 질렀는데, 그 불길이 하늘 높이까지 치솟았다. 책을 한데 모아 불태우는 이 잔악한 화형이 권력자들에게는 더럽고 해로운 것에 대한 '정화'이거나 '청소'였다. 1933년 2월 4일 정해진 '독일 국민 보호를 위한 공화국 대통령법'의 1조는 '공공의 안전과 질서를 해하는 내용의 인쇄물은 경찰에 압류되어 이송될 수 있다'는 것이다. 이에 따라 문학, 역사, 철학, 종교, 교육학 분야의 책들이 대학 도서관과 공공 도서관, 개인 서재에서 수거되었다.

1933년 5월 10일, 약 7만 명의 군중이 베를린 '운터 덴 린덴'의 오페라 광장에 모이고, 수만 권의 책이 장작더미 위에 쌓였다. 장작더미에 불이 잘 붙지 않자 소방관이 벤젠을 부었다. 불길이 책을 집어삼키자 누군가 구호를 외치고, 그때마다 군중이 화답한다. 그들은 계급투쟁과 유물론에 반대하고, 퇴폐주의와 도덕적 부패에 반대하고, 지조 없는 짓과 정치적 배반에 반대하고, 민주주의-유대인에 물들고 민족에게 낯선 저널리즘에 반대하고, 세계대전 참전 군인에 대한 문학적 배반에 반대하고, 독일어의 암울한 파괴를 반대하고, 자유와 불손에 반대하는 명분으로 책을 불태운다. 자정 무렵 괴벨스 장관이 나서서 연설을 한다.

괴벨스는 "지나치게 잘난 척하는 유대인의 주지주의 시대"에 종말을 고하고, "새로운 정신의 불사조 피닉스가 폐허에서 승리를 거두어 솟아"난다고 말했다. 그리고 불태워진 책들이 한낱 잡동사니와 쓰레기에 지나지 않는다고 폄훼했다. '베를린 분서사건' 소동은 한 번으로 그치지 않았다. 독일 전역에서 70건의 분서 행위가 이어진다. 1935년에 괴벨스의 지휘 아래 '해악이 되어 원치 않는 문헌 목록'이 작성되었다. 이 금서 목록에 들어간 책들을 출판, 판매, 배포, 대여, 전시, 선전, 제공, 보관하는 것을 금지했다.

독일 시인 하인리히 하이네(1797~1856)는 "책을 불태우는 곳에서는 결국 사람도 불태운다"고 썼다. 이 말은 인류가 금서를 정하는 권력에 저항하고 싸워야 할 이유를 간명하게 드러낸다. 항상 금서를 만드는 것은 사라져 과거가 되는 한 순간의 권력들이고, 영구히 사라질 위기에 빠진 금서들을 되살려 내는 것은 미래의 권력들이다. 한때 압류와 제거의 대상에 올라 숨통이 끊길 뻔했던 금서들은 대부분 살아남아 빛을 보았다. 2,000년 전 로마의 역사가 타키투스(기원후 56~120)가 기록한 역사가 크레무티우스 코르두스의 재판이 떠오른다. 코르두스는 자신의 역사 기술이 반란을 선동한다는 이유로 사형판결을 받았는데, 사형판결을 받기 전 자살한다. 법정은 코르두스의 저서들을 불태우라고 판결하지만 책들은 숨겨져 보존되다가 널리 알려졌다. 타키투스는 이 사실을 두고 이런 문장을 남겼다.

"한순간의 권력이 미래 시대의 기억마저도 지울 수 있다고 믿는 자들의 어리석음에 대해 실컷 비웃어도 좋다. 권력자는 스스로 수

치에 도달하고, 처벌당한 자의 명성은 커질 뿐이다."(베르너 풀트, 앞의 책)

금서는 금지되었다는 이유만으로 대중의 욕망과 호기심을 자극한다. 그래서 많은 사람이 금지된 것들을 탐하고 추구한다. 나쁜 권력이 금지한 것들이 대중의 읽기 욕망에 불길을 당긴다. 금서들은 권력의 실체적 진실을 증언하고, 그 사회의 도덕과 풍속의 이면을 누설한다. 그런 까닭에 기필코 권력에 의해 조작된 억압을 뚫고 불사조처럼 살아난다. 다시 살아난 금서들을 보면, 금서를 만드는 권력과 사회의 맨얼굴이 숨김없이 드러난다.

리영희의
금서들

'리영희' 와 '박정희' 사이의 치열했던 싸움,

'권력' 과 '금서' 의 반목과 충돌은,

결국 금서의 일방적인 승리로 막을 내린다.

45

1977년 11월 23일, 이발소에서 머리를 깎고 있던 리영희(李泳禧, 1929~2010)는 갑자기 들이닥친 중앙정보부 수사관들에게 체포되어 끌려갔다. 그 얼마 전부터 이상한 낌새가 있긴 했다. 리영희는 형사와 정보부 요원들이 여러 서점에서 자신의 책에 대해 꼬치꼬치 탐문한다는 소문을 들었다. 그날 리영희는 김근태를 비롯해 숱한 민주 인사를 붙잡아 들여 고문한 저 악명 높은 남영동 '치안본부 대공분실'에 끌려가 스무 날 동안 조사를 받고, 이어 검찰로 넘겨져 스무 날 더 조사받은 뒤, 그해 12월 27일 반공법 위반으로 기소되었다.

권력 놀음과 그 향락에 취해 있던 독재자와 그 이권의 수혜 집단이 '우상에 도전하는 이성의 행위'를 바라보는 눈길이 고울 리가 없다. 그들은 '용공성'이라는 그물을 뒤집어 씌워 리영희를 붙잡아 들인다. 그의 책을 펴낸 '창작과비평사' 대표 백낙청과 '한길사' 대표인 박관순도 입건되었다. 조선일보 외신부장을 거쳐 한양대학교 신문방송학과 교수이던 리영희의 「전환시대의 논리」(1974), 「8억 인과의 대화」(1977), 「우상과 이성」(1977) 들은 그렇게 유신시대의 대표적인 금서 목록에 올라간다. 이 책들이 왜 금서가 되고, 리영희는 왜 그토록 여러 차례 감옥을 들락날락 했는지, 그 속사정을 찬찬히 들여다보자.

먼저 리영희는 어떤 사람인가? 리영희는 평안북도 운산군에서 태어났다. 1950년 한국해양대학을 졸업한 뒤, 경북의 안동중학교 영어 교사로 근무했다. 전쟁이 일어난 그해 7월, 군에 입대하여 1957년까지 일곱 해를 복무하고, 육군 소령으로 예편했다. 1957년부터 1964년까지 합동통신 외신부 기자로 일하고, 1964년부터 1971년까지 조선일보와 합동통신 외신부장을 지냈다. 1972년부터는 한양대학교 문리과대학 교수 겸 중국문제연구소의 연구교수를 지냈다. 박정희 정권에 의해 1976년 해직되었다가 1980년 3월에 복직되었다. 그해 여름 전두환 정권에 의해 다시 해직되었다가 1984년 가을에 복직되었다. 그는 광신적 반공주의로 치닫던 박정희 시대부터 전두환·노태우의 군사독재 시절까지 형극의 길을 걸어왔다.

리영희라는 이름을 널리 알린 것은 1974년에 나온 「전환시대의 논리」라는 책을 통해서다. 독재자 박정희가 대통령직을 연임하면서 남한 사회는 광적인 반공주의와 극우주의로 물들어 있었다. 독재자의 영구 집권을 공고하게 하려고 꾸린 유신체제는 긴급조치들을 연이어 내놓으며 말기 양상으로 치닫는다. 박정희는 무소불위의 권력을 휘두르며 국민의 의식을 극우적 반공주의로 세뇌하고, 우상으로 군림한다.

일인 권력의 하수인들은 극우 반동의 어두운 동굴 속에서 오직 '박정희교'를 맹신하는 광신도들이었다. 그런 몰상식과 반이성적인 세상에 던져진 리영희의 책들은 가히 충격이었다. 반공주의 이념의 '우상들'에 의식이 짓눌린 지식인, 대학생, 청년, 노동자들은 그 책들을 읽으며 '하늘이 무너지는 충격'을 받았다. 그 시절 비정상적이고 편향적인 광풍에 맞서며 리영희는 새로운 시대정신과 반제, 반식민지, 제3세계 등에 대한 새로운 이해를 넓히는데, 처음 접한 사람들은 공포를 느낄 정도였다고 고백한다.

리영희는 한국에서 현대 중국 혁명 연구의 개척자로 첫손에 꼽힌다. 언론사의 외신부장을 거쳐 한양대학교의 중국 문제 연구소에서 일하면서 중국의 공산주의 사상, 사회주의, 혁명이론 등과 관련된 책자, 학술 자료, 논문, 정기간행물 들을 일찍 접하면서 누구도 눈길을 주지 않던 '중공 문제' 연구에 몰두했다. 중국 공산당을 이끈 지도자 마오쩌둥의 사상과 철학, 중국 혁명, 중국 공산당이 이끄는 미래의 중국 사회 체제, 중국 인민의 가치관을 공부하는 데 공력을 들인다. 그 결실이 '창작과비평사'에서 펴낸 「8억 인과의 대화」다. 그 뒤를 이어 한길사에서 「우상과 이성」이 나온다. 리영희는 자유를 갈구하고 민주화를 바라는 젊은이들에게 의식화 세례를 베풀고, 그들 내면의 사회의식과 가치관을 코페르니쿠스적으로 전환하는 계기를 만든다.

리영희의 책들이 대학가 서점에서 불티나게 팔리고, 그는 청년 지식인들의 정신적 스승이 되었다. 프랑스 신문 르 몽드는 리영희에게 '사상의 은사恩師'라는 면류관을 씌운다. 1980년대 초 중앙정보부에서 한국 학생운동을 이끈 사상적 맥락을 다룬 책자를 펴내면서 대학생들이 영향을 받은 도서 서른 권을 열거한다. 첫 번째로 꼽힌 게 「전환시대의 논리」, 두 번째가 「8억 인과의 대화」, 다섯 번째가 「우상과 이성」이었다.

박정희와 광적인 반공주의자들은 젊은이들의 머릿속에 반체제 저항 사상을 불어넣고, 당시 '애새끼'들을 '빨갱이'로 만드는 리영희를 '의식화의 원흉'으로 몰아붙인다. 이때부터 '의식화의 원흉'에게는 형극의 후폭풍이 몰아친다. "리영희는 아홉 번이나 연행되어 다섯 번 구치소에 가고, 세 번이나 재판받고, 언론계에서 두 번 쫓겨나고, 교수 직위에서도 두 번 쫓겨났다. 감옥에서 보낸 시간이 1,012일에 이른다. 오로지 진실을 추구했다는 죄 하나 때문에 말이다."(강준만, 「한국 현대사의 길잡이 리영희」) 시련과 수난을 안긴 「우상과 이상」을 두고 한 신문은 다음과 같이 객관적으로 평가한다.

"공산주의의 준동에 대한 미국의 '성전聖戰'으로만 이해됐던 베트남전쟁은 민족해방전쟁이라는 관점에서 재조명되었고 거론조차 금기시되던 중국 모택동 정권의 수립 과정과 통치 이념에 대한 긍정적 검토가 조심스럽게 진행됐다. 저자의 표현대로 '지식인들의 자기부정적 직무유기의 시대'에 출판된 이 책이 지식인 사회, 특히 대학가에 미친 영향은 대단한 것이었다. 대학가 서점에는「우상과 이성」을 찾는 대학생들이 줄을 이었고 도서관에 틀어박혀 있던 대학생들이 거리로 나서기 시작했다. 당시 권위주의 정권에 대해 고뇌하던 대학생들에게 이 책은 의식의 코페르니쿠스적 전환으로 받아들였고 민주화투쟁의 이론적 지침서가 됐다."('삶을 밝히는 책: 리영희 저「우상과 이성」, 한국일보 1993년 2월 10일)

「전환시대의 논리」,「8억 인과의 대화」,「우상과 이성」들은 표면적으로는 '반공법 위반'으로 금서가 된 것이지만, 실은 뼛속까지 냉전 사고에 물든 박정희의 시커먼 권력 욕망을 파헤치고, 반민주적 유신 체제를 직시하도록 젊은이들의 의식을 일깨운 탓이다. 젊은이들이 리영희의 책을 밤새워 열독하는데, 그들 가운데 한 사람이었던 조희연은 이렇게 회고한다.

"유신 말기 젊은 지성인들의 비판의식의 세례 현장에 언제나 이 책이 있었다. 많은 젊은이들을 부모의 뜻과는 반대로 정치의 현장으로, 민주의 바다로 인도하는 길목에도 바로 이 책이 있었다."(강준만, 앞의 책)

리영희의 책들은 아무리 거둬들여도 자꾸 퍼져 나가고 읽혀졌다. 권력 집단은 그걸 두려워했다. 결국 '우상들의 세계'로 뒤바뀐 남한 사회의 허위의식과 기만들이 발가벗겨지고 가려진 본질과 진실이 드러날 것이기 때문이었다. 그 '진실'이 퍼져 나가면 권력의 토대가 흔들리고 균열이 생겨 무너지고야 말 것이란 사실을 그들도 알고 있었다. 리영희를 감옥에 가두고 책들을 금서로 만든 것은 리영희와 그의 책들이 반공주의로 혹세무민하던 권력의 숨기고 싶은 진실을 드러내려고 한 탓이다. 권력이 힘으로 눌러 진실을 영원히 가릴 수는 없었다. 독재자는 1979년 10월 26일 제 심복에 의해 죽임을 당한다. 리영희는 광주형무소에서 독재자가 죽었다는 소식을 듣고 감격에 벅차 저 내면 깊은 곳에서 화산처럼 터져 나오는 웃음을 참을 수가 없었다.

"내가 역사를 선취하고 살았다는, 새로운 역사가 지금 실현된다는, 벅찬 희열로 한쪽으론 눈물이 쏟아지고, 한쪽으론 웃음이 터져 나왔다."(강준만, 앞의 책)

1970년대의 대표 금서인 리영희의 책들은 '유일신'과 '절대주의'를 우상의 자리에서 끌어내리고, 남한 사회에 널리 퍼져 있던 냉전 사고와 반공주의의 우상화에 맞서 세상을 바꾸는 데 크게 힘을 보탰다. '리영희'와 '박정희' 사이의 치열했던 싸움, '권력'과 '금서'의 반목과 충돌은, 금서의 일방적인 승리로 막을 내린다.

독서
예찬

어느 순간 책들에서 흘러나온 수액이 내 혈관 안으로 흘러드는 느낌이
선명했다. 내면에서 부유하는 먼지처럼 떠돌던 불안이 가라앉고
내 안이 벅찬 기쁨으로 충만해지며 차가운 공기 속에서 꽃을 피우는
청매靑梅처럼 몸과 마음이 소슬해졌다.

묵은해가 가면 염소 이마빼기에서 노란 뿔이 돋듯 새해가 온다. 아침마다 새 태양이 어둠을 뚫고 불끈 솟는 것은 인류가 누리는 축복이다. 새해를 맞아 찬물로 낯을 씻고 갓 지은 이밥에 토란국 한 술 떴다고 새 눈 새 귀 새 입이 생겨 동녘을 물들이며 오는 돋을볕 같은 새사람이 되는 것은 아니지만 새것에의 갈망이 없는 것은 아니어서 이런서런 계획을 슬며시 세운다. 묵은해의 계획들은 대부분 드난살이에 허덕이다가 헛발질로 끝나고 말았다. 그랬다 하더라도 꽃등심 먹고 들어온 저녁 빗소리에 고요히 귀 기울인 날도 있고, 그리스로 날아가서 제우스 신전의 기둥을 쓰다듬는 날도 있고, 프라하에서 카프카가 살던 유대인 동네 골목골목을 쏘다닌 날도 있고, 잇바디 다 드러내며 웃던 날도 없지 않았으니, 기쁨과 보람이 아주 없지는 않았다. 그중에서도 두루 책들을 구해다 부지런히 읽은 일은 으뜸으로 꼽을 만한 일이다.

하여, 올해도 팔다리 멀쩡하고 눈 밝으니 가슴 두근대며 두루 책 읽을 계획을 세워 보는 것이다. 세상만사 어지러운데 어쩌자고 들어앉아 책만 읽는단 말인가? 책은 기쁨이고 보람이었으며 희망의 미광을 틔우는 일이다. 낙향한 퇴계 선생은 새벽에 향을 피우고 종일 앉아 책을 읽는 일로 소일하며 만년을 보냈다지. 남녘 섬 보길도에서 외로운 귀양살이에 지친 윤선도는 물, 돌, 소나무, 대나무, 달을 다섯 친구로 꼽아 놓고는 정작 사랑방에 앉아 책을 읽을 때는 "내 벗이 몇인고 하니 책뿐인가 하노라" 했다지. 로마시대의 철학자 키케로가 "책은 소년의 음식이 되고 노년을 즐겁게 하며, 번영과 장식과 위급한 때의 도피처가 되고 위로가 된다. 집에서는 쾌락의 종자가 되며 밖에서도 방해물이 되지 않고, 여행할 때는 야간의 반려가 된다"고 했다지.

옳거니, 비가 오나 눈이 오나 바람이 부나 책은 필요할 때마다 찾아 끼고 진득하게 앉아 외로움이건 괴로움이건 함께 나눌 더없이 착한 벗이고 애인이고 반려다. 암꿈 수꿈이 다녀가는 깃털같이 많은 날들에 기쁨을 위해 많은 일을 해 보았으나 책을 읽는 날보다 더 평화롭고 고요하며 기쁜 날은 없었다. 그러니 나는 묵은해에 읽은 책들을 눈비 오거나 천둥번개 치거나 돌개바람 부는 것 따위에 아랑곳하지 않고 새해에도 꿋꿋하게 읽을 참이다.

새끼 염소가 이마에 뾰족하게 돋은 뿔이 근질근질해서 진달래꽃을 들이받는 일과 책 읽는 일은 여러 모로 닮았다. 뿔이 꽃을 들이

받는다고 하늘에서 황금비가 쏟아지는 일은 없다. 나는 소년 시절부터 본능이 시키는 대로 이런저런 책을 읽었지만 느닷없이 밥이나 떡이 생기는 일은 없었다. 책이 오병이어의 기적을 일으킬 수 있다는 것을 깨달은 것은 스무 살 무렵이다. 예수는 벳새다 들에서 물고기 두 마리와 떡 다섯 개로 오천 명이 넘는 사람의 배를 채웠다.

"예수께서 떡 다섯 개와 물고기 두 마리를 가지사 하늘을 우러러 축사하시고 떡을 떼어 제자들에게 주어 사람들에게 나누어 주게 하시고 또 물고기 두 마리도 모든 사람에게 나누시매 다 배불리 먹고 남은 떡 조각과 물고기를 열두 바구니에 차게 거두었으며 떡을 먹은 남자는 오천 명이었더라."

기적을 일으킨 곳이 빈 들인지, 풀밭인지, 마을과 촌에서 가까운 곳인지 먼 곳이었는지는 중요하지 않다. 스무 살 무렵, 나는 암담했다. 아무 희망도 품을 수 없어 나는 내내 의기소침해 있었다. 대학 진학을 못 하고, 책이나 읽으며 무위도식하는 날들이 이어졌다. 내면을 갉아먹는 절망과 불안을 이기려고 날마다 한 시립도서관에 나가 책을 꾸역꾸역 읽었는데, 그게 내가 할 수 있는 유일한 일이었다. 참고열람실의 창문으로 비쳐드는 햇빛은 환했다. 그해 가을 어깨 너머로 비쳐드는 환한 빛에 물들여진 철학자 니체의 책들과 가스통 바슐라르의 책들을 읽고 또 읽었다. 어느 순간 책들에서 흘러나온 수액이 내 혈관 안으로 흘러드는 느낌이 선명했다.

내면에서 부유하는 먼지 같은 불안이 가라앉고 내 안이 벅찬 기쁨으로 충만해지며 차가운 공기 속에서 꽃을 피우는 청매靑梅처럼 몸과 마음이 소슬해졌다. 저녁 무렵 시립도서관을 나와 골목길을 걸어내려 오는데, 가슴에 벅찬 열망과 희열, 그리고 직관들이 차올라 종일 아무것도 먹지 않고 마시지 않았는데도 배가 불렀다. 오랫동안 굶주린 영혼을 그득하게 채우는 오병이어의 기적만큼이나 놀라운 일이었다.

새해에 책을 벗 삼는 일을 밥 먹듯 할 계획을 세우는 이들에게 권한다. 부디 읽고 싶은 책을 읽으시라. 책의 목록을 적고, 그 책을 한 권씩 한 권씩 읽어 나가는 일을 큰 보람으로 삼으시라. 책은 우리가 읽는 한에서 내 것이다. 감정을 화창하게 만들고, 삶을 풍요롭게 만들 책들을 읽는 것은 우리에게 부여된 천부적 권리다. 마찬가지로 읽고 싶지 않은 책을 읽지 않는 것도 '독자장전'에 포함시켜야 할 우리의 신성한 권리다.

책은 어디에서나 읽을 수가 있다. 책 읽는 기쁨을 누리는 장소를 특정한 곳으로 한정할 수 없다. 책은 서재, 도서관, 거실, 침실, 부엌, 화장실, 지하철, 기차, 버스, 비행기, 배, 나무 아래, 풀밭, 해변, 공원 의자, 카페, 교정, 우체국, 관공서, 교도소, 병원, 내무반, 산사, 교회…… 등등에서 읽을 수 있다. 어디에 있든지 그 장소를 책 읽는 곳으로 만들어라. 그것은 당신이 누려야 할 마땅한 권리다. 책은 어느 때든지 읽고 싶을 때 읽을 수 있다. 책은 당신이 읽고 싶을 때 아침, 점심, 저녁은 물론이거니와 새벽, 황혼녘, 한밤중을 가리지 않고 읽을 수 있다. 봄비가 오고, 영산홍이 피고, 모란 작약이 피고, 뻐꾹새가 울고, 안개가 끼고, 장대비로 지리산 계곡마다 불은 물이 우렁찬 소리로 흘러내리고, 밤의 허공에서 반딧불이가 군무를 추고, 모기가 흡혈을 하러 살갗에 달라붙고, 천둥이 울고 번개가 치고, 서리가 내리고, 내장산 단풍이 절정에 이르고, 입동 무렵 항아리 물에 살얼음이 끼고, 설악산 대청봉에 첫눈이 오고, 섣달그믐이 오고…… 그 모든 계절의 변화가 일어나는 시각들에도 읽고자 하는 항심恒心만 있다면 그 무엇도 책 읽는 일을 방해할 것은 없다.

동편 하늘이 붉게 물드는 여름날 새벽, 상강 무렵, 삼동의 긴긴밤 책 읽는 맛이 기가 막힌 것은 아는 이만 알 일이다. 책 읽기가 즐거운 일이 아니라면, 당장에 읽던 책을 손에서 내려놓을 것이지만 아직 그보다 디 즐거운 일을 찾지 못했나. 읽을 잭이 없을 때는 불안하고, 새로운 책 앞에서는 설레고 심장 박동이 빨라진다. 책을 읽는 사이에 내면은 깊어지고 삶의 때깔은 화사해지는 것이다.

변신은
비상의
날갯짓이다

변신은 혁신이고, 모험이며, 이것과 저것 사이의 단절을 뛰어넘는 일이다.

변신이 비상이라면, 변신은 인생 저 '너머'를 꿈꾸는 사람들에게만 주어지는

날개일 것이다.

47

변신은 비상의 날갯짓이다

연꽃이 늑대로 변하는 것, 독수리가 나무로 변하는 것, 책이 새가 되어 날아가는 것 따위가 변신일 것이다. 우리는 한 인생을 살면서 여러 차례 변신할 때를 만난다. 불가피하게 이전 삶과는 다른 삶을 살아야 할 때 변신은 익숙한 삶의 방식, 편한 길을 버리고, 낯선 삶의 방식, 그 모험을 선택하는 것이다. 치과의사가 병원을 폐업한 뒤 우동가게를 내서 우동을 파는 것, 대학교에서 화학을 가르치던 교수가 어느 날 갑자기 사표를 던지고 골프 코치 자격을 취득해서 골프를 가르치는 것, 이것이 변신이다. 인생을 바꾼 두 가지 예는 현실에서 내가 직접 목격한 사실이다. 폴 고갱처럼 은행원에서 화가로, 체 게바라처럼 의대생에서 전설적인 혁명가로 변신한 것은 밋밋한 일상에 중독되어 사는 이들에게는 놀랍고 충격적인 일이다. 사람들이 변신을 선택하기보다는 익숙한 삶에 안주하는 것을 더 좋아한다. 변신이 성공을 가늠하기 힘든 모험이고, 자칫하면 실패할 수도 있기 때문이다. 낯설고 새로운 세계로 진입하는 것은 어려운 일이다.

프랑스 시인 아르튀르 랭보의 변신은 남다르다. 스물 무렵에 문학을 작파하고 중동과 아프리카 지역을 떠돌며 마약 밀매, 공사판 노동자, 무기 밀매에 손을 댄다. 열다섯 해 동안 객지를 떠돌며 이전과는 다른 인생을 살고자 변신을 꾀했지만 그가 얻은 것은 치명적인 질병이다. 그가 병원에 입원했을 때 차트에는 이렇게 기록되었다. 나이는 서른여섯 살, 직업은 상인, 병명은 허벅지 종양. 랭보는 1891년 11월 10일, 오전 10시 전신에 퍼진 암으로 사망한다. 변신은 혁신이고, 모험이며, 이것과 저것 사이의 단절을 뛰어넘는 일이다. 변신이 비상이라면, 변신은 인생 저 '너머'를 꿈꾸는 사람들에게만 주어지는 날개일 것이다. 자, 지금부터 변신의 날개를 달고 공중을 날았던 사람들, 변신의 귀재들, 즉 프란츠 카프카, 알프레드 스티글리츠, 스티브 잡스, 폴 고갱, 이상의 삶에서 변신이 삶에 어떤 기적을 일으켰는지 살펴보자.

카프카의 '변신', 도피의 지평선

'변신'에 대해 말할 때 가장 먼저 떠오르는 인물은 프란츠 카프카(1883~1924)이다. 카프카는 1883년, 오스트리아-헝가리 제국에 속한 프라하에서 태어났다. 부모들이 하루 종일 일에 매달렸기에 어린 카프카는 주로 유모가 보살폈다. 제법 성공한 유대인 상인이고 고압적인 아버지의 억압적인 규율에 지배당한 채 어린 시절을 보낸다. 대학에서 법학을 전공한 뒤 보헤미아 왕국의 노동자상해보험 회사에 들어갔는데, 몸이 안 좋아 퇴사할 때까지 무려 열네 해 동안이나 이 회사에서 일했다. 카프카는 보험회사에서 근무하는 한편 늦은 밤에 남몰래 소설을 썼다. 마침내 '변신'이란 놀라운 소설을 써냈다. "어느 날 아침 고레고르 잠자가 불안한 꿈에서 깨어났을 때 그는 침대 속에서 한 마리의 흉측한 갑충으로 변해 있는 자신의 모습을 발견했다."(『변신』) 어느 날 아침 "흉측한 갑충"으로 변신한 모습으로 깨어난 것에서 시작하는 이 소설은 "불안한 꿈"과 관련되어 있다. 불안한 것은 언제나 현실이 된다. 왜 그럴까? 꿈은 현실을 가로질러 선험하는 것으로써 무의식의 응축점이기 때문이다.

그는 영업사원에게 지워진 업무의 과중함에 짓눌려 있다. 벌레로 변신한 순간, 그는 낯선 형태로 주어진 과중함에서 해방된 삶과 마주친다. 평범한 영업사원이자 아들이라는 영토에서 탈주한 순간 벌어진 일이다. 가족 구성원으로 누리던 일상의 안녕과 평화는 가족 공동체를 위한 자기희생의 대가로 주어진 것임이 드러난다. 변신한 그를 가족들이 불행과 수치로 여겨 냉대하고 학대하며 죽음에 이르게 한다. 이는 자기들을 부양하던 노동력 상실에 대한 분노 때문이다. 그가 당한 격리, 방치, 공격 행위는 가족 부양의 책임을 다하지 못함에 대한 처벌이다. 가족 내부에서의 몰이해와 지독한 소외에서 오는 고통은 그토록 안주하던 현실이 지옥이었

음을 폭로한다. 변신이란 동물성의 외피를 뒤집어쓰고 문명세계
가 지우는 온갖 도덕과 책임의 의무에서 도피하는 것에 대한 알레
고리다. 카프카는 이 갑충에 "인간의 지평선, 즉 자기 상실이나 자
기 자신 밖으로 향하는 도피의 지평선"(도미니크 르스텔)에 들어선 제
인생을 투사해서 소설로 풀었던 것이다. 카프카는 제 의지가 아니
라 타율에 의해 강제된 변신은 악몽일 뿐임을 꿰뚫어 보았다. 늘
불안과 공포에 짓눌려 남몰래 소설을 쓰던 카프카는 1924년 6월
3일, 마흔한 살에 조용히 세상을 떴다.

스티글리츠: 사진의 역사를 바꾸다

사진작가 알프레드 스티글리츠(1864~1964)의 삶은 극적인 변신의
좋은 사례이다. 독일로 기계공학을 공부하러 간 미국 청년 스티글
리츠는 어느 날 베를린의 한 가게 앞을 지나다가 가게 진열장 안
에서 눈길을 끄는 물건을 보았다. 세상에 나온 지 얼마 안 되는 카
메라라는 물건이었다. 청년은 그 물건을 보는 순간 흥분에 사로잡
혔다. 그리고 당장에 호주머니에 있는 돈을 털어서 작은 렌즈가
달린 큐빅 박스를 샀다. 뒷날 그는 "1883년에 일어난 예기치 않은
사건 하나가 내 삶을 완전히 뒤바꿔 놓았다"고 고백한다. 그는 독
일 이주민인 아버지를 두었는데, 아버지는 모직물상으로 큰돈을
번 사업가였다. 뉴욕에서 고등학교를 마친 뒤 아버지의 권유로 기
계기사가 되려고 독일로 건너와 베를린 공과대학에서 기계공학을
전공하고 있었다. 우연히 카메라와 만난 뒤, 그는 베를린 대학으
로 옮겨 사진 화학으로 전공을 바꾼다. 스물세 살 때 런던의 사진

잡지 「아마추어 사진가」의 현상 공모에 작품을 출품해 당선한다. 미국에 돌아와 젊은 작가들을 모아 '사진 분리파'라는 단체를 만들고, 세계 사진사에 기록될 만한 사진 운동을 펼친다. 사진잡지 「카메라 워크」를 창간하고, 뉴욕 5번가 291번지에 화랑을 연다. '291'이라는 별칭으로 더 유명한 이 화랑은 마티스, 로댕, 피카소, 브랑쿠시, 브라크와 같은 유럽의 첨단 예술을 소개하고, 미국 전위 화가들이 탄생하는 모태가 되었다. 그는 사진을 현대 예술의 일원으로 편입시키는 데 혁혁한 공을 세웠으니, 결과적으로 카메라로 인해 그의 삶은 커다란 변신을 겪을 수밖에 없었다. 그는 수많은 기계 공학도 중 한 사람에서 '현대 사진의 아버지'로 추앙되는 인물이 되는 변신에 성공한다.

스티브 잡스: 히피에서 혁신의 아이콘으로

스티브 잡스(1955~2011)는 한때 히피였다. 청년 시절에 지독한 방황을 했다. 그 방황이 사생아로 태어나 부모에게 버림받고 입양아가 된 체험과 직접적인 연관이 있었는지는 잘 모르겠다. 스티브 잡스는 리드 대학교에 들어가 철학을 공부하다가 일 년 만에 그만두었다. 대학을 그만두고도 일 년 반 동안 청강생으로 여러 수업을 들었다. 그중 하나가 타이포그래피 수업이었다. 이 수업은 나중에 매킨토시의 서체와 애플사의 디자인 혁신에 영향을 끼친 것으로 알려졌다. 그를 아꼈던 한 교수는 대학교를 졸업해야 안정된 직장을 가질 수 있다고 설득했지만, 그는 대학교를 뛰쳐나왔다. 그는 친구와 함께 인도 여행을 하면서 동양 종교들에 심취하고 인생에 대해 깊이 생각하는 계기를 가졌다. 마리화나의 환각에 취하고, 현실의 질서들을 거부하면서 모든 사람이 사는 방식이 아니라 다른 삶을 꿈꾸었다. 우리 삶에는 직업, 가족, 차고 안의 자동차, 커리어 이외의 무언가가 숨어 있다고 생각했다. 그가 찾고자 한 것은 그것들을 초월한 무엇이었다. 세상은 잘 정돈된 것처럼 보이지만 완벽하지는 않다. 세상과 나 사이에는 괴리감이 있다. 그는 내부에서 약동하는 생명의 에너지를 느꼈다.

스티브 잡스가 살던 동네는 바로 실리콘밸리가 있던 자리였고, 이웃들 중에는 엔지니어들이 많이 살았다. 마침 옆집에 살던 사람이 래리 랭이라는 에이치피HP의 엔지니어였다. 잡스는 그에게 전자공학과 전자기기 원리에 대해 많은 것을 습득하고, 에이치피와 할텍에서 아르바이트를 하며 지식을 더욱 쌓았다. 스티브 잡스는 고등학교 동창이자 친구인 워즈니악과 동업으로 집에 딸린 차고를 사무실로 둔 채 '애플'을 창업하고, 세계 최초로 개인용 컴퓨터를 내놓는다. 그렇게 히피에서 첨단 디지털 기기를 만드는 사업자로 변신한다. 그가 '애플'을 창업한 것은 다른 삶을 살기 위한 고뇌에서 나온 결과이다. 그는 디지털 기기에 미학적 영감을 불어넣어 세계인들의 삶에 혁신을 일으켰다. 돈을 추구한 적은 없지만, 그것은 성공에 대한 대가로 자연스럽게 따라왔다. 잡스는 일생을 통해 그가 변신의 귀재이고, 세계인의 생활 패턴을 바꿔 놓은 혁신의 아이콘이라는 사실을 입증했다.

고갱: 은행원에서 후기 인상주의 화가로

화가 폴 고갱(1848~1903)은 후기 인상주의 화가에 속한다. 고갱은 1872년 파리에서 제법 성공한 주식 중개인이었다. 주식 중개인으로 일하던 무렵 덴마크 출신의 여성 메트 소피 가드와 결혼한다. 그리고 아이를 다섯 명이나 두었지만, 어느 날 갑자기 아내와 자식들을 다 코펜하겐에 두고 떠나 버렸다. 그의 인생이 바뀐 것은 1874년 6월 제1회 인상파 전시회를 관람하고, 거기에서 카미유 피사로를 만난 것이 계기가 되었다. 카미유 피사로는 아마추어 화가였던 고갱에게 그림을 계속 그리라고 격려했다. 고갱은 자신의 직업적인 일보다는 파리의 예술가들과 어울리는 걸 더 좋아했다. 마침내 고갱은 1885년에 은행원을 그만두고 전업화가의 길로 뛰어들었다. 인상주의 화가들과 어울리고 그들과 함께 전시회를 갖기도 한다. 하지만 그의 그림은 대중적인 지지를 얻지 못했다. 게다가 수중에 있던 돈마저 떨어졌다.

그는 또 한번 변신을 추구하는데, 그것은 익숙한 파리를 벗어나 원시자연의 세계로 떠나는 것이다. 그는 남태평양에 있는 작은 섬 타히티로 떠났다. 1891년 4월 4일, 고갱은 마르세유 항에서 타이티 섬으로 가는 배에 올라탔다. '원시와 야생'의 꿈이 부추긴 모험이었다. 하지만 빈곤과 싸워야 했고, 식민 당국과의 잦은 충돌도 그를 고갈시켰다. 타이티 섬에서 그린 그림들은 세계 미술사에서 남을 만한 작품들이었다. 나는 그중에서도 '우리는 어디에서 왔는가 우리는 무엇인가 우리는 어디로 가는가'라는 그림을 좋아한다. 이 그림은 가로 4.5미터, 세로 1.7미터의 캔버스에 담긴 인간의 탄생에서 죽음에 이르기까지를 담은 대작이다. 성공한 은행원과 중산층 삶을 버리고 선택한 것은 화가의 삶이었다. 그는 화가로서는 성공했지만, 그 변신을 위해 치른 대가는 혹독했다. 그는 가족을 잃고, 중산층의 안온하고 행복한 삶은 찢겼으며, 마침내 고독하게 죽었다.

이상: 건축가에서 시인으로 인생을 바꾸다

한국 문학사에서 최고의 모더니스트로 꼽히는 시인 이상(1910~1937)의 변신은 더욱 극적이다. 이상은 길지 않은 인생에서 여러 차례 변신을 겪은 사람이다. 제국주의 일본이 조선을 강제로 병합한 1910년, 경성의 가난한 집에서 태어났다. 아버지는 궁내부 활판인쇄부에서 일하다가 손가락을 잃고 이발사로 일했다. 집안은 겨우 연명할 정도로 가난했다. 세 살 때 큰아버지의 양자로 입적하면서 삶의 터전을 옮긴다. 생모가 아니라 큰어머니 밑에서 성장한 경험은 그의 인생에서 큰 변곡점이었으리라고 짐작한다. 물론 그가 선택한 것은 아니었지만 인생의 엄청난 굴곡이었다.

본명은 김해경이다. 그는 제 이름을 이상으로 바꾸고 평생을 이상으로 살았다. 경성고공에서 건축을 전공했는데, 이곳에서 건축장식법, 측량학, 자재화, 철골, 시공법, 공업경제, 공업법령 등을 공부했다. 그는 경성고공 건축과의 일본인 교수들을 통해 신고전주의 건축양식과 건축이론, 그리고 전문적 기술들을 습득한 뒤, 조선총독부 기사로 활동하며, 경성의 여러 건축물의 설계에 참여했다. 이상은 전문 교육 과정을 거쳐 탄생한 어엿한 건축가다. 그러나 그가 건축가로 살았던 기간은 아주 짧았다.

건축가라는 직업을 버리고 「오감도」의 시인이자 「날개」의 소설가로 변신을 시도한 것은 한국 문학사로서는 퍽 다행한 일이다. "13인의 아해가 도로로 질주하오"라고 시작되는 '오감도' 연작시는 소설가 이태준이 학예부장으로 재직하던 조선중앙일보 지면을 통해 소개되었다. 한국 모더니즘이 힘차게 도약하는 이 대목에서 이상은 쓰디쓴 실패를 맛본다. 신문에서 '오감도'를 접한 독자들이 이 수수께끼 같고 암호문 같은 시를 시로 받아들이지 않은 것이다. 그들은 이상이 시를 모독한 것이라고 불같이 화를 내고, 신문사에 빗발치는 항의 전화를 해 댄 것이다. 결국 이상은 30회 예정이었던 연재를 15회로 마칠 수밖에 없었다. 이 소란은 20세기 한국 문학사가 낳은 최고의 스캔들인 '이상 신화', 혹은 '이상 신드롬'의 신호탄이었나. 그는 스물일곱 살에 요절하지만, 그가 남긴 시와 소설들은 한국 문학사의 한 정점으로 평가 받는다.

백거이
시를 읽는 밤

이 늦은 때
어찌 홀로 고운가?
나를 위하여 피지 않은 것
잘 알고 있지만
그래도 그대 때문에
잠시 활짝 웃어 본다.

48

백거이(白居易, 772~846)는 하남성 신정현에서 직급이 그리 높지 않은 관리의 둘째 아들로 태어났다. 자는 낙천樂天. 만년에는 향산거사, 취음선생이라는 자호를 썼다. 아버지의 임지에 따라 거주지를 이리저리 옮겨 살다가 아버지가 죽고 난 뒤 스물일곱 살 때 낙양으로 이수했다.

일찍이 열다섯 살 무렵부터 진사進士 응시의 꿈을 품고 입안이 헐고 팔꿈치에 굳은살이 박일 정도로 공부에 몰두했다. 스물여덟 살 때 향시鄕試에 응시하여 붙고, 이듬해에는 진사시進士試에서도 급제를 하는데, 백거이가 17인의 급제자 가운데 가장 어린 나이였다. 이 뒤로 비교적 평탄한 관리 생활을 한다. 비서성 교서랑秘書省校書郎, 주질현위盩厔縣尉, 한림학사翰林學士 등의 관직을 거쳐 서른일곱 살 때인 원화 3년(808)에는 좌습유左拾遺에 올랐다. 좌습유는 백관을 탄핵하고 황제에게 간언을 올리는 간관諫官이다. 마흔네 살때 재상 무원형武元衡이 피살되자 자객의 체포를 상소하는데, 지나친 강직함이 화근이 되어 강주사마江州司馬로 좌천된다. 사마의 직책은 주로 군무軍務를 맡는 관직이다. 당대當代에는 절도사節度使 아래에 행군사마를 두고, 이와 별도로 각 주에 사마를 두어 좌천된 사람들을 배치했다.

원화 10년(815)에 강주사마로 좌천되어 원화 13년(818)까지 강주에서 지내는데, 백거이는 지방으로 내쳐진 데서 오는 좌절감과 울분을 다스리는 방편으로 그때까지 썼던 시 중에서 팔백여 편을 골라 시집 열다섯 권으로 편찬한다. 시집을 편찬한 뒤 "이 세상의 부귀는 나와 연분이 없으나,/죽은 뒤 내 문장은 분명 명성을 얻으리라./기세가 거칠고 말이 거창하다고 탓하지 마오./내 이제 막 시집 열다섯 권을 엮었노라" 하는 제 심정을 담은 시구를 적었다. 인생 후반기에는 태자빈객분사동도太子賓客分司東都와 태자소부분사太子少傅分司 등의 관직을 지내기도 했다. 일흔다섯 때인 846년 낙양의 자택에서 운명한다.

"어린 시절은 예전에/이미 가 버리고,/청춘도 지금/또한 다하였다./쓸쓸한 마음 달랠 길 없어,/다시 이 황량한 뜰에 왔다.//나 홀로 뜰에/오래 서 있자니, /햇살은 엷고/바람은 차갑다./가을 푸성귀는 잡초에 모두 뒤덮이고,/푸르던 나무도 시들었다.//오직 몇 떨기 국화만이/울타리 근처에서/막 꽃을 피우고 있다./술잔 들어/술을 조금 따르고/그대 국화 곁에/잠시 머물러 본다.//내 젊었던 시절 돌이켜 보면,/늘 신이 나고 즐거웠다./술을 보면/시도 때도 없이 마셨고,/마시지 않아도/벌써 유쾌했다.//요즘 나이가 든 뒤로는,/즐거움 느끼기가 점점 어려워진다./더 노쇠해지는 것이/늘 걱정이니,/억지로 마셔 보지만/역시 즐겁지 않다.//그대 국화를/돌아보며 이르노니, /이 늦은 때/어찌 홀로 고운가?/나를 위하여 피지 않은 것/잘 알고 있지만/그래도 그대 때문에/잠시 활짝 웃어 본다." (백거이, '동쪽 뜰에서 국화를 보며(東園玩菊)')

'동쪽 뜰에서 국화를 바라보며'는 백거이가 원화 8년(813)에 지은 시다. 가을은 조락(凋落)의 쓸쓸함과 더불어 깊어 간다. 한해살이풀들은 푸름을 잃고 시든다. 가을은 천지에 죽음의 차갑고 스산한 기운을 불러들인다. 사람은 스산해지면 본질에 더 가까워진다.

백거이는 '농쪽 언덕에서 가을을 느끼며 원팔에게 부침'이라는 시에서도 늦가을의 정취를 그리는데, "울고 있는 귀뚜라미 붉은 여뀌 속에 숨었고/수척한 말은 푸른 순무를 차고 있다"고 적는다. 귀뚜라미는 숨어 울고, 말은 입맛을 잃어 말랐다. 집 안이라고 다르지 않다. 뜰에 있는 식물들은 시들어 잎 지고, 가을 푸성귀들은 잡초에 뒤덮였다. 찬바람이 불면 시든 풀은 서걱이고 우수수 떨어진 낙엽은 흩날린다. 뜰은 황량하고 피폐한데, 주변을 살펴보니 울타리 근처에 국화 몇 떨기가 막 꽃을 피우고 있다. 황량함 속에서 저 홀로 피어난 국화가 나를 위한 것은 아니겠지만 마음이 환해진다. 시인이 "이 늦은 때/어찌 홀로 고운가?" 하고 그 기특함에 감탄을 하며 국화를 들여다보는 모습이 그려진다. 돌이켜 보면 어린 시절은 이미 멀리 사라지고 청춘의 때도 다하였다. 몸의 기력은 쇠해지고 마음은 쓸쓸한 게 꼭 이 황량한 뜰의 풍경이 제 처지를 말하는 듯하다.

인생의 때도 저무는 가을에 당도해 있다. 술잔을 들고 생각하니, 젊은 시절엔 늘 신 나고 즐거워서 술도 자주 마셨다. 그러나 그것도 다 지나간 옛일이다. 나이가 드니 술 마실 일도 줄고 술을 마셔 봐도 젊은 날처럼 흥겹지가 않다. 식물들이 쇠잔한 기색을 드러낸 황폐한 가을 뜰의 풍경처럼 인생은 덧없고 황량하고 쓸쓸하다. 그런 황량함과 쓸쓸함 가운데 우연히 마주친 국화 몇 송이로 인해 잠시 동안이나마 화창해진 기분을 시로 그려 냈다.

동짓달을
코앞에 두고

밤은 어린 몸과 정신이 자라도록 온갖 자양분을 흘려보내 주고,

그런 까닭에 우리는 밤에 빚지며 삶을 빚는다.

49

설악산 대청봉에 첫눈이 오고 서울에는 첫얼음이 얼었다. 동네 작은 서점에 들렀더니, 주인아저씨가 반갑게 맞으며, "올해는 왜 이렇게 빨리 지나갔는지 모르겠다"고 푸념한다. 문득 막달이 코앞에 닥친 것을 실감하며 그 말에 맞장구를 친다. 나이 들수록 세월이 빨라지는 것은 왜일까? 동짓달은 음력 11월이다. 태양의 남중고도南中高度가 가장 낮고, 낮은 짧고 밤이 가장 긴 동지가 든 달이다. 삭풍이 불고 한파가 몰아친다. 식물들은 성장을 멈추고, 야생 짐승들은 먹이를 구하는 일이 난감하다. 양서류와 파충류들은 아예 땅속으로 숨는다. 천지간의 변화에 영향을 받는 사람의 흉중에도 쓸쓸함이 깃든다. 동짓달은 추위와 배고픔이라는 시련 속에서 너도나도 한껏 제 존재를 낮추고 웅크리는 고난의 시절이다.

누리에 빛이 줄고 어둠이 느니 음의 기운이 가장 세다. 일조량이 줄고 긴 밤들이 온다. 낮과 낮의 사이에 긴 밤을 싫어하는 사람도 있다. 하지만 빛의 세상으로 나오기 전까지 사람은 어둠의 동굴인 엄마의 자궁에서 열 달을 보낸다. 자궁 속의 태아는 자율신경의 지배만을 받는 식물적 존재로 살지 않는다. 태아는 자궁에서 계통발생기억을 전수받아 인류의 기억을 제 뇌 속에 새긴다. 밤은 어린 몸과 정신이 자라도록 온갖 자양분을 흘려보내 주고, 그런 까닭에 우리는 밤에 빚지며 삶을 빚는다.

캐나다 시인 크리스토퍼 듀드니가 「밤으로의 여행」에서 쓴 "밤은 우리의 내밀하고 깊숙한 부분을 빚는다. 밤은 우리의 일부다"라는 문장은 그런 실체적 진실을 반영한다. 주로 낮에 움직이며 노동을 하니, 사람은 군이 구분하자면 낮의 생물이다. 빛이 넘치는 낮에 깨어서 일하고, 빛이 사라지는 밤엔 잠든다. 하지만 광활한 우주를 지배하는 것은 어둠이다. 태양과 지구는 캄캄한 밤과 밤으로 이어지는 우주 공간에서 외롭게 제 궤도를 돈다.

책을 읽다가, 막 태어난 새끼 고양이는 어미가 충분히 핥아 주지 않으면 살지 못한다는 사실을 알고 흠칫 놀란다. 새끼 고양이는 신경 말단이 깨어나는데 꼭 필요한 촉각의 흥분이 없으면 혼수에 빠진다고 한다. 아, 모든 생명은 이 세상에 오는 순간부터 환대받아야 한다. 어미가 갓 태어난 새끼의 몸통을 핥아 주는 것은 "그래, 이 세상에 잘 왔구나!" 하고 어미가 새끼에게 보내는 환대의 신호인 셈이다. 프랑스 작가 로맹 가리는 에밀 아자르라는 가명으로 내놓은 소설 「자기 앞의 생」에서 "사람은 사랑 없이는 살 수 없다"고 단호하게 썼다. 어린 인류는 쓰다듬고 어루만져 주지 않아도 죽지는 않지만 이 세상에 도착할 때 사랑을 받지 못하고 무관심과 냉대로 팽개쳐져 생긴 상처를 무의식에 각인한 채 평생을 살아간다. 사랑을 받지 못했으니 남과 사랑을 나눌 줄도 모른 채 다른 인류에게 해악을 끼치며 인생을 헛되이 낭비한다. 마치 따뜻한 피와 살이 없는 듯 '좀비들과 추상의 추종자들'로 산다. 크리스티안 생제르는 「우리 모두는 시간의 여행자이다」라는 책에서 "그들은 살아 있지만 그저 호적부나 선거인 명부에 이름을 올리기 위해 존재할 뿐이다. 그들과 생 사이에 사랑의 불길은 얼어나지 않는다"고 쓴다.

삭막한 밤과 어둠의 시절이라고 사랑의 불씨 한 점조차 없는 것은 아니다. 동짓달은 역경易經의 12패 차례 중에서 복패復卦에 해당하는데, 이 패는 "천지가 만물을 생성하는 마음을 볼 수 있다"고 일러 준다. 사랑은 만물이 생성하는 기초 조건이다. 음의 기운으로 덮여 세상이 춥고 어두워도 생명은 태동하고 땅속 씨앗들은 발아를 예비한다. 옛사람들도 그 사실을 알았다. 서정주는 '동천冬天'에서 빼어난 직관으로 그 사실을 꿰뚫어 보고 이렇게 옮겼다.

내 마음 속 우리 임의 고운 눈썹을
즈믄 밤의 꿈으로 맑게 씻어서
하늘에다 옮기어 심어 놨더니,

동지섣달 날으는 매서운 새가
그걸 알고 시늉하며 비키어 가네.

음의 기운이 극에 달해 반전反轉을 한다. 누리에 찬 음의 기운이
줄고 꿈과 사랑의 불씨를 지피는 양의 기운이 차오른다. 이런 동
지섣달의 곡절을 시인은 제 마음이 품은 사랑의 씨앗을 맑고 곱게
키우는데 천 날 밤을 빌려 쓰는 사랑의 드라마로 옮겨 적었다. 과
연 동천에 심은 사랑의 인연은 숭고한 것이어서 매서운 새조차 감
히 비켜 나는 것이다.

섣달,
나를 돌아보는
시간

봄에 움튼 싹들은 어디로 갔는가?

모란과 작약의 꽃들은 져서 다른 무엇이 되었는가?

내 곁을 떠난 사랑하던 사람들은

지금 어디에서 누구와 얘기를 나누며 웃고 있을까?

50

섣달은 열두 달이 포개져 쌓인 달이다. 섣달 하고도 그믐에는 어른들이 아이들을 재우지 않는 풍습이 있었다. 봄마다 그토록 많은 제비들이 날아와 처마에 둥지를 짓고 새끼를 낳아 기르던 그 시절, 어른들은 잠들면 눈썹이 센다고 겁을 주었다. 간혹 잠든 아이의 눈썹에 밀가루를 발라 놓아 아이가 깬 뒤 제 눈썹이 센 줄 알고 울음을 터뜨리기도 했다. 이런 장난을 하는 까닭은 음 기운으로 충만한 긴 섣달그믐의 밤에 드는 잠이 한번 잠들면 영원히 깨지 않는 죽음을 상징했기 때문이다.

봄에 움튼 싹들은 어디로 갔는가? 모란과 작약의 꽃들은 져서 다른 무엇이 되었는가? 오월의 밤들에 합창을 하며 울어 대던 무논의 개구리들과 여름밤 허공을 수놓던 그 많은 반딧불이는 다 어디로 사라졌는가? 내 곁을 떠난 사랑하던 사람들은 지금 어디에서 누구와 얘기를 나누며 웃고 있을까? 누리를 비추던 해가 저물고 빛이 잦아드는 지금, 공중과 물 흐르던 내와 꽃피던 언덕들은 마른 침묵과 깊이를 잴 수 없는 어둠과 한랭한 기운으로 덮여 있다.

섣달 가기 전에 묵은 일들은 매듭을 지어야 한다. 묵은 빚은 갚고, 멀리 나갔던 이들은 집으로 돌아오라. 이렇듯 섣달은 새해맞이를 위해 미루었던 일들을 청산하고 마감하는 달이다. 섣달 지나 나이는 한 살을 더하고 연륜은 쌓인다. 이 연륜에 의지해 소년은 늠름해지고, 노인은 허물과 어리석음이 줄고 지혜가 더 커져야 마땅하다. 지혜로움을 옛 책은 이렇게 집약한다. "절도 있게 먹고, 자신의 거처에서 그 어떤 안락도 요구하지 않으며, 일에서는 부지런하고 말에서는 신중하며, 지혜로운 사람들을 사귀면서 강직함을 키운다."(「학이」편, 42절, 「논어」)

빗속에 멈춰 서 있는 기차가 고적하다면 섣달 골방에 은둔하는 나역시 애틋하지 않다고 말할 수 없다. 섣달 그믐에 고독하지만 이 고독은 풍요로운 고독이다. 이 고독이 풍요로운 것은 비록 산속의 은둔자는 아니지만 그동안 바쁘다는 핑계로 돌아보지 못한 나를 그윽하게 돌아볼 시간이 주어졌기 때문이다. 지혜로운 사람은 무엇보다도 자신을 잘 돌아본다. 돌아봄은 물음과 함께 시작된다. 그러니 물소나 호랑이에게 묻지 말고 자신에게 물어라. "나는 때때로 악한가 아니면 언제나 선한가?"(파블로 네루다) 내가 버린 것들은 누가 줍고, 내가 미룬 일들을 해결한 것은 누구였던가? 내 잇속과 편함을 얻으려고 나는 몇 번이나 약속을 깼던가? 내가 누군가와 사막을 함께 건너는 동반자였다면 나는 그에게 고마운 사람이었을까, 혹은 아무 도움도 되지 못한 사람이었을까?

섣달그믐은 한 해의 끝이고, 천지에 새 빛이 돋아 누리를 밝히는 개벽의 전야前夜이기도 하다. 이즈막의 깊은 어둠이 장엄한 것은 그것이 광원光源을 품은 여명의 자궁이기 때문이다. 묵은해를 보내고 누리에 새 빛이 뿌려지는 새해는 부디 새 사람으로 맞으시라. 눈처럼 희고 초목처럼 싱그러운 새 사람으로 새해를 맞자. 나태와 무질서에 관대했던 나, 농담과 거짓말을 일삼았던 나, 약속을 천금같이 귀히 여기지 못했던 나, 그런 어제의 나에게 이별을 통보하고 헤어져라.

오늘을
붙잡아라!

불가능한 것을 꿈꿔라. 그래야 인생이 고귀해진다.

넘어지는 것 따위는 그다지 중요하지 않다.

다시 일어나서 걸으면 된다. 걸어가는 법을 잊지 마라.

졸업식의 계절이 돌아온다. 하지만 졸업식과 나는 아무 인연도 없다. 나이가 들었으니 졸업식에 갈 일이 없다. 딸아이가 대학을 졸업한 지도 십 년이 훌쩍 지났다. 아이들도 다 커 버렸으니 졸업식 따위와는 인연이 먼 사람이 되었다. 이제 멀리서 남들의 졸업식을 구경이나 하는 사람이 되었다.

중고등학교 졸업식에서 짓궂은 남학생들은 하얀 밀가루를 덮어씌우고 교복을 찢는 소동을 벌이곤 한다. 방종에 가까운 이런 일탈은 진저리 나는 학교의 구속과 짓누르는 학업의 부담에서 벗어난다는 기쁨을 과격하게 드러내는 일이겠다. 그동안의 수고를 생각하면 이런 일탈이야 눈을 질끈 감고 관대하게 넘어가지 못할 일도 아니다. 졸업을 한 뒤 상급 학교로 진학하거나 사회로 나아간다.

졸업은 한 세계에서 다른 세계에로 첫걸음을 내딛는 일이다. 1969년 7월 20일, 미국의 우주인 닐 암스트롱은 달에 착륙해서 첫걸음을 떼면서, "한 인간에게는 작은 발걸음, 인류에게는 거대한 도약"이라고 했다. 물론 그만큼은 아니겠지만, 누구나 졸업 후 사회를 향해 첫걸음을 내디딜 때 꿈과 기대로 부푼다.

돌이켜 보면, 예전에도 졸업식들은 주로 2월에 있었다. 2월은 한겨울의 혹한이 물러날 때인데도 이상하게 내 기억에 남은 졸업식들은 추웠다. 푸근하다가도 갑자기 강추위가 몰아치거나 더러는 폭설이 내리는 가운데 치러진 졸업식도 있었다. 졸업식장에서 내내 추위로 몸을 떨었던 기억이 많다. 졸업하는 기쁨이나 해방감에 앞서 스산한 느낌이 더 컸는데, 그것은 추웠기 때문이 아니라 졸업 이후 미래에 대한 근심들 때문이었으리라.

나는 어려서부터 소심하고, 자신감도 적고, 약간은 비관주의자였다. 애초 명랑하도록 태어난 사람에게 복 있을진저! 늘 불확실한 미래에 대한 불안과 걱정이 다른 사람보다 컸다. 아마도 평지에서 고산병 증세를 앓는 사람만큼이나 우스꽝스러웠을 것이다. 하지만 어쩌랴, 그게 나였으니! 나는 비관주의자이지만 불가능한 꿈을 많이 꾸었던 사람이기도 했다. 나는 "캄캄한 어둠 속에서, 빛을 발하는 모든 것에 이끌리는" 소년으로 혼자 구석진 곳에 틀어박혀 책이나 읽고, 고전음악에 귀 기울이는 평범한 인물이었다.

여러 번 '졸업'을 하면서, 오늘에 이르렀다. 내 삶이 그리 대단한 것도 아니고, 영광스러운 것도 아니다. 그렇다 하더라도 나는 돈 주고 도무지 살 수 없는 인생의 경험과 경륜들을 가졌다. 뭐, 인생이 대단하냐? 물 40리터, 비누 일곱 개 분량의 지방, 그밖에 석회, 탄소, 인, 철, 유황, 비철금속, 극소량의 알루미늄, 주석······ 따위 인체 성분을 다 합해 봤자 고작 몇만 원에도 미치지 못한다. 나는 인간이 그런 요소들의 합보다는 훨씬 더 숭고한 존재라는 사실을 안다. 인간은 동물에게는 없는 정신과 마음이 있기 때문이다. 그것은 어떤 값어치로 환산할 수 없는 귀중한 것이다. 나이를 먹을수록 살날보다는 살아온 날들이 점점 더 많아진다. 그러니 미래를 내다보기보다는 과거를 돌아보는 일이 더 많다.

철학자 쇠렌 키르케고르는 「일기」에서 이렇게 썼다. "인생이란 과거를 돌이볼 때에만 이해할 수 있지만 미래를 향해 살아 내야만 하는 것이다." 괴거를 돌이켜 보면서 비관주의자가 되는 법은 없다는 점은 다행스럽다. 나이를 먹고 경륜을 쌓으면서 나는 예전보다 훨씬 더 낙관적인 사람으로 변했다. 살아온 많은 날을 등에 업고 미래를 터무니없이 낙관해 버리는 것이다.

졸업을 하는 이들에게 한 마디만 하라면, 나는 오늘을 충실하게 살아라! 하고 말해 주고 싶다. 카르페 디엠Carpe Diem! '오늘을 붙잡아라'는 말이다. 이 말의 어원은 호라티우스라는 고대 시인의 시다.

인생은 짧다. 희망을 크게 가지지 말라.
우리가 이야기하는 이 순간에도 시샘하는 시간은 지나가나니,
오늘을 붙잡아라, 내일은 최소한만 믿어라.

— 호라티우스, 「송시」 1권 11장

이 말이 널리 알려진 것은 피터 위어가 감독한 영화 「죽은 시인의
사회」 때문이다. 학생들에게 꿈과 영감을 주는 교사역을 맡았던
배우 로빈 윌리엄스는 헨리 데이비드 소로의 "깊게 살고 삶의 정
수를 끝까지 마시라"고 독려한다. 우리에게 주어진 순간들은 소
중한 선물이다. 흐르는 시간을 붙잡을 수는 없지만 그 찰나의 기
쁨과 행복을 누릴 수는 있다. 돈에 찌들고 피곤에 찌든 사람으로
는 결코 살지 마라. 황금빛으로 익은 과실을 깨물듯 세계를 깨물
어 먹어라. 기쁨의 즙이 흘러넘치리라. 열심히 일하라. 돈에 인생
을 걸지는 마라. 오스카 와일드는 "돈 주고 사는 것치고 시시하지
않은 게 없다"고 말한다.

살아 보니, 맞는 말이다. 젊은 날엔 돈을 좇기보다는 지식과 경험
을 좇아라. 열심히 일하고 그다음에 먹고 마시며 노래하라. 때로
는 박물관도 가고, 음악회도 가라. 더 많은 책을 읽어라. 가족이나
사랑하는 이들과 더 많은 시간을 보내라. 날마다 기쁨과 의미로
충만한 삶을 살아라. 인생이란 하루하루가 쌓여 만드는 것. 하루
를 덧없이 흘려보낸 인생은 그만큼 충실치 못할 것이다. 인생의
순간마다 가치 있으니 그것에 충실하라! 오늘이 없다면 내일도

오지 않는다. 오늘은 두 번 다시 되돌아오지 않으니 오늘을 마치 인생의 마지막 날인 것처럼 살라.

호라티우스는 인생은 짧다, 희망을 크게 가지지 말라고 했지만, 끝까지 희망을 포기하지 마라! 그것을 포기하는 순간 미래는 회색빛으로 암담해지고 생기는 퇴색한다. 1923년 가을, 미국 오클라호마 주의 기차역에서 한 청년이 열차를 기다리고 있었다. 이 청년은 매사추세츠 공대 졸업생인데, 제가 발명한 유전을 탐지하는 기계를 갖고 섭씨 43도나 되는 사막을 수개월이나 탐사하며 돌아다니다가 실패하고 집으로 가는 중이었다. 그런데 기계가 갑자기 석유가 매장되어 있다는 신호음을 울렸다. 이 청년은 기계가 오작동을 일으켰다고 생각하고, 그 기계를 부숴 버렸다. 얼마 뒤 그 자리에서 엄청난 유전이 발견되었다.

그 청년은 성공의 마지막 순간까지 갔다가 그만 실패하고 말았다. 꿈이 실현되기 직전에 포기해 버린, 그래서 그동안의 시간과 노력을 물거품으로 만들어 버린 그 청년이 어리석었다고 말하기는 쉽다. 그러나 우리는 얼마나 자주 그런 어리석음에 빠지는가?

인생을 다시 한 번 살 수만 있다면, 나는 하지 못했던 일들을 해 보리라. 살아 보니, 무엇인가를 했기 때문에 오는 후회보다 그때 하지 않은 것에 대한 후회가 더 컸다. 인생을 두 번 살 수 있다면, 무엇인가를 할 수 있는 기회가 올 때 그것을 기꺼이 해 보리라.

우산도 없이 빗속을 걸어 보리라. 여름에는 배낭을 메고 도보로 국토 종단에 나서 보리라. 늑대 새끼를 한 마리 키워 보리라. 도서관에 몇 날 며칠을 틀어박혀 고전들을 읽으리라. 말이 통하지 않는 저 먼 나라들을 돌아다녀 보리라. 직접 나무를 자르고 다듬어 의자를 만들고, 책상을 만들어 보리라. 더 많은 음악을 듣고, 더 많은 상냥하고 발랄한 아가씨들과 연애해 보리라. 여름밤에는 별자리들을 관찰하며 그 이름을 하나씩 외워 보리라. 프랑스어를 꼭 배워서 장 꼭또의 시를 읽어 보리라. 타클라마칸 사막으로 여행을 가서 사막의 밤을 뒤덮은 거대한 적막에 가만히 귀를 기울여 보리라.

아아, 나는 이 많은 일을 해 보기도 전에 학교들을 졸업하고, 빛나는 청춘의 시절을 지나서 어느덧 인생의 종착역을 향해 나아간다. 졸업은 하나의 매듭이고, 통과의례, 그리고 끝이다. 졸업은 한 시기의 종말이고, 동시에 새로운 시작이다. 더 큰 꿈을 가져라. 가슴을 펴고 앞으로 나아가라. 우리는 누구나 졸업을 하면서 더 너른 세계, 새로운 사람들과 만난다. 졸업은 자신의 꿈과 인생 계획, 목표에 한 걸음 더 가까이 다가가는 계기가 될 것이다. 여기서 멈춰서는 안 된다. 멈추는 순간 인생의 꿈도, 계획도, 목표도 멈춰 버릴 테니까. 미국의 유명한 여성 방송인인 오프라 윈프리는 이렇게 말한다.

"할 수 없을 것 같은 일을 하라. 실패하라. 그리고 다시 도전하라. 이번에는 더 잘해 보라. 넘어져 본 적이 없는 사람은 위험을 감수

해 본 적이 없는 사람일 뿐이다. 이제 여러분의 차례이다. 이 순간을 자신의 것으로 만들어라."

누구나 고되고 힘든 일들을 피하려고 한다. 이 순간을 자신의 것으로 만들려면 실패와 위험을 회피하지 말아야 한다. 시련과 역경을 피하려는 태도는 바람직하지 못하다. 양지만을 찾아 걷고, 안락 속에서 안주만 하려는 사람에게는 진짜 인생을 만날 기회는 없다. 역경과 시련이 우리를 단단하게 만들고, 더 큰 일을 할 수 있도록 키운다. 불가능한 것을 꿈꿔라. 그래야 인생이 고귀해진다. 어떤 목표를 위해 최선을 다했다면, 중간에 실패하는 것, 지체되는 것, 넘어지는 것 따위는 그다지 중요하지 않다. 다시 일어나서 걸으면 된다. 걸어가는 법을 잊지 마라. 공중 높이 도약해서 날려면 먼저 걸어야 하니까.

올봄엔
잊을 수 없는
인생을 살자

단골 서점이 하나 있다는 것은

주치의와 치과의사와 단골 미용사를 갖는 것과 같이 중요하다.

곧 봄이 온다는 소문이 파다하다. 상강霜降 무렵 봄을 기대할 때 봄은 저만치 까마득히 멀었다. 동지 지나서도 지리멸렬한 밤들이 많아서 봄은 싹조차 내밀지를 못했다. 봄은 기어코 돌아온다. 천지간에 퍼진 양의 기운을 삼키면서 늠름하게 누리에 돌아온다. 날마다 낮이 조금씩 길어지고, 햇빛은 두터워진다.

올봄엔 나무시장에서 모란 몇 주 사다 마당에 심어야지, 거실의 텔레비전은 꺼 버리고 좌선에 정진해야지, 남의 살과 피를 먹지 않는 채식주의자가 되어야지, 줄넘기를 시작해서 다리 근육을 더 키워야지, 책 읽는 시간은 줄이고 외로움을 부양하기 위해 더 많은 시간을 떼어 놓아야지, "순 허드레로 몸이 아픈 날"(오태환)도 며칠쯤 가져야지, 제주도에 오두막집 한 채를 지어야지, 그 일을 다하고도 시간이 남는다면 일본어와 그리스어를 열심히 배워야지.

올봄엔 잊을 수 없는 인생을 살아야지. 무엇보다도 봄의 말을 경청해야지. "어느 소년, 소녀나 다 알고 있다, 봄이 말하는 것을. 살아라, 뻗어라, 피어라, 바라라, 사랑하라, 기뻐하라, 새싹을 움트게 하라, 몸을 던져 삶을 두려워 말라."(헤르만 헤세)

설렘도 잠깐, 겨울 끝자락에서 봄으로 진입하는 때는 늘 마음이 어수선하고 분주하다. 잡다한 일들로 책 읽기에 집중하기가 어렵다. 며칠째 스티븐 핑커의 「우리 본성의 선한 천사」(사이언스북스)를 붙잡고 있다. 핑커의 전작 「빈 서판」도 사 놓고 완독을 못한 터라 이번에는 완독하고자 한다. 헌데 1,400쪽이나 되는 방대한 분량에 기가 질린다. 통계 자료들이 주르륵 쏟아져 나오는 책을 며칠 동안 붙잡고 있는데, 속도가 더뎌서 겨우 426쪽까지 읽었다. 잠시 숨을 고르다가 속도를 높여 800여 쪽까지 나간다. 남은 부분은 주말에 안성 수졸재를 다녀와서 햇볕 잘 드는 동네 카페에 나가서 읽자.

핑커는 문명화 과정을 거치며 폭력이 줄었다고 말한다. 핑커에 따르면 인간 본성의 감정이입, 자기 통제, 도덕성, 이성과 '선한 천사' 따위 덕성들이 내면의 다섯 악마들, 포식성, 우세 경쟁, 복수심, 가학성, 이데올로기를 눌러 온 탓이다. 그 주장을 논증하려고 심리학, 진화심리학, 실험심리학, 게임이론, 뇌과학에서 얻은 수치들을 도표로 제시한다. 과연 그럴까? 선뜻 동의할 수 없는 것은 인간이 여전히 지구 도처에서 가장 폭력적이고 위험한 영장류로 군림하고 있기 때문이다. "독서는 관점 취하기(perspective-taking)의 기술"이라면 납득할 수 있는 관점만 취하면 된다. "인간의 마음에는 생물학적 오염에 대한 방어기제가 진화되어 있다. 바로 혐오감이다", "혐오감은 쉽게 도덕화한다. 도덕적 스펙트럼의 한쪽 극단은 영성, 순수함, 정숙함, 깨끗함과 동일시되고, 반대쪽 극단은 동물성, 더러움, 음탕함, 오염과 동일시된다" 같은 구절들은 감탄이 나올 만큼 날카롭다. 때때로 인간의 도덕적 충동은 큰 폭력으로 귀착하는 경우가 없지 않다. 홀로코스트, 난징대학살, 크메르루즈 …… 등등 집단학살과 인종청소의 원인을 두고 핑커는 이렇게 답한다. "개인을 도덕화된 범주에 가두는 유토피아적 신념이 강력한 체제에 뿌리 내리면, 그야말로 최대의 파괴력을 발휘한다." 아무리 좋은 신념이라도 회의하고 검증하지 않으면 무시무시한 폭력의 촉매제가 된다는 것이다.

장샤오위안의 「고양이의 서재」(유유) 표지에는 '어느 중국 책벌레의 읽는 삶, 쓰는 삶, 만드는 삶'이란 부제가 있다. 중국 과학사학자이자 천문학자인 장샤오위안은 하늘의 천당과 땅의 서재를 동렬에 놓는 사람이다. 그는 말한다. "지금까지 독서는 나의 낙이었다. 내 인생의 정신적 지주였다. 나는 독서를 통해 나 자신을 지탱하고자 했다. 독서는 나 자신이 진실로 꽉 차 있다고 느끼게 해 주었고 허황되지 않았다." 책 좋아하는 사람의 행복과 더불어 학문, 책 읽기, 편집, 서재, 서평 따위 경험들을 털어놓은 책이니 책을 좋아하는 사람이라면 놓칠 수 없다. 저자는 지식욕이 맹렬하던 청소년기에 문화대혁명을 겪는다. 그 시절 많은 책이 '금서'로 묶이는데, 그 와중에서도 책을 찾아내 꾸역꾸역 읽어 나간다. 결국 책들을 섭렵하면서 책 사랑은 커지고 이는 탐욕으로 이어진다. 주변에 엄청난 분량의 책들이 쌓이게 되면서 '활자중독증'에 빠져 버린다. '활자중독증'은 모든 책벌레들의 숙명이다. 그의 서재는 삼만여 권의 장서를 갖춰 중국 내 미디어에 '명사 서재'로 여러 번 소개된 바도 있다니, 예사 서재는 아닐 것이다.

서재론도 흥미롭다. 지식인의 서재란 생명과 같은 것이다. "서재의 생명은 주인에게 달렸다. 주인이 진심으로 책을 사랑한다면 서재에도 생명이 깃든다." 서재는 장서의 무덤이 아니다. 서재는 새로운 책들이 끝없이 수혈되면서 살아 있는 지식의 보고寶庫이자 지식의 생산 거점이 될 수 있을 것이다. 지난 주 끝까지 읽지 못했던 레비-스트로스의 「달의 이면」(문학과지성사) 50여 쪽을 마저 읽는다. 큰 감동은 없다. 서양 지식인의 일본 문화 편애가 불편해진다. 일본의 신경학자는 다른 아시아 민족과 달리 일본인은 벌레 울음소리를 우뇌가 아니라 좌뇌로 처리한다고 말한다. 벌레 울음소리를 소음이 아니라 분절된 언어체계로 듣는다는 뜻이다. 일본을 향한 선망과 동경이 지나쳐 레비-스트로스는 사유의 균형과 엄정함을 잃는다. 「달의 이면」은 지금까지 읽은 모든 레비-스트로스 책 중에서 가장 재미가 없다. 하지만 내친김에 레비-스트로스의 「야생의 사고」를 읽으려고 한다. 롤랑 바르트의 새로 나온 「소소한 사건들」도 읽었다. 일전에 동문선에서 나온 「작은 사건들」과 같은 책이다. 역자가 다르니 번역어 문장도 다르고 느낌도 다르다. 동문선 책에서는 샤토브리앙의 「사후의 회고록」 이라고 옮긴 것을 레비-스트로스 번역자는 「무덤 저편의 회상록」 으로 옮겼다.

로널드 라이가 엮은 「나의 아름다운 책방」(현암사)은 여러 사람이 공저한 서점 찬가다. 책의 열락을 맛본 사람에게 서점은 '메카' 이고, '환상의 낙원' 이다. 단골 서점이 하나 있다는 것은 주치의와 치과의사와 단골 미용사를 갖는 것과 같이 중요하다. 작가 이사벨 아옌데에게 단골 서점은 할머니의 부엌과 같이 편안한 공간이다. "온갖 종류의 책들이 꽂혀 있는 선반, 종이 냄새와 커피 향, 누구의 마음이라도 따뜻하게 해 줄 책 속 주인공의 비밀스러운 속삭임이 있는 곳. 나는 북 패시지에서 시간을 보내고, 책을 읽고, 수다를 떨고, 기운을 얻는다." 작가 웬델 베리는, 책은 반드시 서점에서 직접 고르고 사야 한다고 믿는다. 책은 물질이고, 물질적 삶의 일부이기 때문이다. "책은 물질적 인공물이고, 보기 위해서뿐만 아니라 손으로 들고 냄새를 맡기 위한 것이다. 만질 수 있는 언어를 담고, 실제 펜으로 밑줄을 그으며, 여백에 무엇인가를 쓸 수 있어야 한다. 그래서 책은, 진짜 책은, 언어의 화신化身은 육체적 삶의 일부가 되는 것이다."

여든네 명의 작가가 털어놓은 단골 서점에 얽힌 얘기들은 사이버 공간에서 클릭 한 번으로 집까지 책이 배달되는 시대에도 왜 여전히 구식 서점이 필요한지를 깨닫게 한다. 책방은 그저 책만 파는 곳이 아니다. 그곳은 '촉각적 사물로서의 책'을 만날 수 있는 장소이고, 책들이 꽉 들어찬 도서관이고, 간혹 운이 좋으면 신간을 낸 작가들을 만날 수 있는 곳이다. 아울러 서가 사이는 이리저리 거닐며 사유하기에 좋은 공간이다. "서점은 물리적 장소다. 그렇지만 서점은 마음속에서 존재하기도 한다", "오프라인 서점은 우리 모두의 더 나은 삶을 위한 여정에서 다른 무엇으로도 대체할 수 없는 중요한 부분이다", "서점에 관한 한 나는 일부다처제다. 나는 들르는 서점마다 사랑에 빠진다"…… 등등의 고백들은 마음을 다독인다. 나와 동류의 인간들이 어딘가에 존재한다는 안도감이 가슴에 차오른다. 단골 서점들이 사라지는 것은 안타까운 일이다. 책을 좋아한다면, 단골 서점을 만들라. 서교동의 '땡스북스', 동교동의 '별책부록 책방', 망원시장 안의 '만일', 대학로의 '책방이음' 같은 작은 서점들을 단골 서점으로 추천한다.

문광훈 교수는 「가면들의 병기창」(한길사)에 이어서 「심미주의 선언」(김영사)을 펴냈다. 발터 벤야민에 관한 연구기록인 「가면들의 병기창」은 무려 1,100쪽이 넘는 책이다. 보름에 걸쳐 쉬엄쉬엄 읽었다. 문광훈은 대중적 인지도는 크지 않을지 모르나 우리 시대의 가장 뛰어난 인문학자 중 한 사람이다. 「가면들의 병기창」에 이어 신간 「심미주의 선언」을 읽으며 그런 생각이 더 단단해진다. 「가면들의 병기창」은 국내 저작자가 쓴 가장 진지하고 두꺼운 발터 벤야민 연구서다. 벤야민이라는 독일의 예술 철학자, 미학자, 전방위 문화이론가는 엄청난 분량의 논문, 서평, 번역, 단상, 자료들을 남긴다. 그는 독립적 자유 문필가다. 베를린을 떠나 파리에서 망명생활을 하며 날마다 파리 국립도서관에서 읽고 쓰고 분류하고 사유하는 일에 몰두한다. 그것을 '연구'나 '탐색'이라고도 할 수 있고 '수집'이라고도 말할 수 있을 것이다.

벤야민은 심미적인 것의 이론가이자 탐색자다. 그의 눈길은 삶의 다채로운 현상에 열려 있고, 경험과 이론들을 뒤섞어 새로운 사유를 발효시킨다. 그 사유의 힘으로 현실의 물질과 제도는 물론이거니와 지적, 의식적, 문화적인 것들마저 상품미학적 체계로 집어삼켜지며 지구 현실을 뒤덮은 사물화—문광훈의 표현에 따르면 "판타스마고리, 즉 허깨비의 형상은 현대적 삶의 곳을 채운다"—현상과 싸운다.

벤야민이 욕망한 것은 무엇이었을까. "곳곳에 흩어진 것을 '끌어들이고'(인용), 이렇게 끌어들인 것을 서로 '잇고 결합함으로써'(몽타주) 새로운 맥락의 관계, 즉 현실의 새로운 의미론적 지도를 만들고자 했다." 문광훈은 그 벤야민이 방대한 저술과 자료들로 만든 '의미론적 지도'를 들고 가로지르며 그의 불연속적이고 비체계적인 사유 운동을 따라간다. 이 책은 벤야민의 생애와 사유 운동을 검토하고 그것을 중심축으로 펼쳐내는 독자적인 미학론이다. 벤야민은 하나의 자아로 이루어진 사람이 아니다. 그는 천 개의 자아로 분화하는 천 사람이다. 벤야민은 "혼종적이고 이질적이고 다차원적"인 텍스트다. 문광훈은 이 텍스트를 지치지 않고 끈질

기게 읽어 내며 그것에 기대어 제 미학론을 펼쳐 낸다.

왜 "가면들의 병기창"인가? '가면'은 예술에 대한 비유이고, 더 넓게는 인간과 세계 전반을 아우르는 은유다. "가면들의 병기창"은 벤야민의 「베를린에서의 어린 시절」에 나오는 구절이고, 문광훈은 그걸 따다가 책 제목으로 삼았다. "언어와 사유는 이 가면들이 놓인 저장소, 즉 무기창고와 같은 곳이다." 벤야민은 끊임없이 삶의 파편들을 읽고 해석하며 길을 찾아나갔다. 신학과 역사유물론을 양손에 두고 저울질했지만 그 어느 것도 선택하지 않는다. 역사학, 신학, 법학, 예술학, 경제사회학 같은 경계를 넘나드는 통섭적 사유로는 양자택일이 아예 불가능했을는지도 모른다. 그랬기 때문에 그는 실패할 수밖에 없었을까? 어쨌든 「가면들의 병기창」은 벤야민의 문제의식을 문화예술이나 미학 너머 기술, 매체, 번역으로 넓히고 정치와 윤리 영역까지 연구사의 외연을 확장한다. 벤야민 연구사에 한 획을 그을 만한 역작이다.